FRANÇOIS BARCELO

Chiens sales

nrf

GALLIMARD

AVANT DE LIRE CE LIVRE...

...il faut que vous sachiez que son auteur s'est fait
arrêter, il y a une vingtaine d'années, alors qu'il
conduisait une voiture. Il était en état d'ébriété et son
arrestation était parfaitement justifiée. Les policiers lui
ont passé les menottes et lui ont tapé dessus plutôt mo-
dérément, puisqu'ils ne lui ont cassé qu'une dent et fêlé
qu'une côte. Ils l'ont ensuite emmené à un poste de la
Sûreté du Québec, où ils l'ont fait s'asseoir devant un
officier de la SQ, en lui laissant toujours les mains liées
derrière le dos. Il a traité les agents de « chiens sales »,
parce qu'il lui semblait que c'était la chose à dire dans
les circonstances. L'officier s'est levé, a fait le tour de
son bureau, lui a donné un coup de poing au visage et
est retourné s'asseoir. Notre homme s'est entêté :
« Vous êtes rien qu'une bande de maudits chiens sales. » Son vis-à-vis s'est relevé, a refait le tour de son
bureau, lui a redonné un coup de poing et a repris sa
place à son fauteuil. Combien de fois ce manège s'est-il
répété ? L'auteur de ce livre ne s'en souvient pas. Mais,
puisqu'il a fini par se taire, il est tout à fait disposé à
admettre que c'est l'officier de police qui a gagné.

7

Vous noterez donc que ce livre relève plus de la vengeance que du documentaire, et que les agents de la Sûreté du Québec ne sont pas des brutes épaisses comme on les présente ici. En tout cas, probablement pas tous. Et presque sûrement pas tous tout le temps.

UN

Le plus difficile, quand on étudie la guitare, ce n'est pas tellement d'apprendre où placer ses doigts sur les cordes. C'est d'éviter les interruptions.

Comme ce matin.

Je lève les yeux. C'est Roméo qui frappe à la porte. Il est mon voisin, même si je ne sais pas exactement où il habite. À Saint-Gésuald-de-Sorel, comme moi. Mais j'ignore dans quelle maison. Je le vois souvent traîner dans les environs. Je suppose qu'il est chômeur ou assisté social ou cambrioleur ou tout ça en même temps ou en rotation.

C'est la première fois qu'il se présente chez moi. Il tombe mal. Je suis à ma guitare et j'essaie d'apprendre un troisième accord — do sol ré. Je n'ai pas envie de lui ouvrir. Mais je n'ai pas tellement le choix : il m'a vue par la grande fenêtre dans laquelle je n'ai pas encore posé un rideau, faute de fonds. Impossible de faire semblant que je ne suis pas là. Et puis, je peux bien survivre quelques minutes de plus en ne connaissant que les accords de mi et de ré.

9

La porte n'est pas fermée à clé. Je lui fais signe d'entrer. Il pousse la porte, la referme derrière lui, prend place sur le canapé sans que je l'invite, sans même que je lui dise bonjour. Je reste dans le fauteuil de rotin, face à lui.

Maintenant que je le regarde comme il faut, je trouve qu'il n'est pas si vilain garçon. Il n'est pas trop grand, il n'a pas de trace de ventre, et il a un visage qui n'exprime pas vraiment la stupidité la plus profonde. Je n'irais pas jusqu'à dire qu'il a l'air intelligent, mais il me dirait qu'il est poète que je serais tout à fait disposée à le croire.

Est-ce qu'il soupçonne que je suis en train de jeter mon dévolu sur lui ? En tout cas, Roméo fait un geste qu'il croit sûrement susceptible d'ajouter à mon intérêt mais qui a plutôt l'effet contraire.

Il écarte les jambes et je vois son gros machin au fond de son jeans. Au repos. Mais d'une taille impressionnante, quoique je manque de points de comparaison, n'ayant jamais été vraiment intime qu'avec un nombre très limité de sexes masculins. Roméo fait sûrement exprès de me montrer le sien. Comme si tout le monde les aimait gros. Et comme s'il avait des droits sur moi, depuis qu'il m'a transportée ici avec mes deux valises sur les derniers kilomètres quand j'ai déménagé, le printemps dernier. Par exemple, le droit de s'asseoir dans mon salon et de me faire voir son gros truc à travers son jeans serré alors que j'ai seulement envie d'apprendre l'accord de do sol ré.

Il se gratte. Ou plutôt il se le gratte. Est-ce qu'il va se le caresser ? Non. Il se contente de se le gratter, comme d'autres se grattent le crâne pour mieux réfléchir. Je me remets pour ma part à gratouiller ma guitare. Je veux lui montrer que j'ai autre chose à faire que le regarder se le gratter. Mais ça n'a pas l'air de l'impressionner. Il se gratte encore. Je gratouille un petit coup de plus.

— T'as de la bière ? demande-t-il enfin.

Je ne réponds pas. Mais je dois avoir secoué la tête, parce qu'il constate :

— L'hiver va être long.

Il n'est même pas commencé. Nous ne sommes qu'à la fin de septembre, et j'espère simplement que l'hiver sera assez long pour que j'apprenne une demi-douzaine d'accords. J'esquisse ma version personnelle de l'accord de do sol ré. C'est raté. Je viens d'inventer une fausse note que je serais bien incapable d'identifier.

— Tu joues de la guitare ? demande-t-il, comme si je pouvais jouer du trombone avec une guitare entre les mains.

— J'essaye d'apprendre, je dis modestement.

Il resserre les genoux, se cale dans le canapé. Qu'est-ce qu'il attend ? Que je lui joue les œuvres complètes de Fernando Sor ? Ou l'hymne national américain à la manière de Jimmy Hendrix ? Je me contente de lui jouer une autre fois mon second accord, celui de ré. Puis celui de mi encore, puis les deux en succession. Sans bavure, me semble-t-il.

Roméo semble impressionné. Il attend la suite, qui ne vient pas. Il renonce à applaudir, mais pas à boire.

— T'es sûre qu'il te reste pas une bière ?

Je pousse un soupir. Ce n'était pas un récital de guitare qu'il attendait, c'était la bière. Je vais au frigo. Je lui rapporte une bouteille, sans verre. Je sais que, par ici, personne ne prend jamais de verre. Pour éviter de salir de la vaisselle ? Ou parce que ça fait plus mâle ? Peut-être parce que les hommes n'aiment pas faire la vaisselle et ont juste assez évolué pour éviter d'en faire laver plus qu'il ne faut par leurs femmes ou leurs petites amies.

Roméo tourne la capsule avec aisance, comme s'il n'avait rien fait d'autre de toute sa vie. En fait, il a sûrement fait ça toute sa vie. Du moins depuis qu'il y a sur les bouteilles de bière ces damnées capsules dévissables que j'ai, moi, un mal fou à dévisser. Tellement que ma consommation de bière est nulle quand je suis seule, ce qui est presque toujours le cas. La preuve : la dernière fois que j'en ai acheté une caisse, c'était en juillet. Et il me reste encore cinq bouteilles.

— Tu t'en prends pas ?

— Pas quand je fais ma guitare.

— Ah bon.

J'aurais aussi bien pu répondre que je ne bois jamais à sept heures du matin. Mais j'espère lui faire comprendre que je désire consacrer ma journée à mes études musicales. Roméo n'a pas saisi l'allusion, puisqu'il se cale dans son fauteuil avec l'intention manifeste de passer la journée à boire ma bière. Il écarte encore les jambes, appuie la bouteille contre son machin. Veut-il le rafraîchir — ou la réchauffer ?

— Ah oui, t'aurais pas vu des gars qui partaient à la chasse ? demande-t-il encore.

— Oui.

Ce matin, j'ai été réveillée vers six heures. Une vieille camionnette a franchi le petit pont qui relie l'îlot Fou au reste de l'Amérique et s'est garée sur un bout de pelouse qui m'appartient sûrement mais que tout le monde semble avoir adopté comme parc de stationnement. Deux hommes en sont sortis. Ils sont allés à une des barques camouflées par des branchages, stationnées le long du chenal. Les gens d'ici disent « chenail », mais je n'ai pas trouvé le mot dans mon dictionnaire. De toute façon, le chenal ressemble plus ou moins à la définition du dictionnaire ; c'est tout simplement un bras du fleuve Saint-Laurent, qui se sépare en plusieurs pour former les îles de Sorel. La barque appartient peut-être à ces deux types-là, mais rien n'est moins sûr. Ils y ont chargé des fusils, une glacière et deux caisses de bière. Des caisses de vingt-quatre, bien entendu. Ils parlaient fort comme des types qui ont déjà beaucoup bu. Ou bien ils avaient passé la nuit à boire, ou bien ils s'étaient levés avant l'aube pour s'y mettre. J'ai eu à peine le temps de m'assoupir avant que la pétarade commence. Il devait y avoir des canards endormis à la surface du chenal. Puis les coups de feu sporadiques se sont éloignés avec le bruit du moteur. Pas moyen de dormir ensuite. J'ai fini par me résoudre à me lever. Pour étudier l'accord de do sol ré.

— C'étaient Armand puis Ti-Méné, précise Roméo. J'ai vu passer leur camionnette devant chez nous. Puis là, elle est là.

Je ne connais ni Armand ni Ti-Méné. Tout ce que je sais d'eux, maintenant que je sais que ce sont eux qui m'ont réveillée, c'est qu'ils aiment la chasse, sport que semble mépriser Roméo, puisqu'il n'est pas avec eux.

— On avait parlé d'aller à la chasse ensemble, ce matin, continue-t-il comme s'il avait lu mes pensées, mais on dirait qu'ils ont oublié de passer me prendre. Je pensais que je les rattraperais.

Il se tait un bon moment, comme s'il voulait me donner le temps de me laisser apporter ma contribution à la conversation. Je ne dis rien.

Apparemment satisfait de la température atteinte par la bière ou par son pénis, il lève enfin sa bouteille et la vide d'un long trait pendant lequel sa pomme d'Adam ne bouge que deux fois. Un de ces jours, il faudra que je voie en combien de gorgées je suis capable d'en avaler une. Dix au moins, je parie.

J'ai cru qu'il s'était hâté de boire si rapidement parce qu'il allait partir. J'étais dans l'erreur : il lève sa bouteille vide d'un geste qui ressemble à une salutation. Mais j'ai assez fréquenté les gens du coin pour savoir qu'il me signifie plutôt que la bouteille est vide et qu'il convient de la remplacer par une pleine. J'abandonne ma guitare dans un coin et j'apporte une autre bouteille à Roméo. Il enlève la capsule.

Cette fois, il se contente d'une petite gorgée et me regarde longuement dans les yeux. Je soutiens son regard. Il sourit. Je n'ai pas envie de passer ma journée à soutenir son regard. Je détourne le mien et je reprends ma guitare.

— Faut que je fasse mes exercices.

— Ça me dérange pas.

Attaqué de nouveau avec la même application, l'accord de do sol ré me donne encore plus de mal que tout à l'heure. Ça tombe bien : j'espère que les fausses notes m'aideront à me débarrasser de mon non-invité. Mais Roméo semble trouver ça beau. Il ferme parfois les yeux comme si ma musique le plongeait dans la béatitude la plus totale. Je sens qu'il tend l'oreille et que ça doit lui plaire un petit peu. Ou il a déjà entendu jouer quelqu'un de plus nul que moi. Ça me fait plaisir.

— C'est eux autres, dit-il soudain.

Je lâche les cordes. Je n'entends rien.

— C'est un Mercury quarante forces, en tout cas, prétend Roméo.

Moi aussi, je tends l'oreille. Oui, en plus du ronronnement de mon réfrigérateur, il y en a un autre, plus lointain, plus aigu. Cela pourrait tout à fait être un moteur Mercury de quarante chevaux, j'en conviens. À moins que ce ne soit un Johnson vingt-cinq ou un Yamaha soixante si ça existe. Je n'habite pas l'îlot Fou depuis assez longtemps pour avoir maîtrisé le vocabulaire élémentaire de la vie des hommes dans ces îles : les moteurs, les bateaux, les fusils, l'alcool.

Le visage de Roméo exprime maintenant le troisième degré de la béatitude. La musique d'un Mercury quarante forces doit bien valoir pour lui celle de la Quarantième de Mozart — sûrement, en tout cas, celle de mes trois accords réunis.

— Ton oncle t'avait pas laissé son bateau ? demande-t-il alors.

Il sait bien que oui, puisqu'il est toujours amarré devant la maison, avec un câble fixé à un des pilotis. Je réponds :

— Il est là, mais je l'ai pas encore essayé.

Il ouvre des yeux scandalisés. J'ai passé tout l'été ici et je n'ai pas encore essayé le bateau ? Qu'est-ce que j'attends ? Le mois de janvier ?

Une fois, je me suis offert un petit tour, à la rame. Pas bien loin parce que ce n'est pas une bonne barque à ramer — il faut lever les bras très haut pour plonger les rames dans l'eau. Il y a bien un moteur, mais je ne sais pas le faire fonctionner. Pour la simple raison que mon oncle Aimé est mort avant d'avoir la chance de me l'expliquer.

Le printemps dernier, il avait décidé de peindre sa boîte aux lettres. Il faisait ça tous les printemps, même quand la boîte était à peine un peu rouillée. La boîte aux lettres était et est toujours de l'autre côté du chenal. Il n'y a que deux maisons sur l'îlot Fou. Il y a celle de mon oncle (devenue la mienne), au bord du chenal aux Chevaux. Elle est montée sur pilotis de façon à ne pas trop souffrir des crues printanières. Et il y a celle du docteur Gingras, beaucoup plus grande et dix fois plus luxueuse. Elle n'est pas sur pilotis, parce qu'elle est bâtie sur une petite butte en plein centre de l'île. Le docteur Gingras reçoit son courrier à son bureau de Sorel. Et il ne vient pas à l'île en hiver. Mon oncle aurait été obligé de payer tout seul le déneigement du pont pour que le facteur vienne lui livrer son courrier. Alors, au lieu de déplacer la boîte aux lettres deux fois par année, il la laissait tout le temps de l'autre côté du chenal. Mais il la peignait tous les ans — en jaune, parce que ça se voit bien dans les congères l'hiver et devant le feuillage l'été.

Il était en train de la repeindre quand une auto est arrivée dans le chemin des Alouettes, qui longe le chenal aux Chevaux. Elle s'est arrêtée de l'autre côté du chemin, par rapport à la boîte aux lettres qui est juste au coin du pont. Le conducteur a baissé sa vitre. Il voulait savoir où manger la meilleure gibelotte. Moi, j'ai du mal à imaginer qu'une gibelotte puisse être meilleure qu'une autre. Et je n'ai jamais très bien compris pourquoi ce plat est si populaire dans la région. Les filets de perchaude tout seuls, j'aime bien. Mais le problème avec la barbotte, c'est qu'il faut nécessairement faire cuire ce poisson dans autre chose, parce que tout seul, ça a un goût pas vraiment boueux, mais un peu quand même — de la boue qui n'a pas de goût, je dirais. De là à la faire mijoter avec des légumes en conserve, il me semble qu'ils auraient pu trouver mieux. Surtout quand ils veulent attirer des touristes. Mais ça marche. Il y a même tous les ans à Sorel un Festival de la gibelotte, où convergent tous les touristes des environs.

Toujours est-il que mon oncle a traversé le chemin des Alouettes et a expliqué au touriste que la gibelotte, ce n'était pas si facile de décider laquelle est la meilleure, mais qu'il pourrait aller soit chez le père Didace qui en fait avec de la barbotte bouillie, soit chez Angélina, qui la fait avec de la barbotte poêlée, qui est bien meilleure quand on la préfère poêlée. Je n'étais pas là ce jour-là, mais je suis convaincue que ça s'est passé comme ça, parce que c'est comme ça que ça s'était passé l'année d'avant, une fois que j'étais ici en visite et qu'un touriste était arrivé en quête de gibelotte.

En tout cas, une voisine qui a tout vu affirme que mon oncle s'est alors retourné, pinceau à la main, et s'est dirigé vers sa boîte aux lettres. Le docteur Gingras arrivait — sûrement trop vite d'après la voisine, mais pas d'après le rapport de police — dans sa Lexus toute neuve qui ne fait pas de bruit du tout. Et il a frappé mon oncle de plein fouet. Le pinceau a été retrouvé cent mètres plus loin.

Mon oncle Aimé n'est pas allé si loin, mais il est mort sur-le-champ. Et comme il était aussi mon parrain et n'avait pas d'autres parents que ma mère et moi, il m'a légué sa maison par testament, parce que ma mère en disait tout le temps du mal. Ça aurait été stupide de la lui donner, même si elle s'est souvent désolée qu'il ne la lui ait pas laissée à elle, sa seule sœur.

J'ai déménagé ici pour écrire des chansons et étudier la guitare. Ça tombait bien : je venais de perdre mon travail, mon amant et ma maison. Le même jour, parce que mon employeur était devenu mon amant et que j'avais acheté une maison avec lui. Si vous voulez un bon conseil, évitez ça. Ne couchez jamais avec votre patron ou votre patronne, n'allez jamais non plus travailler pour votre amant ou votre maîtresse, et surtout ne partagez pas le même toit. Comme ça, vous ne perdrez pas les trois à la fois.

Toutes les semaines, je trouve mon chèque de chômage dans la boîte aux lettres à moitié repeinte (chaque fois que je songe à terminer la peinture, je pense
à mon oncle et je n'y arrive pas).

Mon bonheur, si on peut appeler ça du bonheur,
serait à peu près total si Roméo, mon voisin qui habite quelque part de l'autre côté du chenal, me laissait en paix et si je savais comment faire démarrer le
moteur de la barque que mon oncle m'a léguée avec
la maison.

— Tu sais comment le faire marcher, au moins ?
me demande-t-il.

— Le moteur ? Oui, oui.

Mon oui-oui ne doit pas être très convaincant,
parce que Roméo ajoute aussitôt :

— Je vas te montrer.

Quand ? Pas tout de suite, en tout cas, puisqu'il
reste assis.

Le ronronnement du Mercury quarante forces
s'est rapproché. Je me soulève sur mon fauteuil. Par
la fenêtre, je vois deux hommes dans une barque tellement surchargée de feuillage que je la prendrais
pour une île flottante si elle n'arrivait pas à une vitesse nettement supérieure à celle d'une île flottante
descendant les chutes du Niagara.

Roméo sort pour les accueillir. Il revient bientôt
avec deux hommes et deux caisses de bière. Une
pleine et l'autre quasi vide. C'est facile à voir : ça ne
se porte pas du tout de la même manière, une caisse
pleine et une caisse vide.

— Tu connais Ti-Méné ? Armand ?

Je ne réponds pas.

Ti-Méné et Armand essuient leurs bottes souillées sur le paillasson intérieur comme si celui qui est sur le perron n'était là que pour les extraterrestres.

Ils déposent leur fardeau et me saluent poliment, en soulevant pendant une fraction de seconde leurs casquettes de chasse réversibles — côté camouflage à l'extérieur, côté fluorescent rouge à l'intérieur. Toujours serviable, Roméo s'est agenouillé devant le frigo et entreprend d'y ranger les bouteilles de bière de ses copains.

— Une chance qu'ils en ont apporté, dit-il à mon intention, il t'en restait presque plus.

— Qu'est-ce qu'on fait de l'autre ? demande Ti-Méné ou Armand.

— On va aller le chercher, on est pas pour le laisser dehors à la pluie, décide Armand ou Ti-Méné.

Ils sortent, non sans s'être au préalable encore essuyé les pieds sur le paillasson, de crainte de salir la boue au bord de la rivière.

— Ils ont eu un petit problème, commence Roméo en refermant la porte du frigidaire.

— Oui ?

J'attends la suite. Mais Roméo ne m'éclaire pas immédiatement. Il va ouvrir la porte à ses deux copains, qui pénètrent chez moi sans du tout s'essuyer les pieds. Ils portent le corps d'un homme, qu'ils déposent sur le linoléum de la cuisine, sans doute pour éviter d'ajouter, aux taches de boue sur la vieille moquette du salon, des taches du sang qui coule du corps. Je devrais plutôt dire du cadavre, parce qu'il est évident que personne ne saurait vivre avec les deux côtés du visage arrachés.

— Penses-tu qu'il est mort ? demande Armand ou Ti-Méné.

Roméo ne répond pas et je me rends compte que la question s'adresse à moi. Pour eux, une fille ça s'y connaît plus en médecine qu'un gars.

— Je pense bien que oui, je dis, bien que ma science médicale soit encore plus limitée que mes connaissances musicales.

Je me penche quand même sur le cadavre. Il y a trop de sang sur la poitrine pour que j'ose tâter en direction du cœur. Je lui prends le poignet. Les autres ne bougent pas tandis que j'essaie de trouver le pouls. Je ne sens rien. Soit que je ne l'aie pas trouvé, soit qu'il ait disparu. Plutôt disparu, je dirais. Je relâche le poignet en secouant la tête.

Je regarde mes trois visiteurs. Il semblent soulagés. La conscience tranquille, je dirais, comme s'ils venaient de faire l'impossible pour sauver la vie de leur meilleur ami.

— C'est qui ? demande Roméo.

— Je sais pas, je le connais pas, dit un des chasseurs.

— Je veux dire : c'est qui, qui a tiré dessus ? précise Roméo.

Les deux autres se regardent, embarrassés.

— On a tiré en même temps, dit l'un.

— Un beau malard qui s'envolait, ajoute l'autre. On savait pas qu'y avait une autre chaloupe cachée là.

— Mais lui aussi a tiré, je pense, continue le premier comme si ce fait constituait une circonstance atténuante ou un plaidoyer de légitime défense.

— En tout cas, vous l'avez pas manqué, conclut Roméo avec ce qui ressemble à un sifflement admiratif.

En effet, ils ne l'ont pas raté. Le visage est en bouillie. Une partie de l'épaule droite est en lambeaux. Je prends un rouleau d'essuie-tout et je commence à éponger le sang qui se répand sur le plancher. Les deux chasseurs se mettent à genoux près de moi et me donnent un coup de main, sans frotter exagérément.

— Vous avez appelé la police ?

Je lève les yeux vers eux. Ma question pourtant simple les a plongés dans l'embarras.

— Ils peuvent pas.

C'est Roméo qui a répondu.

— Ils sont en probation.

Je ne vois pas pourquoi la libération conditionnelle les empêcherait d'appeler la police après un accident de chasse.

Roméo a compris que je ne comprends pas bien.

— Pour braconnage. Ils ont pas le droit de toucher à un fusil.

— Il faudrait que quelqu'un d'autre dise qu'il l'a fait, sans ça on est bon pour la prison, dit celui que je décide d'appeler Armand jusqu'à preuve que ce n'est pas lui.

J'observe Roméo du coin de l'œil pour voir s'il est prêt à se sacrifier pour ses copains. On dirait que non :

22

— Moi aussi, je suis en probation.

Je commence à voir où ils veulent en venir.

— Pour port d'arme illégal, précise Roméo comme si cela était nettement plus honorable que le braconnage.

— T'as-tu un dossier ? me demande Ti-Méné.

Plus je le regarde, plus c'est lui qui doit s'appeler Ti-Méné parce qu'il a indiscutablement une tête à se faire surnommer Ti-Méné, ou même à se faire baptiser de ce prénom-là. Ne me demandez pas pourquoi. Si vous pouviez le voir, vous diriez comme moi. Il est petit de taille et de tête. Avec un peu d'imagination, on imagine facilement qu'il pourrait servir d'appât à la pêche au brochet, comme ces petits poissons qu'on appelle des ménés même si le mot n'est pas dans le dictionnaire. Dans le mien, en tout cas.

L'autre n'a pas plus que n'importe qui une tête à s'appeler Armand. Il est rougeaud, a le visage rond. Tout le corps, aussi, et particulièrement le ventre. Plus je le regarde, plus il me semble inévitable qu'il s'appelle Armand.

Pour répondre à la question de Ti-Méné : non, je n'ai pas de dossier criminel. Et non, je ne vais pas me déclarer coupable d'un accident dont je ne serais pas étonnée qu'il relève plutôt du code criminel. D'ailleurs, quand bien même ce serait le plus involontaire des homicides, je n'ai aucune envie d'en porter le chapeau.

— Pas question.

Ils n'insistent pas longtemps. Mais un peu quand même, pour la forme :

— Paraît que les prisons des femmes sont pas mal plus confortables, tente Ti-Méné. Elles ont la télévision en couleur.

— Avec le câble, à part ça, renchérit l'autre.

Je secoue la tête. Même si la télé payante y était gratuite, je n'irais pas en prison à la place de braconniers qui tirent sur tout ce qui bouge.

— Si on l'enterrerait ? propose plutôt Ti-Méné. T'as-tu une pelle ?

J'ai bien envie de me fâcher. Ils ont tué un homme. Et tout ce qu'ils cherchent, c'est un moyen de se débarrasser du cadavre au lieu d'appeler la police, l'ambulance ou la morgue.

— J'ai rien qu'une pelle à neige.

— Je pense qu'on fait mieux de réfléchir, dit Roméo.

Il se relève, va au réfrigérateur chercher le stimulant intellectuel préféré des mâles de ce coin de pays : trois bouteilles de bière qu'il distribue à ses camarades. Il en garde une pour lui. Je n'ai pas droit à la mienne. Sans doute n'ai-je pas une tête à boire de la bière à même pas huit heures du matin. Ils s'installent, deux dans les fauteuils de rotin, l'autre sur le canapé. Je vais au téléphone suspendu au mur de la cuisine, je décroche le combiné.

— À ta place, je ferais pas ça, dit Armand.

Je me tourne vers son visage rond comme un angelot d'église, avec ses cheveux frisés et sa fossette au menton. Mais son regard est aussi chargé de menace que son ton de voix. Je raccroche.

— Vous avez rien rapporté ? s'enquiert Roméo pour détendre l'atmosphère.

— Deux malards, répond Ti-Méné.

— Puis un gars de Sorel, ajoute Armand en rigolant.

Ils rient. Pas moi. Je demande :

— Comment vous savez que c'est un gars de Sorel ?

— Si c'était un gars de Saint-Gésuald, on le connaîtrait.

— Puis il serait pas allé se placer au milieu des joncs. Nous autres, on se cache pas pour chasser.

— Puis on porte pas des culottes en velours.

Bon, ils m'ont convaincue que c'est un gars de Sorel. Sinon de plus loin encore.

— Pourquoi vous l'avez pas laissé là ? demande Roméo.

— Dans sa chaloupe ?

— Oui. Personne aurait su que c'est vous autres. Les chaloupes, ça laisse pas de traces dans l'eau.

Ils rigolent encore. Plus du tout gênés. Un peu plus et ils iraient se promener au village raconter leur dernière partie de chasse à l'homme.

— On a coulé sa chaloupe, annonce Armand. C'est trop facile à retrouver, une chaloupe qui flotte. Trois coups de douze dans le fond. On a juste gardé son fusil.

— Un pompeux tout neuf, intervient Ti-Méné.

— Y avait jamais tiré. Ou juste un coup, ajoute Armand.

— Correct, approuve Roméo forcé d'admettre qu'un tel butin qui vous tombe du ciel justifie qu'on n'appelle pas la police. Faudrait téléphoner à Coderre.

Il se lève, marche vers le téléphone.

— C'est un avocat, précise-t-il à mon intention.

Il décroche.

— Moi, à ta place, intervient Ti-Méné, je téléphonerais pas à Coderre. Les avocats, ça bavasse.

— Ouais, convient Roméo en raccrochant.

Avant de se rasseoir, il fait un détour par le frigo et revient au salon avec une nouvelle tournée dont je suis exclue encore une fois.

— T'as-tu un sac de couchage ? me demande alors Ti-Méné.

Je n'ai aucune envie d'avoir des invités chez moi pour la nuit. Ça tombe bien, j'ai jeté mon sac de couchage avant de déménager ici. La glissière bloquait. Je secoue la tête.

— Parce qu'on pourrait le jeter à l'eau avec des blocs de ciment, explique Ti-Méné qui a compris que je n'ai rien compris. Ça passerait sur le dos des Devils.

Les Devil's Own sont réputés dans la région et bien au-delà pour leur tendance à limiter le nombre de leurs ennemis et de leurs membres trop bavards en les enveloppant dans des sacs de couchage et en les jetant au fond de l'eau, de préférence sous un pont où on finira par les retrouver, sinon la leçon ne porterait pas. Justement, il y a un pont, ici.

— On va l'enterrer, d'abord, décide Ti-Méné.

DEUX

La pluie a cessé tout à fait. On sent que le soleil a envie de percer à travers les nuages et que ceux-ci sont de moins en moins nombreux à s'y opposer.

J'aurais dû rester à la maison. Mais je me méfie de ces types. Je tiens surtout à m'assurer qu'ils n'enterreront pas le cadavre sur mon terrain. Je n'ai jamais étudié le droit, mais je suis prête à parier qu'on a moins d'ennuis avec la justice quand un cadavre est trouvé sur le terrain de votre voisin que sur le vôtre.

Après de longues délibérations, les gars ont opté, toujours sans me consulter, pour le jardin du docteur Gingras. « La terre doit être plus molle », a dit Roméo. Et je suis debout, à côté du cadavre, tandis que les frères Salvail (je viens d'apprendre qu'ils sont frères et que c'est comme ça qu'ils s'appellent même si je ne sais toujours pas avec certitude lequel est lequel) et Roméo Je-ne-sais-quoi creusent un grand trou.

Maintenant que je sais qu'ils n'enterreront personne chez moi, vous vous demandez sans doute ce que je fais avec ces types qui ont tué un de leurs contemporains et se préoccupent seulement de le faire disparaître ? Moi aussi. Mais il faut dire que depuis quelques mois ma vie a été la plus ennuyeuse qu'on puisse imaginer. Et je ne suis pas tout à fait fâchée que ces trois rigolos s'y soient glissés ce matin. Le seul problème, c'est que je commence à me demander s'il sera possible de m'en débarrasser quand je ne voudrai plus les voir. On verra bien.

Ils ont fracassé à coups de pied le cadenas de la remise du docteur Gingras et y ont trouvé deux bonnes pelles de jardin. Au début, ils creusaient vite dans la terre meuble où la femme du médecin faisait pousser du maïs que les ratons laveurs venaient grignoter dès qu'il commençait à mûrir. Mais ils ont vite atteint la couche de glaise et ils progressent lentement. Toutes les cinq minutes, ils me demandent d'aller leur chercher une bière. Toutes les cinq minutes, je refuse.

— Quand vous aurez fini, dois-je leur répéter constamment comme à des enfants trop gourmands qui réclament des bonbons avant d'avoir terminé leurs devoirs.

— Elle va être bonne en maudit, dit chaque fois un des trois, en rotation et parfois en rotant comme si penser à la bière pouvait avoir le même effet que la boire.

Tandis que je les regarde creuser, j'en apprends un peu plus sur le compte de chacun.

— J'ai demandé à Julie si je pouvais retourner à la maison, raconte Armand. Mais elle veut rien savoir. Elle m'a juste envoyé une photo de la petite.

Et il sort de son portefeuille une photo qu'il fait circuler et qui est aussitôt recouverte de boue. Il a beau cracher dessus, il n'arrive plus à la nettoyer.

— C'est la plus belle petite fille que j'ai jamais vue, je dis quand la photo arrive à moi parce que effectivement je ne l'ai jamais vue.

Armand est content.

— Ils m'ont envoyé voir quatre médecins, se lamente alors Ti-Méné. Y en a pas un maudit qui a été capable de me prouver que j'ai pas mal au dos. N'empêche qu'ils veulent pas me payer. Une chance, je me suis trouvé une jobine chez Montferrant. Mais là, je commence à avoir mal au dos pour vrai. Maudits politiciens en marde !

Il ne donne aucune explication sur le rapport entre ses problèmes de dos et les politiciens, mais je fais semblant de croire qu'il y en a un, et absolument scandaleux. Et peut-être, à bien y penser, leur obsession du déficit zéro est-elle responsable de la parcimonie avec laquelle la Commission de la sécurité et de la santé au travail (je suppose que c'est elle, les « ils » dont parle Ti-Méné) distribue maintenant l'argent à ses cotisants, à commencer par ceux qui risquent le plus d'être des fraudeurs rien qu'à leur voir la tête.

— C'est-tu assez creux ? demande souvent Roméo qui n'a apparemment aucun problème personnel à raconter et qui est maintenant le seul à travailler dans le trou parce que les autres se plaignent de l'aggravation de leurs malaises lombaires.

— Encore un peu.

Et voilà, il y est, cinq coups de pelle plus tard. Du moins, ils sont tous les trois d'accord que ça suffit. Armand et Ti-Méné poussent le cadavre dans le trou et entreprennent de le couvrir de terre, parce que Roméo n'accepte pas de croire que jeter de la terre dans un trou ça fait mal au dos. Lui, qui n'a tué personne ce matin, se contente d'ouvrir le portefeuille du mort. Il n'y a que quelques billets, que Roméo partage en trois parts.

— Pourquoi en trois ? demande Armand. T'as rien fait.

— Peut-être, mais je vais fermer ma gueule, réplique Roméo.

Les deux autres la ferment aussi.

Moi, qui en aurais pourtant beaucoup à dire, je fais pareil. Roméo fait quelques pas vers ma maison. Il se demande quoi faire avec le portefeuille. Il le lance de toutes ses forces en direction du chenal. Le portefeuille tombe dans l'eau entre deux bateaux, et s'y enfonce presque instantanément.

Roméo sourit. Il est content. Non seulement il a de l'argent, mais encore il vient de montrer à une fille qu'il est fort et qu'il sait viser.

Je commence à avoir hâte qu'ils partent. Je vais en avoir pour deux jours à nettoyer la boue (le sang, je l'ai nettoyé tout de suite et je ne pense pas qu'il en reste, même si je suppose que des policiers qui viendraient faire enquête seraient capables d'en trouver des traces dans toute la cuisine). Pendant que Roméo prend une douche qu'il n'a pas eu le temps de prendre chez lui, Armand et Ti-Méné ont entrepris de rentrer chez moi tout leur matériel de chasse parce que la pluie ça fait rouiller. J'ai fait remarquer qu'il ne pleut plus. Mais ils ne m'ont pas écoutée. Ils ont commencé à nettoyer leurs trois fusils avec des tiges. Je croyais que c'était pour effacer toute empreinte de doigt ou trace de poudre incriminante. Mais non :

— Des fusils, plus on nettoye ça vite, plus ça dure longtemps, m'apprend Armand.

Puis il ajoute :

— Ah oui, moi c'est Armand. Lui, c'est Ti-Méné.

Je devrais être fière d'avoir deviné juste. Mais, allez savoir pourquoi, je ne le suis pas du tout.

Ils m'ont donné leurs malards, mais en laissant entendre qu'ils désiraient les manger bientôt. Je me dis qu'une fois qu'ils auront dévoré leurs canards et épuisé leurs réserves de bière (qui baissent dangereusement vite, ce dont je me réjouis autant que j'en redoute les conséquences), ils vont décamper.

Alors, je vide les canards et je les plonge dans l'eau bouillante avant de les déplumer. Et je m'apprête à les faire cuire au four comme des poulets, parce que je ne sais pas comment faire autrement.

— Maryse les fait à l'orange, dit Armand.

Je saisis l'allusion. Pas question que je les fasse à l'orange. Je n'ai aucune idée de comment ça se fait. Et puis, à bien y penser, je me dis que si je les fais à leur goût, ils déguerpiront peut-être plus vite.

— Ça se fait comment, à l'orange ?

— Je sais pas, j'ai jamais regardé. Mais j'aime pas tellement ça.

Comme des poulets, donc, que je fais les canards.

Roméo sort de la douche. Tout nu. Il met simplement une main devant son sexe. Et encore, je le soupçonne de faire exprès pour mal le cacher. De toute façon, il n'est pas si gros que ça, son pénis. Peut-être que dans un jeans serré ça a l'air plus gros. Ou bien ça rapetisse sous la douche.

Avant que j'aie eu le temps de lui dire d'aller s'habiller, il ramasse son slip par terre. Il le porte à son nez pour s'assurer qu'il ne sent pas trop mauvais. Ça doit aller, parce qu'il l'enfile en me tournant le dos pudiquement.

Du bruit, dehors, détourne mon attention de mes invités et de leurs canards. Un énorme camion à plate-forme vient de s'arrêter tout près du pont. Il transporte un bulldozer. Je suppose qu'ils viennent réparer le pont qui relie l'îlot Fou à Saint-Gésuald-de-Sorel. Il est en très mauvais état. Moi, je n'ai pas de voiture, alors je ne risque pas grand-chose en passant dessus. Le docteur Gingras, lui, en a une, et a essayé de me faire signer une pétition réclamant qu'on répare le pont dans les plus brefs délais parce qu'il représente un danger pour les résidants de notre île et pour les visiteurs. Je lui ai dit que le pont était très bien comme ça. Mais je ne serais pas étonnée qu'il ait mis mon nom quand même.

Au moment où je dépose au four les deux malards badigeonnés d'huile, le bulldozer descend de la plate-forme. Le conducteur fait avancer sa machine jusqu'au petit pont. Il lui fait alors effectuer un brusque quart de tour à droite et propulse dans le chenal un premier garde-fou qui ne péchait pas par excès de solidité. Un demi-tour à gauche et l'autre garde-fou est à son tour précipité dans l'eau.

— Qu'est-ce qu'ils font ? demande Armand avec une pointe d'inquiétude.

— Ils réparent le pont.

J'ai répondu avec la certitude de quelqu'un qui prend ses désirs pour des réalités. Car ne voilà-t-il pas que le bulldozer recule d'un mètre ou deux, comme pour prendre son élan. Il s'arrête, lève sa pelle haut dans le ciel. Je suis prise d'un doute. Armand aussi, qui dit :

— Moi, je dirais plutôt qu'ils sont en train de le débâtir.

Et il a parfaitement raison, puisque la pelle du bulldozer est violemment rabattue sur la chaussée du pont, qui s'écroule dans un train d'enfer en soulevant un immense nuage de poussière. S'il n'avait pas plu pendant presque toute la nuit, j'aurais droit à rien de moins qu'un champignon de bombe atomique.

— En tout cas, il connaît son affaire, ajoute Ti-Méné avec une admiration parfaitement justifiée à l'égard de ce seul et unique coup de pelle judicieusement donné.

Je me précipite hors de la maison.

— Qu'est-ce que vous faites ? je crie aux hommes casqués qui entourent le bulldozer de l'autre côté du chenal.

— On refait le pont, répond un homme qui a un bloc à pince à la main et un crayon coincé entre le crâne et l'oreille.

Il est manifestement contremaître, inspecteur municipal ou quelque autre espèce de petit patron.

— Quand est-ce qu'il va être prêt ?

Il regarde une feuille sur son bloc, la soulève, en consulte encore quelques-unes avant de répondre :

— Au printemps, si tout va comme on veut.

— Comment ça se fait que vous m'avez pas avertie ?

— Vous avez pas reçu une lettre enregistrée ?

— Non.

L'homme consulte une autre feuille sur son bloc.

— Aimé Paradis, c'est qui ?

— C'était mon oncle.

— On lui a envoyé une lettre en juillet. Elle est revenue marquée « décédé ». Ça fait qu'on s'est dit que s'il était mort, ça le dérangerait pas qu'on refasse le pont cet hiver. Le docteur est pas contre, il a fermé son chalet. Puis c'est lui qui nous achale pour qu'on le rebâtisse.

Il est vrai que le docteur Gingras est le seul autre propriétaire de l'îlot Fou et qu'il a fermé sa maison comme tous les automnes. Sauf que moi, je suis toujours là. Je veux protester encore, mais le bulldozer se remet bruyamment en marche et entreprend de remonter sur la plate-forme du camion. Le contremaître me fait un petit signe que je pourrais croire

34

amical s'il ne venait pas de faire démolir le pont qui me reliait à l'Amérique du Nord.

Je rentre à la maison. Mais je n'y ai apparemment pas droit à la sympathie que je mérite lorsque j'annonce la nouvelle :

— Ça s'arrange pas ! Pas de pont avant le printemps.

— Maudite marde ! Qu'est-ce qu'on va faire avec notre pick-up ? se lamentent Ti-Méné et Armand.

— Puis moi, alors ?

— Toi, c'est pas grave, t'en as pas, de pick-up.

— Mais comment je vais faire pour traverser ?

— T'as rien qu'à prendre le bateau de ton oncle, je vas te montrer comment le faire partir, m'assure Roméo.

— Puis quand la glace va être prise ?

— Tu traverseras sur la glace.

Il n'a pas ajouté « épaisse », mais c'est tout comme. Et le qualificatif n'aurait pas visé la glace.

Je ne vais quand même pas me laisser faire comme ça. Je téléphone à l'hôtel de ville. Une femme répond :

— Saint-Gésuald-de-Sorel, bonjour.

— Le maire, vite.

Pas de s'il vous plaît ni d'autres salamalecs. Pas quand on vient de m'enlever mon petit pont à moi toute seule. Une autre femme répond :

— Rose Deschamps, bonjour.

Elles me font suer, avec leurs bonjours. Je prends, sans faire le moindre effort, mon ton le plus outragé.

— Je suis Carmen Paradis, de l'îlot Fou. Pourriez-vous dire à votre crétin de patron d'imbécile de maire qu'il vient de faire démolir le pont qui me relie à la terre ferme. S'il ne le fait pas remplacer avant cinq heures cet après-midi, je vais poursuivre la municipalité pour un million de dollars.

Bref silence à l'autre bout du fil.

— Dites-lui plutôt deux millions, fais-je pour punir la secrétaire de réagir si lentement.

— Vous êtes sûre ? demande la femme.

C'est vrai que deux millions, c'est beaucoup pour une petite municipalité comme Saint-Gésuald.

— Un million, ça pourra toujours aller.

— Je veux dire : vous êtes sûre que le pont n'est plus là ?

— Il a été démoli il y a cinq minutes. Il ne reste pas un madrier, pas un clou. Rien. Vous pouvez dire à votre patron de venir voir ça, s'il sait nager.

— C'est moi, le patron. Je suis Rose Deschamps, la mairesse. Ou le maire, comme vous voudrez. Et j'avais demandé qu'on ne démolisse pas le pont avant la semaine prochaine, parce que en fin de semaine on attend cent vingt Français — une association d'observateurs d'oiseaux. J'arrive tout de suite.

Nous raccrochons. La mairesse est furieuse, ça s'entendait. Et sa colère a quelque peu atténué la mienne. C'est une femme qui s'occupe des problèmes d'une autre femme. Je suis rassurée. Pas tout à fait, parce que j'ai l'impression qu'elle se préoccupe plus des problèmes des touristes que de ceux de ses contribuables. L'important, c'est qu'elle fasse reconstruire le pont sans tarder.

Dans les films de guerre, les soldats assemblent des ponts sur les rivières en quelques heures seulement. Je parie que s'il n'y pas d'Allemands pour leur tirer dessus, c'est possible d'y arriver en quelques minutes. Si on veut.

Roméo allume la télévision pour regarder les nouvelles.

Comme je n'ai pas du tout envie de savoir qui, du monde ou de moi, se porte le plus mal, j'en profite pour aller jeter un coup d'œil aux canards, dans le four. Ils ont l'air de cuire sans se presser. Et je soupçonne ces bestioles de ne devenir mangeables que lorsqu'elles sont quasiment trop cuites pour être mangeables. Quelques coups de fourchette dans leur chair caoutchouteuse me le confirment.

— Ça devrait être prêt dans une heure, je dis à tout hasard aux trois hommes quand je vais les rejoindre dans mon salon.

— Tu sais pas quoi ? demande Roméo en fermant le volume de la télé.

C'est la question la plus stupide qui soit. Comment pourrais-je savoir quoi ? Et à plus forte raison ne pas savoir ? Je ne hausse même pas les épaules.

— Le ministre du Tourisme, de la Chasse et de la Pêche vient d'être enlevé.

— Ah oui ?

— C'est le député de Sorel, ajoute Roméo.

Je l'ignorais, comme toute personne qui est arrivée de la ville après la dernière campagne électorale.

— Il devait aller à la chasse, ce matin, avec le ministre des Affaires municipales. Le municipal a appelé la police quand il a vu que le gars de la chasse arrivait pas. Ils ont retrouvé sa Lincoln Continental sur le chemin des Alouettes, à l'autre bout, pas loin de Sorel. Mais ils ont pas retrouvé son bateau.

Je ne suis pas particulièrement friande de faits divers et cette histoire me laisse totalement froide. Les hommes se sont tus. Ils se sont tournés vers moi. Je me demande pourquoi ils me regardent tous avec ce petit air malicieux.

Tout à coup, je saisis :

— C'est lui qui...

— On peut pas être sûrs, sûrs, opine Ti-Méné.

— Il est plus tellement reconnaissable, ajoute Armand

— Puis de toute façon, on le connaissait pas tellement, renchérit Ti-Méné.

Les bras m'en tombent. Un ministre a été tué. Et enterré dans mon île. Le monde entier sait déjà qu'il est disparu tout près d'ici. Je regarde par la fenêtre, pour voir si la maison ne serait pas déjà entourée par l'escouade tactique. Mais non : pas de policiers en vue. Ou ils sont bien cachés. Pas le moindre hélicoptère dans le ciel. Ou ils sont bien haut. Il n'y a que les démolisseurs de mon pont, qui font une pause tandis que le camion à plate-forme s'éloigne avec le bulldozer. À moins que ce ne soient des policiers déguisés en démolisseurs de ponts. Pas bête comme tactique :

ils démolissent le pont pour empêcher les ravisseurs de fuir...

— N'empêche que c'est une maudite belle mort pour un ministre de la Chasse, conclut Ti-Méné.

Armand hoche la tête. Lui aussi, il est fier d'avoir procuré à un grand serviteur de l'État un décès compatible avec ses fonctions. Nous observons une minute de silence, pendant laquelle je conclus que le fait qu'il ait été ministre ne change rien pour moi. Ce n'est pas moi qui l'ai tué, ni même enterré. C'est tout juste si j'ai assisté à sa mise en terre. Y a-t-il des lois qui interdisent qu'on observe l'enterrement d'une victime d'assassinat ? Je n'en vois pas la nécessité. Par contre, il y a sûrement des lois qui interdisent qu'on accueille des assassins chez soi quand on sait qu'ils en sont. Il faudra que je téléphone à la Sûreté du Québec dès que j'en aurai la chance. Au moins pour leur demander si j'ai le droit de ne dénoncer personne. Et ce que je risque si je ne l'ai pas.

— Mais j'y pense, s'exclame soudain Armand : ils s'imaginent qu'il a été enlevé. Pourquoi on demande pas une rançon ?

Armand et Ti-Méné se tournent vers moi. Ils cherchent mon approbation, même si je n'ai rien à voir dans tout ça. C'est à peine si j'ai regardé pendant qu'ils enterraient le ministre. J'ai même refusé de leur apporter de la bière à ce moment-là. Il n'y a pas moins complice que moi.

— Ça rassurerait sa veuve, de savoir qu'il est pas mort, ajoute Ti-Méné dans l'espoir de m'attendrir.

— Combien on demande ? s'enquiert Armand.

Ils me regardent toujours, comme pour avoir mon avis.

— Moi, je dirais cent mille, propose Ti-Méné après un moment.

— Cent mille ? Sa femme est millionnaire. Ils vont penser que c'est une farce, proteste Armand. Un million. Deux, peut-être.

Avec ma poursuite contre la municipalité, ça nous fera un grand total dans les deux à trois millions. Mais je ne me prononce pas et on n'attend plus ma permission, car Armand et Ti-Méné sont enthousiasmés par la perspective de devenir millionnaires.

— Si on veut avoir deux millions, faut en demander quatre, décrète Ti-Méné.

— Puis on accepte pas moins que deux millions. Un chacun, calcule Armand, c'est plus facile à calculer.

— Trois, proteste Ti-Méné. Roméo a pelleté, lui aussi.

L'intéressé sourit. Un million de dollars, sans avoir à tuer personne, c'est tentant.

— Puis elle ? s'exclame Armand.

Ti-Méné me regarde, navré de m'avoir oubliée.

— Je voulais dire quatre. Quatre millions, pas une piastre de moins, se hâte-t-il d'ajouter pour faire oublier son indélicatesse.

— D'abord, faut en demander cinq, sinon on aura pas de marge de manœuvre, conclut Armand.

Il se tourne vers moi, satisfait d'être si équitable. Ou d'avoir l'expression « marge de manœuvre » dans son vocabulaire. Mais ils se passeront de mon approbation, même si je dois avouer que l'idée d'avoir un million m'attire un tout petit peu, moi qui ne possède rien d'autre que cette maison misérable.

— Tu leur téléphonerais-tu ? me supplie Armand. Une voix de femme, ça les mêlerait. Puis ça ferait plus sérieux. Tu parles bien, toi. Distingué, je veux dire.

— Tu peux faire tes commissions toi-même. Et pas sur mon téléphone, s'il te plaît. Ils sont capables de retracer les appels. Puis même avec la télé payante en couleur, j'ai pas envie de passer le reste de ma vie en prison. De l'autre bord du chenal, y a un téléphone public, chez Didace. Prends ton bateau, puis vas-y.

Ti-Méné adresse un signe de tête à l'endroit d'Armand qui se lève. Je crois y lire que ça veut dire : elle veut même pas téléphoner, on va se contenter de trois millions.

Armand n'a pas le temps de mettre sa veste de chasse à carreaux qu'une sirène se fait entendre. Les trois hommes se redressent, inquiets, comme si la police pouvait avoir trouvé les ravisseurs avant même qu'ils aient demandé la rançon.

— Ça doit être la mairesse, elle m'a dit qu'elle arrivait tout de suite, que je leur dis en regrettant de les rassurer si vite. Elle est peut-être venue avec la police.

Je n'ajoute pas « pour arrêter les démolisseurs du pont », parce que je sais que ce serait trop beau pour être vrai.

Une voiture s'approche rapidement, sur le chemin des Alouettes. Ce n'est pas une voiture de police. À moins que la couleur des voitures de police soit passée du blanc au vert après être passée du bleu au blanc il y a quelques années. À mon avis, la mairesse a équipé sa voiture d'une sirène de façon à accourir plus rapidement dans les situations d'urgence — les démolitions de ponts, par exemple.

Je me trompe : ce n'est pas cette voiture-là qui est équipée d'une sirène, mais une autre qui suit la première, et dont je distingue les gyrophares. La mairesse se fait escorter par une voiture de police pour se rendre plus vite sur les lieux d'une catastrophe. Et la destruction de mon pont n'est rien de moins que ça, une catastrophe.

La première voiture arrive à fond de train. C'est plutôt une fourgonnette. Et pas celle de la mairesse, puisque son conducteur semble ignorer qu'il n'y a plus de pont. Il tourne à droite à l'endroit où il y en avait un tout à l'heure encore. Il s'en aperçoit juste à temps pour donner un coup de frein totalement insuffisant pour l'empêcher de foncer droit dans le chenal.

— C'est Steff, notre autre frère, dit Armand aussi placidement que si ce frère-là était cascadeur spécialiste des chutes de voiture dans les cours d'eau glacée.

Le véhicule s'enfonce dans le chenal. Derrière lui, une voiture de la Sûreté du Québec réussit une superbe série de têtes à queue et, telle une toupie, finit par s'immobiliser après avoir fait une demi-douzaine de tours sur elle-même.

— Maudit Steff en marde, ajoute Ti-Méné au comble de l'admiration.

La voiture du frangin est entièrement submergée. J'attends qu'Armand et Ti-Méné se précipitent à sa rescousse. Surtout que Ti-Méné est tout nu sauf pour son slip, parce qu'il était sur le point de prendre sa douche. Mais il ne bouge pas plus qu'Armand. Quelqu'un fait surface, tout à coup, dans le chenal. C'est une femme, qui regagne le rivage — de notre côté.

— C'est Gina, la blonde à Steff, explique Armand.

Tandis que Gina s'ébroue en se secouant comme un chien, une deuxième personne émerge de l'eau. Un homme, cette fois. Sûrement Steff.

— Je savais qu'il serait capable, dit Ti-Méné avec une fierté toute fraternelle.

Il sort sur le balcon, toujours en slip, et les appelle. L'homme et la femme gravissent la pente, montent les escaliers, entrent chez moi, dégoulinant d'eau. Par la fenêtre, je vois le policier debout près de sa voiture secouer la tête pour se désétourdir. Il tend le bras à l'intérieur, attrape le micro de son système de communication et demande sûrement des renforts. Les ouvriers de la municipalité, quant à eux, se hâtent de placer une barrière de bois devant le pont disparu pour éviter d'autres accidents et les poursuites qui les suivent inévitablement quand on a oublié de mettre une barrière là où il en fallait.

— Ils auraient pu y penser avant, je dis.

— C'est pas grave, fait Steff, c'est pas mon char. Mais y a plein de cigarettes qui vont être perdues si on va pas les chercher vite.

Aussitôt, oubliant qu'ils vont bientôt être millionnaires, les hommes entreprennent d'aller chercher les
cigarettes dans le véhicule submergé. Steff et Ti-
Méné plongent et en repêchent les caisses, que
Roméo empile sur mon balcon, tandis qu'Armand
fait le guet avec le fusil à pompe tout neuf du ministre décédé. L'agent de la SQ s'accroupit derrière sa
voiture pour poursuivre sa conversation en toute sécurité.

Pendant ce temps, je parle avec Gina à qui j'ai prêté
des vêtements et ma dernière serviette sèche. Elle est
plutôt petite, à peine plus grande que moi. Elle a des
seins, elle. Je les ai vus pendant qu'elle se changeait.
Nue ou habillée, il est facile de voir qu'elle est forte.
Pas seulement physiquement. Mais dans la tête aussi.
Je ne sais pas trop comment dire ce que je ressens.
L'impression d'être devant une fille qui fait ce qu'elle
veut mais qui ne sait pas ce qu'elle veut. Ou qui veut
ce qu'elle ne voudrait pas vouloir. Elle est de la réserve indienne voisine. Et cela a donné à Steff, qui
n'est pas amérindien mais n'est pas du tout raciste,
d'après elle, l'idée de faire la contrebande des cigarettes. Elle a deux enfants.

— C'est pas Steff qui est leur père. Ni l'un ni
l'autre.

Elle dit ça comme si les deux étaient de pères différents.

— Ils ont douze puis quinze ans. Ils ont commencé
à fumer. Puis Steff a perdu son chômage parce qu'on
est allés faire un tour en Floride et ils l'ont appris. Ça
fait qu'il faut bien qu'on fasse quelque chose...

44

Je ne dis rien. Je ne fume pas, je n'ai pas d'enfant, je ne suis pas amérindienne ni mariée à un chômeur, je ne suis jamais allée à Miami et je ne sais pas ce que je ferais si j'étais à la place de Gina.

Je me demande aussi ce que ça peut bien faire au gouvernement que des gens aillent se réchauffer en Floride plutôt que de se geler les fesses à attendre des offres d'emploi qui ne viendront jamais.

C'est bizarre, je ne m'étais jamais posé ce genre de question avant de rencontrer Gina.

Les canards sont cuits. Très. Presque carbonisés. Et pourtant toujours pas tendres. Armand les a quand même décrétés aussi bons que ceux à l'orange de Maryse. Et il m'est resté des os qui mijotent sur la cuisinière avec de vieux légumes en voie de moisissure pour faire un bouillon mais surtout pour me donner quelque chose à faire.

Vingt-six gros cartons de cigarettes achèvent de sécher sur le perron. Il paraît qu'il y en a pour trente mille dollars. On ne le dirait pas juste à les regarder.

De l'autre côté du chenal, il y a maintenant trois voitures de la Sûreté du Québec. Et quatre agents qui nous observent en fumant cigarette sur cigarette. J'ai l'impression que s'ils réussissaient à récupérer les nôtres (tiens, je les appelle les nôtres, maintenant), il en disparaîtrait une caisse ou deux. Mais ils ne pourront pas s'en saisir tant qu'ils n'auront pas désarmé Armand qui les surveille derrière le fusil du ministre et qui a tiré sur quelques canards qui sont passés par là et les a tous ratés. Je parie qu'il veut montrer qu'il n'est qu'un humble chasseur qui ne sait pas tirer et que les agents ont intérêt à rester à distance respectable s'ils ne veulent pas être abattus accidentellement.

La mairesse est passée faire un tour sur le chantier de démolition du pont. Elle a un véhicule à quatre roues motrices tout neuf. Un Cherokee rouge. Je me souviens d'avoir vu dans le journal local des publicités d'un commerce de voitures d'occasion qui s'appelle Autos Deschamps. Je cherchais quelque chose dans les cinq ou six cents dollars. Il n'y avait rien à moins de deux mille. Ce doit être elle, la propriétaire. Elle est petite, un peu boulotte, mais semble très énergique. Je l'ai vue parler au contremaître. Je crois qu'elle l'a engueulé vertement. Mais j'ai cru comprendre, à ses gestes à lui, qu'il s'en lavait les mains et qu'il n'y pouvait rien et que le pont était tombé tout seul, juste à le regarder. J'ai aussi cru comprendre, à ses gestes à elle, qu'il était congédié. À tout le moins, s'il est contractuel, je parie que son contrat ne sera pas renouvelé.

Chez moi, tout le monde sauf moi s'est douché et séché. On a manqué d'eau chaude, ce qui m'a fait un peu plaisir parce que c'est tombé sur Steff qui prenait une douche exagérément longue, sans doute en se disant qu'il n'avait pas à se gêner, pour une fois que ce n'était pas lui qui payait l'électricité. Gina a jeté tous les vêtements dans la machine à laver — sans oublier ceux qui étaient tachés de sang. Et, en attendant qu'ils en sortent, Steff a mis des trucs à moi. Il n'est pas tel-

46

lement plus grand. À part les jambes de pantalon et les manches de chemise trop courtes, ça ne lui va pas si mal.

Ils n'ont toujours pas décidé combien d'argent ils allaient demander à la veuve du ministre pour lui remettre son mari vivant même s'il est mort. Maintenant qu'ils sont plus nombreux, il en faut plus. Roméo a dit qu'il ne voulait pas de part, mais les autres ont protesté. Steff, surtout, qui n'a rien eu à voir dans toute cette histoire, insiste pour que Roméo ait son million. Autrement, comment pourrait-il réclamer le sien ?

Je leur fais remarquer que si on tue un ministre dans un accident de chasse, c'est bien moins grave quand on ne réclame pas de rançon, parce que si on réclame une rançon, ça laisse à penser qu'on a pu le tuer par exprès ou par accident en s'emparant de lui, ce qui n'est pas la même chose qu'un vrai accident pas du tout voulu ni prémédité. Mais des millions étant des millions, ils discutent ferme. Ti-Méné et Armand sont pour. Steff, qui vient d'arriver et ne risque pas d'être accusé de meurtre, est tout à fait pour. Gina n'a pas donné son avis et on ne lui a rien demandé. Mais je ne serais pas étonnée qu'elle soit pour. Roméo a pris un roman de Michel Tremblay dans ma petite bibliothèque et le lit ou fait semblant de le lire, sans jamais se mêler à la discussion. Au moins, il le tient à l'endroit, ce qui prouve qu'il y a une chance sur deux pour qu'il sache vraiment lire. Moi, j'insiste seulement pour que l'appel téléphonique réclamant la rançon ne se fasse pas de chez moi.

Mais je sais bien que s'ils décident de téléphoner d'ici parce que les agents ne les laisseront pas se rendre chez Didace pour faire leur appel, je ne serai pas capable de les en empêcher.

Armand, qui est allé uriner dehors parce que Ti-Méné occupe les toilettes depuis au moins cinq minutes, rentre en coup de vent, surexcité :

— L'armée arrive !

Il dit cela sur le ton de l'homme fier de mobiliser tout un pays contre lui.

Trois autocars noirs viennent d'arriver. Les forces armées canadiennes se déplacent-elles dans des autocars noirs ? Armand semble le croire. Un homme en uniforme avec casquette descend du premier autocar. Je ne trouve pas qu'il a l'air d'un soldat. Mais je n'en ai pas vu souvent. N'empêche que la mairesse discute avec lui, puis avec celui qui semble être le chef des policiers. L'homme à la casquette remonte à son volant et les trois autocars manœuvrent pour se garer un peu en retrait, de l'autre côté du chemin des Alouettes. Des hommes et des femmes en descendent. Des vieux et des vieilles. Personne en uniforme. Mais presque tous ont des jumelles suspendues à leur cou.

— C'est pas l'armée, constate Ti-Méné, déçu de je ne sais quoi mais déçu.

Moi, j'ai tout compris.

— C'est des observateurs d'oiseaux. Des Français. J'ai lu dans le journal qu'ils viennent voir nos oiseaux parce que ça coûte moins cher que d'aller voir des oiseaux aux États-Unis, avec le dollar canadien qui vaut plus rien.

Tandis que mes hôtes me regardent, incrédules, comme s'il était possible qu'on vienne de si loin pour observer des oiseaux sans leur tirer dessus, j'examine ma mairesse. Elle discute avec les policiers en faisant de grands gestes, en pointant souvent le doigt vers les ornithologues qui attendent bien patiemment. Puis elle s'empare du téléphone de son contremaître et fait un numéro. Je parie qu'elle téléphone au grand patron de la Sûreté du Québec pour lui demander d'ordonner à ses hommes de permettre à ses touristes d'observer nos oiseaux. Je ne sais pas ce que je donnerais pour pouvoir lire sur les lèvres. Juste à la regarder attendre la communication, je devine qu'elle s'apprête à lui passer un savon de première classe. Mais à ce moment-là mon téléphone sonne. Je le laisse sonner. C'est ma mère qui veut prendre de mes nouvelles. Je n'ai jamais rien de nouveau à lui dire, alors je ne réponds en général que la dixième fois qu'elle appelle, histoire de lui montrer que j'ai mieux à faire que lui parler. Et puis, c'est elle qui m'a dit que je devrais sortir plus souvent. Si je réponds tout le temps, elle va penser que je suis là tout le temps.

— Téléphone, crie Gina qui doit me penser dure d'oreille.

Les yeux fixés sur ma mairesse, je fais signe à Gina de me ficher la paix avec son téléphone. La mairesse s'adresse encore aux agents tandis qu'elle attend qu'on lui réponde. Mon téléphone sonne toujours.

— Veux-tu que je réponde ?

Je fais signe à Gina que oui, elle peut répondre si ça l'amuse. Et si ma mère confond sa voix avec la mienne et lui fait la conversation, ce sera toujours ça de gagné.

Gina décroche. Le correspondant de la mairesse aussi, parce que celle-ci parle, maintenant. Le policier le plus près d'elle s'essuie le front même s'il ne fait pas si chaud. Je n'entends rien de la conversation de la mairesse, mais je devine qu'elle demande quelqu'un.

— Non, fait la voix de Gina derrière moi.

La mairesse parle encore.

— Tu t'appelles-tu Carmen ? demande Gina.

Je m'empare du téléphone.

— Allô ?

Ma mère ne dit rien.

— Écoute, je suis très occupée en ce moment. Je peux te rappeler demain ?

Je ne la rappelle jamais, parce que je ne veux pas payer les frais d'interurbain. De toute façon, ma mère, elle, rappelle tout le temps.

— Carmen Paradis ? demande une voix qui n'est pas celle de ma mère mais que j'ai déjà entendue quelque part.

— C'est moi.

— Je suis Rose Deschamps, la mairesse. Si vous regardez par la fenêtre, je suis la petite boulotte avec un téléphone cellulaire.

50

Si je peux la voir ? Évidemment que je peux la voir, avec son téléphone. Je ne vois qu'elle depuis cinq minutes.

— Ah oui, je pense que je vous vois, fais-je en feignant de venir tout juste de jeter un coup d'œil par la fenêtre.

— Voilà ce qui se passe. J'ai cent vingt touristes Français qui sont ici pour observer des oiseaux. Ils vont dépenser cinquante mille dollars chez nous, à Saint-Gésuald, aujourd'hui et demain. Des gibelottes à vingt dollars, ça monte vite. Le pont est tombé accidentellement, mais je peux quand même les faire traverser en bateau. Le seul problème, c'est votre ami sur le balcon avec son fusil. Si vous le faites rentrer chez vous, j'ai la promesse de la police qu'ils ne feront rien avant demain soir pour aller chercher les contrebandiers qui sont chez vous. Pensez-vous que vous pouvez arranger ça ?

J'ai envie de lui dire que le pont n'est pas tombé accidentellement, mais je sens que ce n'est pas la question la plus urgente à régler.

— Je peux toujours essayer.

Rose Deschamps fait deux pas pour s'éloigner des policiers. Elle leur tourne le dos et chuchote dans l'appareil :

— Dites-leur de se sauver quand il fera noir. La plupart des policiers vont repartir pour faire une battue. Y a un ministre qui s'est perdu pas tellement loin d'ici.

La perspective de voir disparaître mes hôtes emporte aussitôt mon adhésion.

— D'accord, je m'en occupe.

Elle me donne son numéro de téléphone personnel. Un numéro sans frais : 1-800-ROSEDES. Je raccroche. J'explique la situation aux autres. Armand accepte de rentrer dans la maison. Deux des voitures de police repartent. Il ne reste que deux agents qui s'installent dans leur véhicule. Je sors sur le balcon et je fais un grand geste de la main à l'intention de la mairesse, pour signaler que la voie est libre. Elle répond par un signe d'amitié.

TROIS

L'îlot Fou est envahi par des gens à tête blanche ou grisonnante qui marchent silencieusement, les jumelles accrochées au cou, l'oreille tendue. Avec l'arrivée de Steff et de Gina, notre provision de bière s'est rapidement épuisée. Mais Rose Deschamps a accepté de nous en envoyer deux autres caisses avec la dernière embarcation d'observateurs d'oiseaux. Maintenant que leurs vêtements sont secs, j'ai repris les miens à Steff et à Gina et je les ai mis à laver.

Toutes les demi-heures, je fais le tour du salon, de la cuisine, de la chambre et même de la salle de bains pour ramasser les bouteilles vides. Rien ne me déprime plus que de voir les « cadavres » s'accumuler ainsi. Non. Une chose me déprime encore plus : la fumée. J'ai beau faire valoir à mes invités qu'ils sont en train de brûler leurs profits et la drogue des enfants de Gina, ils s'obstinent à fumer comme des cheminées.

Je mets mon blouson et je sors, histoire de prendre l'air. Je me mets, comme la foule qui a envahi mon île, à la recherche d'oiseaux à observer. Mon seul problème, c'est que je ne me suis pas procuré un guide d'observation. Je sais la différence entre un moineau et un canard, mais mes connaissances ornithologiques s'arrêtent là (et encore, le mot ornithologique est une addition récente à mon vocabulaire).

Aussi bien consulter un expert. Il y en a cent vingt, ici. Je m'approche de l'un d'eux — un bel homme, grand et mince, aux cheveux blancs, accompagné d'un chien noir gros comme un labrador et qui en est peut-être un. C'est le seul Français à ne pas avoir de jumelles. Il doit avoir une sacrée bonne vue pour un type de son âge.

— Excusez-moi, monsieur, mais pouvez-vous me dire ce que vous regardez ?

Il se tourne vers moi, m'observe un long moment en souriant, avant de répondre :

— La persillette incolore. C'est un petit oiseau vraiment remarquable. Il y en a une, là, juste devant.

Je plisse les yeux. Je ne vois rien, qu'un arbre. Un saule comme les autres. J'entends bien un oiseau qui gazouille. Mais je n'arrive pas à le repérer dans les branches.

— Là, là, dit-il. Celui qui fait criii-criii.

Il lève vers l'arbre la canne sur laquelle il s'appuyait. Je ne vois toujours rien. Sauf que, tout à coup, je vois que la canne est blanche. Mon observateur d'oiseaux est aveugle !

— Vous le voyez ? demande-t-il.

Oui, je le vois enfin. C'est un petit oiseau que je serais bien en peine de décrire. Disons seulement qu'il est un peu plus gros qu'un moineau, mais beaucoup plus petit qu'un canard.

— C'est l'oiseau qui est plus gros qu'un moineau, mais plus petit qu'un canard ?

— Oui, si on veut.

Nous restons là, silencieusement. Je ne sais pas comment faire savoir à mon compagnon que je viens de me rendre compte qu'il est aveugle. Je suppose qu'il devine mon trouble, parce que c'est lui qui ouvre la bouche après un long moment :

— Je parie que vous vous demandez comment on peut observer les oiseaux quand on ne les voit pas.

— C'est-à-dire que... oui.

— On les voit moins bien, mais on les entend mieux. Claudius les voit pour moi.

En entendant son nom, le chien agite la queue. Nous faisons encore quelques pas devant le jardin des Gingras. Maintenant que je sais reconnaître les persillettes incolores, j'en vois partout. En tout cas, il me semble voir partout des oiseaux plus gros que des moineaux et plus petits que des canards.

— C'est dommage, me dit l'homme, que nous ne soyons pas au printemps.

— Pourquoi ?

C'est une question idiote qui m'a échappé. Il y a mille et une raisons qui font qu'on serait mille et une fois mieux au printemps qu'à l'automne. Mais c'est apparemment la question qu'attendait mon aveugle, car il répond aussitôt :

— Vous pourriez assister à leurs amours, qui sont remarquables.

J'hésite à demander comment, mais il ne me laisse pas le temps de m'y résoudre :

— De toutes les espèces d'oiseaux d'Amérique, ce sont les seuls qui s'accouplent dans la position du missionnaire.

Je ne suis pas bien experte en ces choses. Et je n'ai jamais vu deux missionnaires s'accoupler. Cela doit se sentir, parce qu'il ajoute :

— Comme nous, la plupart du temps. C'est-à-dire la femelle sur le dos et le mâle par-dessus.

J'essaie d'imaginer des oiseaux comme ça. Oui, ce n'est pas difficile. Dans le fond, c'est bien plus difficile d'imaginer qu'ils puissent faire autrement, avec leur queue pleine de plumes à l'arrière. Mais je vais passer pour une crétine si j'en fais part à mon interlocuteur. Je me tais.

— Vous habitez près d'ici ?

— Oui, la première maison, à votre gauche quand vous êtes arrivé.

— La petite maison blanche avec des volets verts ?

Là, il m'épate. Comment fait-il pour entendre les couleurs des maisons et des volets ? Ou comment son chien fait-il pour les lui indiquer ? L'homme a deviné qu'il m'a épatée, car il continue en riant :

— Je le sais parce qu'un de mes compagnons me l'a décrite tout à l'heure.

Pendant que nous parlons, le chien se met à creuser. Dans de la terre meuble. Un instant, je prends plaisir à le voir chercher un os avec tant d'enthousiasme. Mais mon plaisir est de courte durée, car je

m'aperçois qu'il creuse à l'endroit où nous avons enterré le ministre.

— Claudius adore creuser, dit l'aveugle.

— Je peux vous offrir une bière... ou une tasse de
thé ?

— Du thé, ce serait bien.

Je pense qu'il m'en reste. Je suis prête à tout pour
les éloigner, lui et son chien, du cadavre du ministre.
Mais je n'ai pas très envie de les présenter à mes invités malgré moi. Si je l'amenais plutôt manger une
gibelotte de l'autre côté du chenal ? Non : je n'ai pas
assez d'argent. Mais il est tout à fait le genre à s'em-
parer de l'addition... Nous faisons quelques pas. Le
chien va-t-il nous suivre ? Oui : il rattrape son maître,
se place de façon qu'il n'ait qu'à ouvrir la main pour
le toucher.

Juste comme je m'apprête à parler gibelotte, mon
dilemme disparaît : sur le chemin, je croise Roméo,
Ti-Méné et Armand, avec Steff et Gina qui ferment
la marche. Nous faisons comme si nous ne nous
connaissions pas. Je les remercie d'un clin d'œil que
me rend Gina.

J'amène l'aveugle et son guide chez moi. J'ouvre
une fenêtre pour chasser la fumée, je mets de l'eau
dans la bouilloire électrique.

— Que faites-vous dans la vie, mademoiselle ? me
demande mon hôte pendant que je cherche la boîte
de thé.

J'aurais envie de mentir. Surtout que cet aveugle
est très séduisant pour un homme de son âge. Même
pour un homme de n'importe quel âge. Je me de-

mande s'il garde son chien dans la chambre où il fait l'amour ?

— J'étudie la guitare, dis-je enfin avec un minimum de franchise bien que cela ne soit pas une occupation qui m'occupe vraiment.

— Je pourrais vous entendre ?

J'éclate de rire, d'un rire un peu forcé, je le reconnais.

— Je connais seulement deux accords. Mi et ré. Aujourd'hui, je voulais apprendre le do sol ré. Mais il est arrivé des choses. En fait, je suis au chômage. C'est mon oncle qui m'a donné cette maison. En héritage.

Un peu plus et je lui raconterais toute ma petite vie misérable. Y compris l'affaire de la boîte aux lettres. Mais je suis sauvée par la sonnerie du téléphone. Je décroche. Cette fois, c'est ma mère, pas mon maire.

— Je peux te rappeler plus tard ?

Ma mère a un sixième sens, parce qu'elle devine que pour une fois je ne suis pas seule.

— Tu es avec quelqu'un ?

— Un peu.

— Un homme ?

— Peut-être.

— Comment ça, peut-être ? C'est un homosexuel ?

— Je te rappelle demain.

Je raccroche.

— C'était ma mère.

— J'avais deviné.

Il sourit, se tait. Moi non plus, je ne dis rien. Je me suis assise. Je me sens mal à l'aise. J'ai l'impression qu'il m'observe.

La bouilloire commence à chanter. Je me lève.

J'essaie de m'imaginer ce que ça doit être, au lit avec quelqu'un qui ne vous voit pas et qui vous touche partout pour voir comment vous êtes. On n'a pas besoin d'être belle, mais il s'en aperçoit peut-être si on ne l'est pas. J'étire le cou vers la fenêtre pour repérer ma bande des cinq. Je ne les vois plus. J'espère qu'ils ne sont pas en train de faire des bêtises. Et puis je m'en fiche, pourvu qu'ils me laissent tranquille.

Je verse l'eau dans la théière. Le cœur me débat furieusement. Ma main tremble alors que j'apporte le plateau. Comment l'aveugle interprète-t-il le tintement de la porcelaine ? Il me croit nerveuse ? Alcoolique ? Troublée ? J'aimerais bien qu'il retienne la main avec laquelle je lui tends sa tasse toujours en tremblotant. Il n'en fait rien. Par contre, la tasse en passant de ma main à la sienne devient tout à fait silencieuse.

Il avale une gorgée de thé. J'ai l'impression qu'il va dire quelque chose. Mais il ne dit rien, et prend une autre gorgée en souriant. Je lève ma tasse à mes lèvres. Ce thé-là ne sent rien. Sans doute est-il éventé quelque peu parce que je n'en bois pas souvent. Je baisse les yeux : il est tout à fait transparent. C'est de l'eau chaude.

— J'ai oublié le thé !

— Ce n'est pas grave, j'aime bien une tasse d'eau chaude.

Il enlève ses verres fumés, les met dans sa poche. Il regarde dans ma direction. Pendant un instant, je jurerais qu'il me voit et qu'il n'est pas plus aveugle que moi. Il a des yeux ordinaires. Pas du tout comme Andrea Boccelli.

— Vous êtes très jolie.

— Comment le savez-vous ?

— Cela se sent. Et puis Claudius est toujours beaucoup plus à l'aise avec les jolies femmes.

Je baisse les yeux. Je n'avais pas remarqué que Claudius me léchait la cheville. Je me sens tellement humide de partout que sa langue mouillée n'a pas attiré mon attention. Il ne me reste plus qu'une chose à faire : prendre mon aveugle par la main et l'attirer dans ma chambre. Que le chien nous accompagne ou non, ça m'est parfaitement égal. Je me lève.

— Carmen, on peut te parler une minute ?

Je n'ai pas entendu la porte s'ouvrir. Armand est là, et je vois à travers la fenêtre Ti-Méné qui m'attend sur le perron. J'aurais envie de les tuer. Mais je me radoucis : ils veulent sûrement m'annoncer qu'ils s'en vont. Et après j'aurai la paix.

— Excusez-moi, je dis à mon aveugle. Des amis. En fait, pas des vrais amis, je ne les connaissais pas avant ce matin. Mais il faut que je leur parle.

— Je vous en prie.

Sur le perron, Armand referme la porte derrière moi.

— On a téléphoné, dit Ti-Méné. De chez le docteur Gingras.

Je fronce les sourcils. Ils sont entrés par effraction, parce que le docteur Gingras n'est pas le genre à laisser une porte déverrouillée. Mais à qui ont-ils téléphoné ?

— À la femme du ministre, répond Armand sans attendre ma question. On a demandé six millions. Un chacun. Elle a pas dit non.

Ils ont l'air aussi ravis que s'ils avaient déjà l'argent dans leurs poches. Je dis :

— Vous avez pas parlé trop longtemps, au moins ? Ils ont des trucs pour retracer les appels.

— On a vu des films de police, nous autres aussi, riposte Armand.

— Y a juste une chose, intervient Ti-Méné.

Je ne leur demande pas de quoi il s'agit. Je ne veux pas le savoir et ça ne me regarde pas.

— Sa femme veut une preuve que son mari est encore vivant.

Je souris, ravie d'apprendre que, toute femme de ministre qu'elle est, la veuve du député de Sorel n'est pas la dernière des idiotes.

— On a pensé à un doigt. Ça s'est déjà fait.

Oui, il me semble que j'ai déjà entendu parler d'une histoire comme ça. En Italie, peut-être. Mais il y a un problème...

— Mais y a un problème, poursuit justement Ti-Méné. On peut pas prendre un doigt du cadavre. Je gage qu'ils peuvent dire à quelle heure le doigt est mort.

— Ça nous prendrait un doigt frais, ajoute Armand en me regardant de son œil candide.

61

— Mais pas trop jeune, termine Ti-Méné.

Je comprends. Ils veulent arracher à mon aveugle dont je ne connais pas le nom un de ces beaux doigts dont je rêvais, il y a quelques instants seulement, qu'ils allaient me caresser.

— Vous êtes pas sérieux...

— On va enlever les empreintes avec un couteau, poursuit Ti-Méné.

— Vous êtes des écœurants !

Ils sont étonnés. Écœurants, eux ? Où est-ce que j'ai bien pu aller chercher ça ?

— Tu le connais même pas, dit Armand.

— À part ça, c'est un Français, ajoute Ti-Méné.

— Puis un aveugle, ça a pas besoin de tellement de doigts, renchérit Armand.

— Il les voit pas, il peut même pas les compter, précise Ti-Méné. Qu'est-ce que ça peut faire s'il lui en manque un ?

Je vois rouge. Armand reçoit une gifle de première force. Et Ti-Méné s'apprête à recevoir un coup de genou dans les couilles, lorsque la porte s'ouvre derrière moi.

— Vous avez besoin d'aide, mademoiselle ?

C'est mon aveugle. Il tient sa canne par le milieu, le pommeau à la hauteur de sa tête, prêt à s'abattre sur le crâne le plus proche. Et Claudius, le gentil Claudius qui me léchait la cheville tout à l'heure, a sorti ses griffes et montre ses crocs.

Ti-Méné répond à ma place.

— Non, ça va aller. On va trouver autre chose.

62

Ils retraitent. Il ne me reste plus qu'à rentrer et entraîner dans mon lit l'homme qui vient peut-être de me sauver la vie (il est vrai qu'en revanche je lui ai sauvé un doigt, mais il n'en sait rien et je ne pense pas que je vais lui dire).

— Il faut que je rejoigne mon groupe, ils vont s'inquiéter.

Il descend les marches avec son chien.

— Si vos amis vous embêtent encore, téléphonez-moi. Je suis au motel Patrimoine. Chambre cent neuf.

Mes « amis » se sont éloignés en direction de la maison du docteur Gingras où ils vont sans doute passer la nuit parce que c'est plus confortable là-bas et qu'ils ne manqueront pas d'eau chaude demain matin s'ils pensent à mettre le chauffe-eau en marche tout de suite. Et puis, il y a, à portée de voix de l'autre côté du chenal, la voiture de police. Je ne risque pas grand-chose. Sauf peut-être ceci : que mon aveugle ne revienne pas. Il est déjà rendu au pied de l'escalier et marche vers les bateaux.

— Pensez-vous revenir ?

Je ne sais pas s'il m'a entendue. Je sais par contre que je suis pathétique avec mon ton de mal baisée. Plutôt, de pas baisée du tout depuis un sacré moment.

Les touristes ont tous franchi le chenal et sont repartis dans leurs autocars. Ils sont allés manger leur gibelotte, je suppose. Poêlée ou bouillie, la barbotte ? Je m'en fiche. La voiture de police est toujours là.

Mais le contremaître et les ouvriers sont partis. Comme la mairesse. Je suis pratiquement seule et enfin tranquille. Je devrais aller dire à mes voleurs de doigts que la mairesse leur conseille de fuir à la nuit tombée. Mais qu'ils se débrouillent. Ce n'est pas mon affaire.

À la télévision, le type des nouvelles est plus énervé que jamais. Notre ministre du Tourisme, de la Chasse et de la Pêche fait la première manchette. Il n'a pas été retrouvé (le contraire m'aurait étonnée). Trois groupes de ravisseurs ont revendiqué l'enlèvement. Ils réclament jusqu'à dix millions. Mes petits copains ont encore haussé les enchères. Tant mieux pour eux, je me dis en ajoutant des nouilles japonaises à mon bouillon de canards.

Pas moyen d'être tranquille longtemps. Ti-Méné vient frapper à ma porte. J'hésite à lui ouvrir. Mais il a l'air souriant et amical. De toute façon, les doigts qui avaient excité sa convoitise sont rendus de l'autre côté du chenal, tous ensemble et bien vivants.

— On regardait les nouvelles chez le docteur, commence-t-il dès qu'il a passé la porte.

— J'ai vu ça, moi aussi.

— On est pas les seuls à demander une rançon. Je savais que dix ça serait mieux. On a l'air d'une bande de trous de cul avec nos six millions.

Je hausse les épaules. Leurs millions, qu'il y en ait dix ou six, ils peuvent se les mettre où je pense.

— Je m'excuse pour le doigt, ajoute-t-il, gêné. On pensait pas que ça te dérangerait.

— Ça m'a dérangée.

Il se tait. Je sens qu'il a quelque chose à me demander. Qu'est-ce qu'il attend ?

La télé est encore allumée, même si j'ai coupé le son. Ti-Méné va s'asseoir, regarde des images prises dans un dépotoir. Il y a plein de goélands qui fouillent dans les saloperies. Je songe aux persillettes incolores. Et à mon aveugle.

— Tu sais ce que ça nous prendrait ? demande enfin Ti-Méné.

Je n'en sais rien. Je ne dis ni oui ni non. Mais il s'enhardit quand même, parce que je ne l'ai pas envoyé paître aussi clairement que j'aurais dû. Ça m'apprendra.

— Faudrait qu'on fasse croire que c'est un enlèvement politique. Là, ils nous prendraient plus au sérieux que les gars du dix millions.

Je l'écoute attentivement, même si j'ai les yeux vissés sur l'écran qui ne m'intéresse pas du tout, mais ça me permet de faire semblant que les propos de Ti-Méné ne m'intéressent aucunement. Il y a maintenant un reporter grassouillet, debout, micro à la main, avec le dépotoir en arrière-plan. On dirait qu'il a été nourri d'ordures depuis sa plus tendre enfance.

Ti-Méné prend mon silence pour un encouragement.

— Faudrait que quelqu'un nous aide à écrire un manifeste qu'on leur lirait au téléphone. Quelque chose dans le genre du F.L.Q. Mais pas si long. En soixante-dix, je m'étais endormi en plein milieu. C'est vrai que j'avais juste huit ans...

Moi, je n'étais même pas née. Mais j'ai déjà lu le manifeste du Front de libération du Québec, dans un cours de communication donné par un prof que je soupçonnais d'en être l'auteur parce qu'il trouvait que c'était un texte absolument génial.

Je réfléchis, ou je fais semblant, histoire de montrer que je n'ai pas envie d'écrire leur truc. Le reportage est terminé. L'annonceur de tout à l'heure revient, dit quelque chose. J'essaie de deviner si c'est drôle ou si c'est triste. Je n'y arrive pas. Confronté à mon indifférence, Ti-Méné passe aux menaces voilées :

— Sinon, on va être pris pour rester ici encore longtemps.

La météo, maintenant. Il pleut à Montréal, si je comprends bien la dame-météo sous son parapluie. D'habitude, quand il pleut à Montréal, il va pleuvoir ici quelques heures plus tard.

— Qu'est-ce que tu veux que j'écrive ?

— Si je le savais, je l'écrirais tout seul. On aimerait quelque chose qui montre qu'on est fâchés pour de vrai, que c'est pas rien que l'argent qu'on veut. Comme ça, si la femme du ministre a pas tous les six millions à la banque, le gouvernement va lui prêter le reste.

— Y a un crayon avec un carnet dans le premier tiroir dans la cuisine.

Ti-Méné va les chercher.

— Il est ministre de quoi, déjà, ton cadavre ?

— Loisirs, Chasse, Pêche. Peut-être Tourisme à la place des Loisirs. C'est le genre de ministre qui change de nom tout le temps.

Le mois dernier, j'ai commencé une chanson, sur laquelle j'ai mis une petite ritournelle qui me trotte souvent dans la tête et que je serai peut-être capable d'écrire une fois que je saurai jouer de la guitare. Ça s'intitule « Bande de chiens sales ». Ça n'est pas une chanson sur la police. Seulement sur les hommes en général. Et sur Roger en particulier. Je pensais à lui tout le temps en la composant, même si son nom n'y est pas, ni rien qui ait directement rapport à lui. Je suis le genre de fille qui peut détester tout l'univers quand je me mets à haïr un homme.

Je m'inspire de ma chanson et j'écris :

« Pour les animaux tués par les chasseurs, pour les poissons nourris aux BPC... »

La suite, dans ma chanson que je n'ai jamais mise par écrit, disait « pour les forêts rasées par les coupes à blanc ». Ça ne marche pas avec le tourisme, la chasse et la pêche. Les loisirs non plus.

J'ajoute plutôt :

« Pour les touristes frustrés. » Frustrés de quoi ? Je n'en sais rien. Ce n'est pas mon problème. Du goût de la gibelotte, peut-être. Puis j'ajoute quand même « pour les forêts rasées par les coupes à blanc », parce que rien ne me prouve que mon ministre n'était pas celui du Tourisme, de la Chasse et des Forêts. Et je continue avec ce qu'on pourrait appeler le refrain de ma ritournelle :

« Vous ne savez pas
qu'on le sait,
mais ça n'empêche pas

que tout le monde sait
que vous êtes
rien, rien, rien
qu'une maudite bande
de maudits chiens sales. »

Il n'y a pas de rime, pas de rythme apparent, mais quand je me chante ces mots-là dans la tête, c'est aussi chantant que n'importe quoi de Trenet ou de Vigneault.

J'en mets comme ça une page entière, puis je tends la feuille à Ti-Méné. Il la lit (ou fait semblant de la lire s'il est incapable de la lire et incapable de l'avouer) puis me la remet en souriant. Il sait lire.

— C'est pas pire. Surtout l'affaire sur les chasseurs. Comme ça, ils penseront jamais que ça peut être nous autres. Mais ça nous prendrait un nom. Je veux dire un nom politique. Ou peut-être juste des initiales. Comme F.L.Q. Mais pas F.L.Q., c'est déjà pris.

Je suis vachement créative, aujourd'hui. Je trouve tout de suite quelque chose de pas mal :

— Liberté pour tous, ça irait ?

— Liberté pour tous ? J'aime ça. Ça fait L.P.T. Pourrais-tu rajouter Québec pour faire L.P.T.Q. ? Me semble que ça sonnerait mieux.

J'ajoute « au Québec » après « Liberté pour tous ». Il reprend la feuille.

— C'est vrai que ça sonne mieux. Ellepétécul.

— Ellepétaque, je précise. Y a un A.

— Ellepétaque, ça a du chien.

Ti-Méné est enchanté. Il se lève.

— Quand est-ce que vous partez ? je lui demande.

— Quand on va avoir la rançon.

— Puis qu'est-ce que vous faites pour la preuve ?

— On s'est arrangé.

Il a honte et ça se voit. Il n'a aucune envie de m'en parler. Mais j'insiste du regard.

— On l'a déterré. On lui a donné un bain chez le docteur. On a lavé son linge puis on l'a rhabillé. Il était encore un peu sale, mais on peut pas se faire enlever sans se salir. Puis on lui a mis un journal dans les mains. Celui d'hier. On avait pas celui d'aujourd'hui, mais ça devrait faire pareil. On l'a placé debout contre un arbre, la tête cachée derrière le journal. Armand a pris trois photos avec le polaroïd du docteur. Ils vont reconnaître son linge puis voir qu'il est debout. On peut pas être debout si on est mort.

J'essaie d'imaginer les photos. Ce doit être horrible. Mais d'un autre côté il doit y avoir dans ces clichés une espèce de sincérité naïve qui peut être plus rassurante encore que des photos de studio pour quelqu'un qui tient à être rassuré. Ou plus terrifiante. Avoir six millions, il me semble que je paierais. Dix, même.

— Tu veux-tu les voir ? offre Ti-Méné pour me faire plaisir.

— J'aime autant pas, si ça te fait rien.

Il sort. J'éteins la télé. Je prends ma guitare. L'accord de do sol ré me cause autant de difficultés que ce matin. Un peu plus, même.

D'habitude, je me lève avec le soleil. Ce matin, j'ai un peu de retard parce que le soleil lui aussi prend son temps pour se montrer le nez. En fait, tout ce que je vois par la fenêtre, c'est un brouillard épais.

J'adore ces matins-là. Je regrette qu'il n'y en ait qu'au printemps et à l'automne, mais deux saisons sur quatre, ça n'est pas si mal. Je me régale de ce paysage ouaté qui m'entoure. Je pourrais aussi bien être au sommet d'une montagne ou au bord de l'océan. Je raffole aussi de ce silence. De temps en temps, une corneille lance son cri rauque. Et je me rends délicieusement compte que je suis au bout du monde, sur mon île. Mon îlot à moi toute seule, maintenant que le docteur Gingras est parti pour l'hiver.

Je me dis que j'ai de la chance. Pas un seul problème — pas un seul vrai, en tout cas. Je n'ai pas d'argent, mais pas de dettes. Je n'ai pas de travail, mais pas de patron. Je n'ai pas d'amoureux, mais pas de querelles de ménage non plus.

70

Je sors sur le grand balcon, par la porte coulissante, du côté du chenal. Les planches sont mouillées. Il a plu, mais ça a cessé. Je suis nue parce que je dors toujours nue. De toute façon, ce brouillard vaut le plus épais des rideaux. Il ne fait pas vraiment froid, mais c'est tellement humide que j'ai quasiment l'impression de prendre une douche glacée, comme quand j'ai oublié de rallumer l'eau chaude en me levant le matin. Je la coupe toujours après la vaisselle, à midi. L'électricité n'est pas si chère, mais le compte est toujours trop élevé pour mes moyens.

Le brouillard me cache le paysage. Je ne vois pas l'autre côté du chenal. Je ne vois même pas le chenal. Je suis seule au monde et c'est tant mieux comme ça.

Un petit souffle de vent me force à rentrer le cou dans les épaules. Un instant, le nuage de brouillard se lève et révèle un coin du chenal devant moi, avec un couple de malards, que je suis capable d'identifier, mais qu'on ne me demande ni pourquoi ni depuis quand. Puis le brouillard se referme comme un rideau.

Tout à coup, il me revient le souvenir d'un homme aux cheveux blancs et à la canne de même couleur. Je ne sais même pas son nom. J'espère seulement le revoir. Dans un autre rêve, si c'est dans un rêve que je l'ai vu.

Un coup de vent plus fort lève soudain le brouillard. Pas seulement devant le chenal, puisque je peux voir jusqu'à l'autre côté du chenal. Être vue, aussi.

Ils sont sept. En treillis, comme des soldats, avec des vestes que je suppose bourrées de matériau pare-balles. Casqués, aussi. Cinq ont des fusils ou des carabines — je ne suis pas trop sûre de la différence (je sais que les uns tirent des balles et les autres des plombs, mais lesquels tirent quoi ?). Deux ont de simples pistolets. Et toutes ces armes sont pointées sur moi.

Je me souviens de tout d'hier, tout d'un coup. Y compris pourquoi je sais que les malards s'appellent des malards.

Mon cœur cesse de battre. Je rentre, affolée. Je me cache derrière le mur, entre la porte et la fenêtre. Pour cacher ma nudité ou pour me cacher des balles ? Je ne me pose pas la question. Mais le mur derrière lequel je me dissimule d'abord est bien étroit et bien mince. Je me jette au sol. Je mets mes mains sur ma tête, comme si le plafond allait me tomber dessus. J'ai envie de hurler de peur, mais je me retiens. J'essaie de me calmer.

D'abord, je rampe, sur les coudes, jusque derrière le canapé. Et je m'aplatis encore plus au sol. Je ne dois pas être tellement plus épaisse que la moquette usée.

Le téléphone sonne. Qu'il sonne. Je me sens presque en sécurité, aplatie comme une fleur de tapis derrière mon canapé usé. Après cinq sonneries, peut-être, je commence à les compter. À la onzième, ça doit faire au moins quinze et je ne peux plus supporter ce damné téléphone qui sonne. Je parie que c'est un mauvais numéro. Ou ma mère — c'est le genre à laisser sonner cinquante coups, parce qu'elle sait que les frais d'interurbain ne commencent pas tant que personne n'a décroché à l'autre bout du fil.

Je rampe encore. Dès que je peux toucher le cordon qui relie le téléphone à la prise, je tire dessus et le combiné tombe du mur.

— Allô ?

— Mademoiselle Paradis ? Lieutenant Bernier, Sûreté du Québec. Vous avez rien à craindre. C'est pas vous qu'on vise.

Je me soulève pour jeter un coup d'œil par un coin de la fenêtre. Les policiers sont toujours là, et leurs armes sont toujours pointées dans la direction de la maison. L'un d'eux — sûrement le lieutenant Bernier — est debout près d'une voiture et tient un pistolet dans une main et un micro dans l'autre.

— Si c'est pas moi, c'est qui, d'abord ? Je suis toute seule.

— Où sont passés vos amis ?

— Ils sont partis.

— Quand ?

Le timbre de la mise en attente des appels se fait entendre. Je m'étais abonnée à ce service dans le temps où j'espérais encore que Roger me téléphonerait. Je savais qu'avec ma chance, il m'appellerait pendant que je serais en conversation avec ma mère. Et Roger n'a jamais été patient. Depuis deux mois, je me répète que je n'ai pas trois dollars par mois à jeter par les fenêtres et qu'il faudrait que j'annule la mise en attente maintenant que je suis sûre que Roger ne téléphonera plus jamais. Mais je ne m'en

73

suis pas occupée. J'aurais envie de laisser faire, mais j'en suis incapable. Si c'était Roger ?

— Une seconde.

J'appuie sur le commutateur.

— Allô ?

— Carmen ? Tu ne m'as pas rappelée. Et je parie que ce n'est pas parce que tu n'es pas seule.

C'est ma mère, avec sa voix pointue et son ton sarcastique de femme qui rêve de devenir un jour belle-mère et grand-mère pour avoir deux individus de plus à emmerder.

— Non, je ne suis pas seule. Il y a devant moi au moins sept policiers qui me visent avec leurs armes. Mais je ne me suis jamais sentie si seule.

Pour la première fois de sa vie, ma mère se tait au téléphone. J'en profite pour mettre fin à la conversation :

— Je te rappelle.

Je reviens à mon lieutenant.

— Excusez-moi, c'était ma mère.

Il a un petit rire condescendant.

— Vous êtes sûre que vos amis sont partis ?

— Pour commencer, ce ne sont pas mes amis. À part ça, ils ne sont pas ici. Ils m'ont dit qu'ils passaient la nuit chez le docteur Gingras.

— Leurs caisses de cigarettes ne sont plus sur votre perron, en tout cas.

Je n'avais pas remarqué. Je glisse un autre coup d'œil par la fenêtre d'en arrière. Le perron a en effet été dégagé des caisses qui l'encombraient. Je suis prise d'un doute.

— C'est seulement pour leurs cigarettes que vous leur courez après ?

— Oui, pourquoi ?

Le timbre de la mise en attente, encore une fois. C'est sûrement ma mère. Mais on ne sait jamais. J'appuie sur le machin.

— Carmen ?

Je reconnais la voix fêlée de Ti-Méné.

— La police est-tu partie ?

— Non. Ils sont toute une armée. Où est-ce que vous êtes, vous autres ?

— Toujours chez le docteur. On a pas encore envoyé la photo, parce qu'on a eu une meilleure idée.

J'ai peur de tout ce qui pourrait être une idée issue du crâne de Ti-Méné et de sa bande. Surtout s'ils la croient meilleure qu'une autre.

— Quoi ?

— Tu vas voir tout à l'heure, dit-il énigmatiquement.

Il coupe. Je reviens au lieutenant.

— Ils sont encore chez le docteur Gingras.

— Vous avez le numéro de téléphone ?

— Regardez dans l'annuaire. C'est le seul docteur Gingras à Saint-Gésuald, vous pouvez pas vous tromper.

Je raccroche. Je vois par la fenêtre que les policiers ont baissé leurs armes. Le lieutenant parle toujours dans son micro. Je les observe encore un bon moment. Ils ne font rien. Ils attendent, on dirait.

Il est vrai que s'ils sont seulement à la recherche de contrebandiers de cigarettes, il n'y a pas de quoi risquer leur vie. Est-ce que je devrais sortir et ramer jusqu'à la terre ferme ?

C'est l'heure des premières nouvelles à la télé. Je l'allume et j'écoute sans regarder, en m'habillant. Dans l'affaire du ministre disparu, on semble convaincu qu'il s'agit d'un kidnapping. La police a abandonné les battues dans les îles de Sorel, qui n'ont rien donné. On soupçonne qu'il s'agit d'un enlèvement politique. Et on croit que les sept demandes de rançons — entre un et dix millions — sont plutôt le fait de petits criminels qui veulent profiter de la situation, parce que la femme du ministre appartient à une des plus riches familles du Québec. Le Premier ministre a convoqué son cabinet de crise pour dix heures.

À part ça, rien de neuf. Les ambulanciers menacent de se mettre en grève si on ne leur permet pas de faire la sieste sur les civières pendant leurs heures d'attente. Il y a eu un vol au musée McCord, à Montréal. Des objets d'artisanat autochtone de grande valeur. Mais pas un mot sur ce qui se passe à l'îlot Fou. La contrebande de cigarettes est un fait divers insignifiant à côté du rapt d'un ministre ou du vol de colifichets amérindiens.

Je m'habille, puis me fais à déjeuner (œufs frits et pain grillé) en prenant soin de ne pas me montrer à la fenêtre. J'y jette seulement un œil de temps en temps.

Tiens, les autocars de touristes reviennent. La mairesse les accompagne. Les policiers ont enlevé leurs vestes pare-balles et sont en train de remballer leurs armes. Sans doute a-t-on plus besoin d'eux ailleurs. Des groupes d'ornithologues montent dans les barques. Mon aveugle est dans la première, avec son Claudius. Je sors pour l'accueillir.

— Bonjour, mademoiselle, me dit-il en sortant de la barque tandis que Claudius l'attire vers moi en frétillant de la queue.

— Bonjour, monsieur.

Je suis contente de le voir. J'aurais envie de raconter mes mésaventures à quelqu'un qui ne soit ni quelqu'un que je connais ni un parfait inconnu. Justement, il n'est ni l'un ni l'autre.

— Je peux vous offrir du café ? Je le fais plus fort que le thé.

Il rit un tout petit peu. Moi, je ris plus fort jusqu'à ce que je remarque une femme d'un certain âge — à peu près celui de ma mère — qui s'est arrêtée près de lui et s'empare de son bras. Elle n'est plus jeune, mais elle est très belle. En tout cas, je la trouve bien plus belle que ma mère. Et que moi. Plus élégante, aussi. Une belle grande Française, genre sœur aînée de Catherine Deveuve, ça se remarque. Sauf pour un aveugle. Mais je parierais qu'ils ont passé la nuit ensemble. C'est peut-être sa femme ? Il ne m'a jamais dit qu'il n'était pas marié. Mon aveugle marmonne quelques mots à son intention — sans doute pour expliquer comment il m'a connue et l'assurer qu'il ne me connaît quasiment pas.

Ils s'éloignent tous les trois, Claudius poussant l'ignominie jusqu'à lancer un coup de langue en direction de la cheville de la femme.

Il ne me reste plus qu'à rentrer chez moi. Les agents de la SQ, de l'autre côté du chenal, sont en train de lever le siège. Vont-ils se lancer à la poursuite des ravisseurs du ministre ? Ou des ambulanciers en grève ? Ou des voleurs du musée ? Ils ont l'embarras du choix.

Je commence à monter les marches, lorsqu'un bruit nouveau attire mon attention. Pendant quelques instants, je crois que c'est un des imbéciles des environs qui ont équipé leur voiture d'un système de sonorisation d'un million de watts pour partager avec toute oreille ouverte à des kilomètres à la ronde leur amour du rythme et des notes graves. « BOM-bom-bom-bom, BOM-bom-bom-bom, BOM-bom-bom-bom. » Pourquoi les agents de la SQ ne se lancent-ils pas à la poursuite de ces véritables ennemis publics numéro un ?

Ah, enfin : les agents ont tourné la tête en direction de la source de la musique, qui semble venir du chenal. Est-ce que ces crétins auraient commencé à équiper les bateaux des mêmes haut-parleurs tonitruants ?

Non. C'est un canoë qui vient de déboucher du virage dans le chenal. Un énorme canoë rabaska, bon pour une douzaine de personnes. De chaque côté, quatre avirons s'agitent, quasiment en mesure avec le BOM-bom-bom-bom. À l'avant, un chef indien avec une grande coiffure à plumes qui lui descend jusqu'aux talons se tient debout, bras croisés sur la poitrine. Il a l'air digne et sévère et on le dirait sorti tout droit d'un vieux western. Il serre entre ses dents un calumet de la paix, allumé, dont il tire une bouffée qu'il expire voluptueusement. Derrière lui, quatre Amérindiens, en costumes tout aussi traditionnels mais avec deux plumes seulement fixées à un serre-tête, pagaient avec vigueur. Et tout à l'arrière une jeune et jolie squaw coiffée d'une seule plume fait des BOM-bom-bom-bom sur un tambour tout aussi traditionnellement amérindien.

Les policiers, en les apercevant, se sont jetés à l'abri derrière leurs véhicules. Le chef ne daigne pas leur adresser un regard. Et le canoë vient s'arrêter du côté de ma maison, là où était le pont. Les cinq hommes et la femme en descendent, tirent leur embarcation sur la berge boueuse, à côté des piliers de bois du pont démoli.

Quatre hommes s'emparent d'autant de caisses de bière. Et la petite troupe se place en file indienne, ce qui me semble parfaitement approprié. Ils se mettent en marche. Le chef s'approche de moi et me demande :

— La maison du docteur Gingras, c'est par là ?

— Oui, là, sur la butte. Mais il y est pas.

— C'est pas grave, on est pas malades.

Je les regarde s'éloigner. Ils ont fière allure. Bien plus que les autochtones en treillis et cagoule qu'on voit d'habitude bloquer les routes. Les policiers remettent en toute hâte leurs vestes pare-balles. Ils ont l'air affolés face à leur nouvel ennemi séculaire. Leur chef s'installe à son micro et je suppose qu'il appelle le ministre de la Sécurité publique pour le supplier d'envoyer des renforts ou même l'armée — pourquoi attendre des semaines que la situation se soit gâtée irrémédiablement, quand on peut la demander tout de suite ?

Je monte les marches de chez moi en m'émerveillant de la belle obstination avec laquelle les autochtones conservent leurs traditions et portent leurs costumes ancestraux même pour aller chez le médecin.

En mettant le pied sur la dernière marche, je comprends. Le musée McCord ! Mes autochtones ne sont pas plus indiens que mes fesses. Ce sont des copains de Ti-Méné et compagnie. Ils sont allés à Montréal voler de quoi se costumer, de façon à... À quoi ? Je n'en sais rien. En tout cas, leurs costumes ont su inspirer le respect aux membres de la SQ assez longtemps pour leur permettre de passer.

Je rentre et je cherche le numéro du docteur Gingras dans l'annuaire. Je téléphone, en espérant que ce sera Roméo qui répondra. Il me semble moins déraisonnable que les autres. Un peu moins crapule aussi. Et puis, il n'est pas si vilain à regarder, même si je ne fais que téléphoner.

— Allô ?

— Roméo, s'il vous plaît. C'est Carmen...

— C'est Ti-Méné, mais ça va faire pareil.

— Écoutez, ça marchera jamais, votre truc. Vos Indiens viennent d'arriver. Mais la police va bien s'apercevoir que c'est pas des vrais. La radio a parlé du vol au musée McCord...

— Qu'est-ce qu'ils font, là ?

— Les Indiens ? Ils s'en vont chez vous.

— Non : les policiers.

80

— Ils se sont cachés derrière leurs autos.

— Tu vois bien que ça marche.

Je raccroche. Ils peuvent faire n'importe quoi, ce n'est pas mon problème. Et puis non. Ils me traitent comme la dernière des imbéciles. Je reprends le téléphone et je demande la Sûreté du Québec. Ensuite, j'exige qu'on me mette de toute urgence en communication avec le chef des agents qui font le siège de l'îlot Fou, à Saint-Gésuald-de-Sorel. Un lieutenant quelque chose. Garnier, peut-être. Par la fenêtre, j'observe le policier qui saisit son micro.

— Lieutenant Bernier, Sûreté du Québec.

— Vous avez vu les Indiens qui viennent de vous passer sous le nez ?

— Oui.

— C'est pas des vrais. Ils ont volé leurs plumes au musée McCord la nuit dernière.

Le policier rigole.

— Vous pensez ça, vous ? Comment vous vous appelez, pour commencer ?

Je raccroche. Lui aussi me prend pour la dernière des connes. Qu'il aille se faire foutre.

BOM-bom-bom-bom, BOM-bom-bom-bom, BOM -bom-bom-bom.

Le tambour revient. Les faux Indiens aussi. Et encore Roméo et Ti-Méné, Armand et Steff, et Gina qui ferme la marche avec la joueuse de tambour. Les caisses de bière qu'ils portaient, que je suppose vides puisqu'ils ont été là pendant presque deux heures, ont été remplacées par les caisses de cigarettes. Les

81

observateurs d'oiseaux regardent passer la troupe. Certains ont des appareils photo et en profitent pour garder des souvenirs de ce spectacle exceptionnel. Eux, au moins, pourront raconter à leurs amis de Brive-la-Gaillarde qu'ils ont vu des vrais Indiens en vrais costumes de vrais Indiens, alors que leur agent de voyages leur a dit qu'il n'en existait plus.

Le plan de Ti-Méné semble marcher à merveille. De l'autre côté du chenal, les agents se font encore plus petits derrière leurs voitures. Il y a de la tension dans l'air. Mais il est évident que tout le monde souhaite éviter les incidents.

Les faux Indiens commencent par déposer les caisses de cigarettes dans le fond du canoë. Puis ils essaient d'y prendre place. C'est là que le plan de Ti-Méné et ses copains frappe un os. Ils peuvent s'asseoir à quatre seulement, maintenant que les caisses de cigarettes ont été embarquées. Les quatre premiers assis sortent alors du canot. Quatre plus minces — dont les deux femmes — les remplacent. Même alors, il semble impossible d'ajouter un passager supplémentaire. Il y a de longues palabres à voix basse entre Ti-Méné et les gars de sa bande. On fait ressortir les deux femmes et les deux hommes. On les remplace par les quatre faux Indiens du début. On pousse le canot, qui repart comme il était venu, mais sans ses BOM-bom-bom-bom.

Je ris de la déconvenue des contrebandiers. Mais pas longtemps, parce que ceux qui restent entreprennent de monter les marches de mon perron.

Je sors. Pas question de les laisser entrer chez moi.

— Ça me gêne de te déranger, mais on a plus le choix, dit Ti-Méné.

Je tourne la tête pour suivre son regard. De la maison du docteur Gingras sort une épaisse fumée. Des flammes aussi, de plus en plus hautes.

— On pouvait pas la laisser comme ça avec plein d'empreintes digitales.

Je recule de deux pas. Puis j'étends les bras pour les empêcher de passer. Ils n'ont qu'à rester dehors. C'est à ce moment-là que la pluie se met à tomber. Drue. Comme des clous. Toute la bande se précipite à l'intérieur. Je baisse les bras une fois qu'ils sont tous passés. Sauf Roméo, qui fait une petite grimace, tentative maladroite de me montrer que ce n'est pas sa faute. Je lui réponds par un coup d'œil furieux. Il rentre après moi et crie :

— Vous pourriez au moins enlever vos bottes !

Et tout le monde, assis dans les fauteuils, sur le canapé ou les chaises de la cuisine, entreprend d'enlever ses bottes après avoir mis de la boue partout.

Le téléphone sonne. Je ne réponds pas. Tant pis si c'est Roger.

Gina répond.

— C'est ta mère. Elle veut juste savoir si tu es toujours toute seule.

Je me calme. En tout cas, j'essaie.

Chez moi, c'est le bordel. Nous sommes huit dans la petite maison que mon oncle avait construite pour y passer seul ses vieux jours. Il y a une fumée aussi dense que le brouillard de ce matin. Et des mégots partout — plein les deux cendriers et aussi sur le plancher.

Dehors, c'est encore plus bordélique. L'auto-pompe de Saint-Gésuald est toujours là, même s'il y a au moins trois heures que la maison du docteur Gingras est entièrement rasée par les flammes. Les pompiers ont essayé d'atteindre l'incendie avec une lance, depuis l'autre côté du chenal, mais ils n'ont réussi qu'à arroser le jardin du docteur Gingras, qui n'en avait pas besoin, puisqu'il pleut encore à verse. Les policiers aussi sont toujours là. Plus nombreux. Je compte onze voitures. Les agents, je ne les vois jamais tous en même temps ; impossible de savoir combien ils sont. Depuis cinq minutes, un hélicoptère fait du sur-place au-dessus de nos têtes.

Ti-Méné, qui me disait à toutes les demi-heures que le rabaska allait bientôt revenir, ne dit plus rien. Il est évident que le canoë ne reviendra pas. Ses occupants ont été arrêtés. Ou il leur est impossible de revenir parce que la police a établi un barrage maritime. Ou bien ils n'ont pas envie de revenir et sont en train de partager à quatre le fruit de la vente des cigarettes.

Si ça continue, je vais mettre le feu à ma maison pour avoir la paix. Mais je fais mieux de me hâter, parce que mes hôtes malvenus risquent de le mettre avant moi avec leurs cigarettes. Il est temps que je me fâche.

Je me lève et me plante au milieu de la pièce, les deux pieds dans un petit tas de cendres boueuses.

— Écoutez, là, ç'a pas de maudit bon sens.

Les conversations s'arrêtent. On me regarde avec étonnement comme si nous nous trouvions tous dans la plus agréable des situations.

— Vous pourrez pas partir de l'îlot. Tout ce que vous pouvez faire, c'est vous rendre. Après tout, c'est seulement un accident.

— Quel accident ? demande le faux chef indien qui a gardé sa coiffure de plumes.

— La mort du ministre.

Il me regarde avec des yeux ronds.

— Ils vous ont rien dit ?

Il semble que non. Ti-Méné et Armand observent le bout de leurs orteils et secouent déjà la tête pour signifier que je vais raconter des mensonges. Je devine qu'ils n'ont aucune envie de partager avec tout le monde leur maigre rançon de six millions de dollars.

— Il vous ont pas dit que Ti-Méné et Armand ont tué le ministre de la Chasse dans un accident de chasse ?

Un grand éclat de rire secoue mon auditoire. Et les exclamations fusent de toute part.

— C'est pas vrai ?
— Sacré Ti-Méné !
— Maudit Armand en marde !
— C'est bien vous autres, ça !
— Puis le ministre de la Chasse, à part ça !
— Elle est bonne, celle-là !

J'attends que les exclamations cessent. Ça prend deux bonnes minutes, et plusieurs continuent à rire silencieusement en essuyant leurs larmes. Je hausse la voix et j'adopte un ton que je souhaite dramatique et convaincant :

— Mais vous autres, vous avez rien fait. Peut-être que vous avez été complices dans la contrebande de cigarettes. Y a aussi le petit vol au musée. Mais c'est rien, ça, à côté de la mort d'un ministre.

Je ne crois pas vraiment ce que je raconte. Je soupçonne certains de mes hôtes d'avoir un casier judiciaire si chargé que la mort d'un seul ministre y passerait quasiment inaperçue. Mais il faut que je minimise la situation.

— Surtout si vous remettez tout ce que vous avez pris, ils sont quand même pas pour vous envoyer tout le monde en prison. Elles sont déjà pleines à craquer, les prisons. Par contre, si la police attaque, ça va mal tourner. Vous êtes pas pour mourir à cause d'un accident de chasse quand vous étiez même pas là ?

Cet argument ne semble pas les terroriser, comme si mourir des suites d'un accident de chasse avait été leur grande ambition depuis la plus tendre enfance. Je renonce.

— Ah, puis, faites donc ce que vous voulez.

Je retourne dans la cuisine où Gina est en train de laver la vaisselle. Pour me calmer, je prends un chiffon et je commence à essuyer les assiettes. Je n'ai le temps d'en essuyer que trois lorsque quelqu'un s'empare de moi par-derrière. Je résiste et je distribue des coups de pied tant que je peux. Mais, quelques secondes plus tard, je suis ligotée à une chaise.

— Je vous avais dit qu'elle résisterait, fait Roméo.

Les autres me regardent avec quelque chose qui ressemble à de l'admiration. Sauf le faux chef qui se frotte les parties.

— C'est pour ton bien, m'explique Ti-Méné. Comme ça, ils pourront pas dire que tu es complice.

Il est fier de lui, comme Einstein le jour où il a trouvé un nom pour la théorie de la relativité. Roméo demande :

— C'est pas trop serré, au moins ?

Oui, c'est trop serré. Surtout le bout de corde qui me coupe les seins par le milieu. Ils ont beau être minuscules, ça fait vachement mal. Mais je suis trop furieuse pour l'admettre.

Le téléphone sonne encore. Roméo décroche.

— Allô ? Oui, elle est là. Je vous la passe.

Il essaie de me mettre le téléphone sous le nez, mais le cordon n'est pas assez long. Il traîne ma chaise sur le plancher pour m'approcher.

— Oui ?

— Mademoiselle Paradis ? Jean-Paul Gingras. Votre voisin. Ne vous en faites pas pour ma maison, je suis bien assuré.

Je ne m'en faisais pas du tout pour sa maison. C'était le dernier de mes soucis. Même que, pour être tout à fait franche, je n'étais pas fâchée de voir brûler la maison de celui qui a tué mon oncle. C'était un accident, mais c'était mon oncle.

— Est-ce qu'ils vous retiennent contre votre gré ?

Si quelqu'un d'autre que le docteur Gingras me posait la question, je répondrais que oui puisque je suis attachée à une chaise depuis deux minutes. Mais je n'ai pas envie de dire la vérité à l'assassin du frère de ma mère.

— Non, je suis parfaitement libre de mes mouvements.

— Dans ce cas-là, essayez de vous sauver le plus vite possible. La police va vous laisser passer, vous.

— Je suis très bien ici, je réplique malgré la corde qui me coupe les seins en quatre.

— Savez-vous à qui vous avez affaire, mademoiselle ?

Je raccrocherais si je n'avais pas les mains liées.

— Ti-Méné Lavigueur est un fou furieux. Il a été traité pour schizophrénie. J'ai vu son dossier.

Je regarde Ti-Méné qui me tient le combiné sous le nez. Oui, à bien y regarder il n'a pas une tête tout à fait raisonnable. Je ne connais rien à la schizophrénie, mais je ne serais pas du tout étonnée, maintenant qu'on m'y fait penser, qu'un schizophrène ait cette tête-là.

— Il a tué sa mère, vous savez.

Je ne dis rien. J'ai souvent eu envie de tuer la mienne. Et cela ne fait pas une folle de moi, me semble-t-il.

— Il a plaidé la folie. Et le jury l'a cru. Il est sorti l'hiver dernier, à cause de la désinstitutionnalisation.

Le docteur Gingras est un grand savant, capable de dire désinstitutionnalisation sans bafouiller. Je regarde encore Ti-Méné. Il ne sait pas qu'on parle de lui. Pour passer le temps, il lèche la vitre de la fenêtre. Pour mieux voir, parce qu'il a soif, ou parce que c'est son occupation préférée ? En tout cas, si j'avais fait partie du jury, je l'aurais cru fou, moi aussi. Mais je ne sais pas si je l'aurais désinstitutionnalisé.

— Moi, à votre place, je me sauverais à la première occasion. La police m'a promis qu'elle n'attaquera pas avant huit heures, ce soir. Bonne chance !

Il raccroche. Me voilà plus embêtée que jamais. Ti-Méné, qui tient toujours le combiné contre mon visage, me demande :

— Qu'est-ce qu'il dit ?

Je fais chut du bout des lèvres. J'ai besoin de réfléchir et ce n'est pas facile quand on a un téléphone contre la joue, qu'on est attachée à une chaise et qu'on a sept visages tournés vers soi.

— Au revoir, docteur, dis-je quelques instants plus tard.

Ti-Méné remet le téléphone à sa place.

— C'était le docteur Gingras, je dis à tous ces visages qui me dévisagent.

— Le vieil enfant de chienne, fait le faux chef autochtone.

— Tout le temps en train d'essayer de me peloter, ajoute Gina. Même quand j'ai rien qu'un mal de gorge.

— Il a toujours voulu avoir l'île pour lui tout seul, continue Roméo. À mon avis, c'est pour ça qu'il a tué ton oncle Aimé.

Mon antipathie pour le docteur Gingras est à son comble. J'aimerais bien trouver un moyen de l'embêter. Mais je ne trouve rien : sa maison est déjà incendiée.

— Qu'est-ce qu'il voulait ? insiste Ti-Méné.

J'hésite.

— Dire que la police attaquera pas avant ce soir.

— Moi, je le crois pas. S'il dit qu'ils vont pas attaquer avant ce soir, c'est parce qu'ils vont attaquer avant.

— Ou après, fait une autre voix.

— Ou bien ils attaqueront pas, ajoute une troisième.

Ti-Méné me détache.

— On va te rattacher après le souper, je te le jure, promet-il comme s'il s'agissait d'une grande faveur.

Quand j'ai décidé de déménager dans la maison de mon oncle, ce n'est pas seulement parce que je n'avais pas les moyens d'habiter ailleurs (j'aurais toujours pu vendre la maison pour vingt mille dollars et garder mon logement à Montréal). Je voulais surtout essayer de vivre en paix à la campagne. Et ça a parfaitement marché. Jusqu'à hier.

Aujourd'hui, je regrette la tranquillité du minuscule studio que j'ai loué pour quelques semaines sur la rue de la Roche, à Montréal, après avoir quitté Roger (ou plutôt quand Roger m'a quittée ; c'est moi qui suis partie de chez lui, mais c'est lui qui m'a forcée à partir, alors je ne sais pas si je peux prétendre que c'est moi qui l'ai quitté). Il y avait des autobus qui faisaient vibrer les murs à tous les quarts d'heure, et des motocyclettes qui passaient en hurlant à trois heures du matin. Sans oublier les sonos de cinq cents watts — dans les voitures comme dans la chambre de mon voisin.

90

Par contre, là-bas, il n'y avait pas, dans un coin de mon salon, un faux chef indien qui regarde la télé et qui a monté le volume suffisamment pour couvrir le bruit de la radio que Steff, Gina et plusieurs autres de mes hôtes écoutent à plein volume dans la cuisine pour éviter d'entendre la télé.

Depuis quelques minutes, je me suis installée dans ma chambre. Sans que je le lui demande, Roméo a eu la délicatesse, quand il m'a vue me diriger par là, d'en chasser deux dormeurs ou fornicateurs.

De l'autre côté du chenal, une espèce de camion blindé est arrivé. On dirait un vieux camion recyclé en char d'assaut pour pays sous-développé. L'hélicoptère s'est posé au milieu du chemin, à une centaine de mètres derrière le blindé, depuis que Ti-Méné est sorti et a tiré quelques coups de fusil en sa direction parce qu'il brouillait l'image de la télé.

Les touristes sont repartis. Mon aveugle comme les autres. Je l'ai vu monter dans l'autocar, aidé de la grande sœur de Catherine Deneuve. Ça m'apprendra à me laisser attirer par les vieux.

La police doit intercepter les appels, parce que le téléphone ne sonne plus.

J'ai envie de pleurer. Mais je fais un effort et je me dis que je vis sans doute l'épisode le plus passionnant de toute ma vie. Sinon le premier. Sans doute le dernier, aussi.

— Steff, viens voir ! crie Gina. Tu passes à la télévision.

Steff est de faction sur le balcon. Il laisse son fusil derrière lui et se précipite à l'intérieur.

— Tu t'es juste manqué, fait Gina.

J'entrouvre la porte de ma chambre. À la télé, on voit ma maison. Il n'y a personne sur le balcon. C'est en direct. Il aurait fallu que Steff soit plus rapide que la lumière pour se voir à l'écran.

Je sors de la chambre et je m'approche de la fenêtre, tandis que Gina manœuvre la télécommande dans l'espoir de trouver une autre chaîne qui montre Steff. Les cars de reportage de la télé sont tous là, avec des caméras et des micros, garés loin derrière les véhicules de la SQ. En recoupant les bribes de reportages d'un poste à l'autre parce que Gina s'obstine à changer de chaîne dans l'espoir de permettre enfin à Steff de se voir en direct, je crois comprendre que la police assiège des contrebandiers qui se sont déguisés en Amérindiens. Un des reporters laisse entendre que la SQ ne ferait aucun cas de nous si nous étions de vrais Indiens. J'écoute ensuite le véritable et authentique chef de la réserve de Kanawhaké exprimer son indignation et réclamer que la police mette fin à cette imposture qui fait fi des droits ancestraux de sa communauté.

Pas un mot sur le vol au musée McCord. Mais peut-être que le zapping intempestif de Gina nous a fait manquer ça. On quitte enfin l'îlot Fou. On parle du ministre disparu. On a reçu une demande de rançon écrite de la main du ministre, sous la menace de ses ravisseurs. La femme de celui-ci a déclaré que cela ressemble à l'écriture de son mari, mais qu'elle n'est pas sûre ; depuis qu'il a un ordinateur, il n'écrit plus jamais à la main. Des experts vont vérifier.

Le jour commence à décliner, et je devine que la police attend l'obscurité totale pour attaquer.

Je frissonne.

— Y a plus d'eau, s'exclame Steff.

En fait, il n'y a plus rien. Plus de bière depuis midi, plus de cigarettes depuis un bon moment alors qu'il me semblait qu'il y en aurait pour un siècle. Ils en avaient gardé une caisse, mais le contenu est trempé. Ce ne sera pas sec avant quelques heures, même s'ils ont étalé les paquets de cigarettes partout dans la maison, jusque sous mon lit, pour les aider à sécher.

Plus d'électricité depuis une heure. Plus d'eau, maintenant.

Je ferme les yeux et je rêve. Que Roger saute par-dessus le cordon de la police, plonge tête première dans le chenal qu'il traverse en nageant furieusement. Il sort de l'eau. La police tire sur lui, croyant qu'il est de nos complices. Mais Roger fonce et monte la pente. Je lui ouvre la porte, puis mes bras. Il est trempé et glacé, mais nos baisers sont les plus chauds qui se soient jamais échangés sur la planète.

Ti-Méné me prend aux épaules, par-derrière.

— Il commence à faire noir, dit-il.

— Ça me dérange pas.

Il me force à m'asseoir sur un fauteuil de rotin et me ficelle. Moins serré, cette fois. Avec Steff, il me porte ensuite près de la fenêtre. Dans la fenêtre, je suis sous la lumière crue des projecteurs que les policiers viennent d'allumer.

— Comme ça, ils vont te voir, dit Ti-Méné. Puis voir que tu es attachée.

Roméo me glisse à l'oreille :

— J'ai essayé de convaincre les autres de te laisser partir. Mais ils pensent qu'ils vont attaquer si t'es plus là.

— C'est correct, je dis.

En fait, je me fous totalement de ce qui peut arriver. Mourir ? Il faut bien que je passe par là un jour. Pourquoi pas aujourd'hui ?

Le téléphone sonne. Ti-Méné répond. Il écoute sans rien dire. Il raccroche.

— Si on s'est pas rendus dans une demi-heure, ils vont attaquer.

Je me rends compte que, depuis que l'électricité a été coupée, le silence s'est fait dans la maison. La télé et la radio se sont tues, bien entendu, mais aussi mes hôtes.

Ils ont perdu leur gaieté. Ils se déplacent lentement, avec un minimum de mots. Les faux Indiens ont enlevé leurs plumes parce qu'ils savent que s'ils sont pris ils vont être plus tabassés que les autres, juste au cas où ce seraient des vrais.

— Plus rien que cinq minutes, chuchote Ti-Méné. Vas-y, Armand.

Je ne sais pas ce qu'Armand est supposé faire. Je l'entends qui sort, derrière moi. Il referme la porte du perron. Un instant plus tard, les projecteurs se rallument et tout se déchaîne.

— Les maudits chiens sales ! crient Roméo et quelques autres dès que les balles commencent à pleuvoir sur la maison.

Quelqu'un a renversé mon fauteuil. Par exprès ou par accident. Je suis sur le dos et je ne vois que le plafond et le mur qui donne sur l'île, derrière moi. Je vois des ombres qui sautent par la fenêtre, de ce côté-là. J'entends quelques coups de feu tout près. Des cris. Tout près, eux aussi. Et d'autres, plus loin. Mon prénom, plusieurs fois.

Les cris les plus proches se taisent. Les coups de feu rapprochés aussi. La fusillade qui vient de l'autre côté du chenal ne s'arrête pas.

J'essaie de penser à autre chose. Tiens, voilà une chose à laquelle je peux réfléchir : pourquoi les différents peuples de la planète ne se sont-ils pas mis d'accord pour donner aux policiers le même surnom animal ? Au Québec, on les appelle des chiens ou des bœufs. En France, des poulets. Aux États-Unis, des cochons. En communications, j'avais un prof qui nous avait parlé de l'universalité des symboles. L'eau, c'est toujours le même symbole partout. J'aurais dû lever la main et lui faire remarquer que pour les animaux, ça n'est pas du tout ça, en tout cas quand vient le temps de parler des flics. Mais je n'ai pas levé la main. Je n'ai jamais levé la main. Je ne suis pas le genre de fille qui lève la main.

Ces réflexions m'ont distraite parce que je ne me suis pas aperçue tout de suite que le crépitement des armes s'est tu. Les cris aussi. Ils sont remplacés depuis quelques instants par un crépitement plus inquiétant encore, qui semble venir de la cuisine. Ma maison flambe.

J'hésite entre crier « Roger » et appeler ma mère. Je préfère me taire. J'aurais beau appeler m'importe qui, je vais mourir avant que ce n'importe qui arrive.

CINQ

Je ne sais rien. Même pas quel jour on est. Et encore moins quelle heure il est, parce que je n'ai pas ma montre, mais un bracelet de plastique avec mon nom et des numéros.

Tout ce que je sais, c'est que j'ai envie de rire.

Pourtant, il n'y a pas de quoi. J'ai le cou emprisonné dans un collier. Cassé, le cou ? Ça non plus, je ne le sais pas. J'ai aussi quelque chose à une jambe. Il faudrait au moins que je voie laquelle, parce que ce n'est pas évident.

Mes paupières sont lourdes. En entrouvrant les yeux, je constate que ma jambe droite fait une bosse plus grosse que l'autre sous la couverture blanche. Au moins, elles sont toujours là, toutes les deux. La droite est dans un plâtre, peut-être. Ou un gros pansement. Un peu plus loin, en ligne droite avec mon pied droit, il y a ma mère. Elle est assise et ne s'est pas rendu compte que je suis réveillée. Elle lit un livre. Sûrement un Sherlock Holmes. Quand mon père est mort, elle a acheté les œuvres complètes de Conan Doyle. En édition reliée. Aux dernières nouvelles, c'était la troisième fois qu'elle les lisait. Pourtant, elle connaît toutes les énigmes par cœur. Elle dit que le jour où elle ne s'en souviendra plus, elle saura que la maladie d'Alzheimer commence à l'affecter. J'ai beau lui dire qu'elle ne se souviendra plus alors des raisons de sa lecture, elle persiste à lire et à dire fièrement, en tournant la dernière page : « Je le savais. »

En faisant le tour de la chambre, mes yeux m'apprennent que je la partage avec une vieille dame sûrement plus malade que moi, puisqu'elle est branchée à toutes sortes d'appareils. Moi, j'ai seulement dans le bras un tube raccordé à un sac de plastique suspendu à un support à côté de mon lit. C'est un liquide transparent. Ça m'inquiète moins que s'il était de couleur. Non, ce n'est pas vrai. Cela n'est pas plus rassurant, mais j'essaie de me rassurer comme je peux.

Non seulement je ne sais rien, mais en plus je ne me souviens de rien. Je veux dire que je me souviens d'à peu près tout jusqu'au moment où j'étais attachée à mon fauteuil renversé sur le plancher et que les balles pleuvaient autour de moi. Et je pense qu'il y avait un incendie. Je ne suis pas morte. C'est toujours ça de pris. Quoique...

— Je le savais.

J'ignore toujours quelle heure il est.

Ma mère pousse un soupir de satisfaction. Son Sherlock Holmes s'est terminé de la même manière que la dernière fois qu'elle l'a lu. Tout est pour le mieux dans le meilleur des mondes. Elle lève les yeux vers moi. En constatant que je suis réveillée, elle m'adresse un sourire qui ressemble à une grimace. Elle quitte sa chaise, s'approche.

— Comment ça va ?

Elle chuchote comme si elle risquait de réveiller la vieille comateuse qui se meurt dans l'autre lit.

— Pas trop mal.

Ma mère est la dernière personne du monde à laquelle j'ai envie de me plaindre, justement parce qu'elle me plaindrait trop. Ou parce que, si je lui dis que j'ai mal, c'est elle qui va se plaindre de sa douleur d'avoir une fille qui souffre.

— Tu as de la chance, elle dit.

De la chance ? Je ne vois pas. Je ne suis même pas morte.

— J'ai parlé à un inspecteur. Ils vont probablement laisser tomber les accusations si tu acceptes de collaborer avec eux.

— Quelles accusations ? J'ai rien fait.

— Je le sais.

Elle ne m'en dit pas plus, mais le peu qu'elle m'a dit l'a été sur le ton de la personne qui s'est engagée envers les médecins à ne rien dire qui puisse m'inquiéter.

— Qu'est-ce que j'ai ?

— Presque rien. Des petites brûlures. Une jambe cassée. Un truc à la colonne. C'est pour ça qu'ils t'ont mis un machin au cou.

Elle me dit ça avec l'indifférence professionnelle d'un médecin qui a peur d'effrayer son malade en utilisant des mots compliqués. Elle me prend la main un instant, comme pour me montrer qu'elle se préoccupe de mon sort, mais la relâche aussitôt.

Un médecin vient d'entrer. Il a la cinquantaine pas avancée. Il est bronzé comme s'il n'avait jamais entendu parler du trou dans la couche d'ozone. Et il a sur la tête une indéfrisable ridicule. Je parie qu'il vient de divorcer et qu'il essaie de se refaire une image plus susceptible d'attirer la chair fraîche.

— Comment ça va, aujourd'hui ? demande-t-il en regardant la vieille mourante.

Elle ne répond pas. Il se tourne vers moi, et je comprends que c'est à moi qu'il s'adressait.

— Pas trop mal.

— Bon.

Il ressort et revient aussitôt avec un seau et une serpillière. Ce n'est pas un médecin du tout. Il commence à laver le plancher. Même si elle est à l'autre bout de la pièce, ma mère rentre les pieds sous sa chaise, comme pour lui faire de la place mais bien plus pour éviter de faire mouiller ses chaussures.

— Vous avez vu le journal d'hier ? demande l'homme de ménage.

Je ne réponds pas. Je n'ai pas particulièrement envie de lire un journal.

Il part, revient avec le journal. En première page, il y a une photo couleur de ma maison incendiée. Gros titre : Guerre à l'îlot Fou. Sous-titre en lettres rouges : Police 10, contrebandiers 1. Si c'est le compte des morts, cela veut dire que dix des gens avec lesquels j'étais hier ne sont plus de ce monde. Au bas de la page, il y a la photo d'un homme aux cheveux gris et au sourire éclatant, avec le titre « Ministre enlevé : pas de nouveau ».

— Ils parlent de vous à la page trois, dit l'homme de ménage.

Je soulève la une. Je découvre une photo de moi. Une photo d'avant Roger, que ma mère avait prise et dont elle seule avait un cliché. Elle m'enlève le journal.

— Tu le liras plus tard.

— Je vous le repasserai, dit l'homme de ménage en s'emparant du journal à son tour. Je garde tout le temps les journaux quand il y a de mes patients dedans.

Une jeune infirmière entre. À moins que ce ne soit une femme de ménage — mais il me semble que l'homme devrait suffire à cette tâche.

— Bonjour, Carmen. Comment ça va ? Je suis le docteur Desbiens.

Elle, médecin ? Elle a l'air d'une adolescente. Je ne réponds pas. Je regarde ma mère fixement. Le docteur Desbiens aussi la regarde. Ma mère se souvient que je n'ai jamais aimé qu'elle reste là quand je vois un médecin.

— Faut que je rentre à la maison. Watson n'a rien à manger.

C'est son chat. Et je suis sûre que même en quittant la maison de toute urgence, ma mère n'a pas plus oublié de lui donner à manger que d'apporter un Sherlock Holmes.

Ma mère sort, derrière l'homme de ménage. Je dis au médecin :

— J'ai mal partout.

— Vous avez de la morphine aux quatre heures. Vous n'en avez plus que pour...

Elle regarde sa montre. J'espère désespérément qu'elle me dira « deux minutes ».

— ...deux heures.

Une heure plus tard, une infirmière m'a fait une piqûre. J'étais contente parce qu'elle était en avance.

— Merci, j'ai dit.

Elle n'a pas souri.

Moi non plus, surtout que dans l'heure qui a suivi, j'ai eu encore plus mal qu'avant. Une autre infirmière est arrivée. Nouvelle piqûre. Celle-là m'a fait du bien presque tout de suite. La disparition de la douleur m'a remonté le moral. Pas bien haut tout de même, parce que je n'ai vraiment pas de quoi pavoiser.

Ma maison est brûlée, alors que je n'ai pas payé l'assurance. Je suis à l'hôpital pour je ne sais combien de temps. Je ne sais pas si je serai capable de marcher à nouveau. Ma colonne vertébrale me forcera peut-être à garder le lit jusqu'à la fin de mes jours. Et même si ma mère a essayé de me rassurer en me racontant qu'il n'y aura pas de poursuite contre moi, je ne serais pas étonnée de passer directement à la prison si jamais je sors de l'hôpital.

Ce qui m'attriste le plus, c'est quand même de savoir que dix personnes que je connaissais (depuis pas longtemps et pas beaucoup, mais cela n'empêche pas que je les connaissais) sont mortes. J'ai beau me dire — comme se le sont sûrement dit les policiers en leur tirant dessus ou en les abandonnant dans les flammes — que c'étaient des spécimens pas particulièrement reluisants de l'humanité, j'en ressens un pincement au cœur chaque fois que je pense à eux. À Roméo peut-être plus qu'aux autres.

Je compte sur mes doigts. Par trois fois, et chaque fois il me manque un doigt. Ils étaient onze. Il n'en reste plus qu'un.

Qui ? Roméo, Ti-Méné, Gina, Armand, Steff, le faux chef, la fausse squaw ou l'un des autres dont je ne connais pas le nom ? Cela importe peu. Je commençais à les aimer, d'une certaine manière, parce que je les trouvais plutôt amusants et les gens qu'on déteste ne sont jamais amusants. Ma mère, par exemple, ne me fait jamais rire. Même quand elle est ridicule.

Un homme vient d'entrer dans la chambre. Il n'est pas en blanc, lui. Ni en rose. Il porte un imperméable beige. Avec quelques taches de pluie.

— Je peux vous parler ?

S'il n'avait pas une tête intelligente, je le prendrais pour un policier.

— Je suis le lieutenant-détective Ladouceur. Je peux revenir plus tard, si vous préférez.

Je secoue la tête. J'ai trop envie de savoir qui est vivant. Je ne sais pas s'il a le droit de me le dire. Mais je vais quand même le lui demander.

Il approche une chaise, s'installe tout près de moi. Il a de beaux yeux. Je me demande ce qu'il fait dans la police avec des yeux pareils. Et je me dis que si les policiers commencent à ressembler à Robert Redford du temps de sa jeunesse, il n'y a peut-être pas à désespérer totalement de l'humanité.

— Je peux vous poser quelques questions ?

— Moi aussi ?

— Ça dépend des questions.

— Qui est mort ? Je veux dire : qui est vivant, ça va être plus court.

J'ai ri un petit peu. Lui, pas du tout. Il hésite. Je suppose que de savoir qui est mort peut me faire modifier mon témoignage. Finalement, il sort un calepin de sa poche, me récite dix noms en baissant encore plus la voix pour éviter que la vieille qui se meurt à côté ne coure voir ses chefs pour le dénoncer. J'écoute avec attention. Tiens, il n'a pas mentionné Roméo. Je dois sourire malgré moi, même si, en cellule, on ne doit pas lui faire la vie facile. À moins que...

— Il est à l'hôpital ?

— Qui ?

— Roméo.

— Roméo qui ?

Merde, j'ai trop parlé. Ils ne savent peut-être pas qu'il était là. Vite, il faut que je rattrape ma bourde.

— Je connais pas son nom de famille. Un type qui m'a aidée à porter mes bagages quand je suis arrivée à Saint-Gésuald. Mais je me souviens, maintenant : il était plus là. Il est reparti avec les touristes français. La deuxième fois qu'ils sont venus.

— Vous vous souvenez de quoi, à part ça ?

— De rien.

— Vraiment ?

— Attendez que j'essaie. Non. Rien.

Pendant une bonne demi-heure, il tente de me faire dire ce que je sais.

Je prétends que j'ai eu un choc sur la tête. Juste après le départ des touristes français, justement. Et de Roméo Je-sais-pas-qui.

— Votre Roméo, vous êtes sûr qu'il est parti avec les Français ?

— Oui. Je l'ai vu s'éloigner pendant que je balayais dans les marches, en arrière. J'ai glissé. Après ça, je me souviens de rien.

— Écoutez, mademoiselle, vous pouvez me parler sans crainte. Rien de ce que vous direz ne pourra être retenu contre vous.

Il me semble qu'on dit exactement le contraire dans les films. Mon beau petit lieutenant me mentirait-il ?

Une infirmière montre la tête dans la porte.

— Ça fait un quart d'heure, elle dit.

Le lieutenant soupire, se lève, regarde sa montre.

— Je vais revenir vers quatre heures. J'espère que votre mémoire se sera remise à fonctionner.

Il sort.

Moi, je suis bien embêtée. Je suis contente que ce soit Roméo qui ait survécu. Est-ce que je serais aussi contente si c'était Gina, ou Ti-Méné ou Armand ?

Si c'était Gina, je pense que oui. Les deux autres, je pense que non. Je ne sais pas non plus si Roméo est en prison ou à l'hôpital. Et je sais encore moins si je vais être capable de faire encore longtemps semblant que je ne me souviens de rien.

Puis tout à coup, il me vient une idée qui me fait plaisir : mon Roméo s'est sauvé. C'est pour ça qu'il n'est pas sur leur liste. Moi, avec ma grande gueule, je leur ai dit qu'il y avait un Roméo et ils vont se mettre à sa recherche. N'empêche que Roméo a quasiment autant de chances d'être en liberté qu'en prison.

Mais mon plaisir ne dure pas longtemps, parce qu'il y a une bien meilleure explication au fait qu'il ne soit pas sur la liste : son corps est totalement carbonisé et il est impossible de l'identifier.

La petite vieille d'à côté n'est pas si mourante que ça. Elle prétend qu'elle fait semblant d'être mourante pour faire plaisir à son médecin. Elle occupe un de ses lits. Et il n'a pas de patiente pour la remplacer. Si elle se met à aller mieux, on va donner son lit à un autre médecin. Alors, elle fait de son mieux pour paraître mal.

Depuis qu'elle fait semblant de se mourir, ses héritiers viennent la voir tous les dimanches. Ils lui apportent des chocolats et les mangent presque tous. Elle m'en offre dans une boîte où ils en ont laissé trois. Nous nous entendons fort bien. Elle me donne des trucs pour faire semblant d'être plus malade que je ne suis. Par exemple, ce qu'elle appelle « s'envoyer les yeux par en arrière ». Chez elle, c'est tout à fait convaincant : ses prunelles disparaissent presque entièrement, et on dirait qu'elle est en train de passer de vie à trépas. Ou que c'est déjà fait.

Tout à coup quelqu'un pousse la porte. Évelyne — c'est le nom de ma compagne de chambre — reprend instantanément son allure de mourante. Et moi je prends mon air souffreteux, parce que je souffre de plus en plus.

Ce n'est ni un médecin, ni une infirmière, ni une femme de ménage, ni un détective. C'est Roger. Mon Roger. Je veux dire mon ex-mon-Roger.

— Ta mère m'a appelé, me dit-il pour que je comprenne tout de suite qu'il n'est pas là pour renouer avec moi mais uniquement pour faire plaisir à ma mère.

— Je comprends, je dis en adoptant le ton le plus indifférent possible.

Je ne suis pas très douée pour l'indifférence, mais Roger, lui, garde un visage fermé, imperméable à toute émotion. Il est très doué pour jouer la froideur. Je l'aime comme ça, parce que je n'ai pas le choix de l'aimer autrement.

— Tu souffres pas trop ? consent-il à me demander.

Je sens que le cœur n'y est pas et qu'il se fiche de ma santé comme de l'an quarante.

Il y a des mois que je m'exerce à m'expliquer, pour ce jour où je serais finalement en sa présence. Je veux lui dire que toute cette histoire avec son père était un accident de parcours. Que si son père ne lui avait pas tant ressemblé, j'aurais réagi quand il m'a poussée dans le lit. Que je l'ai laissé me caresser parce que je ne savais pas plus comment lui dire non à lui qu'à son fils. Que si Roger n'était pas arrivé à ce moment-là, les choses ne seraient pas allées plus loin de toute façon. Que si son père a dit que c'était moi qui l'avais séduit, il a menti...

Tout ce que j'arrive à bredouiller, c'est que non, ça ne fait pas trop mal. Et c'est vrai, parce que depuis qu'il est là, j'ai moins mal au corps. J'ai bien trop mal ailleurs.

— Si tu veux, je peux te prêter la maison quand tu sortiras, dit Roger après un silence qui l'embarrasse plus que moi.

Je reconnais là sa générosité. En principe, je suis copropriétaire de cette foutue maison de banlieue même si je n'ai plus les moyens de payer ma part depuis qu'il m'a mise à la porte de son agence de publicité comme de notre maison.

— Le temps que... que ça prendra, ajoute-t-il. J'ai vendu l'agence. J'ai un contrat à Saratoga Springs jusqu'au printemps.

Je suis un peu fière. J'étais sûre que sans moi Roger ne serait jamais capable de faire fonctionner sa petite agence merdique. Mais je suis surtout furieuse. S'il m'avait offert d'aller habiter avec lui, j'y serais allée. Mais occuper seule cette maison où j'ai été quasiment heureuse pendant presque un an ? Pas question.

— Non, j'aime autant aller chez ma mère.

Ce n'est pas vrai. Je préférerais mourir plutôt que de vivre avec ma mère.

Le silence s'est transformé en froid. Nous ne nous regardons pas. J'attends seulement que Roger s'en aille, même si je sais que dès qu'il aura passé la porte j'aurai envie de crier qu'il revienne.

— Tu t'es occupée de tes affaires ? dit-il enfin.

Mes affaires ? Quelles affaires ?

— Pour la maison. Je peux faire venir le notaire.

Un notaire ? Pourquoi faire ? Je n'ai pas l'âge de faire mon testament.

Roger devine mon étonnement.

— Ils t'en ont pas parlé ?

De quoi ?

— J'étais sûr que ta mère t'avait dit...

Dit quoi ? Parle vite, Roger...

— Pour ton cancer.

Le cancer ? J'ai le cancer et on ne m'a rien dit ? Et si Roger parle de notaire, c'est que je n'en ai plus pour longtemps.

— Va-t'en, Roger.

Je ne l'aime plus depuis quelques secondes. Moi qui persistais malgré tout à le croire noble et courageux et généreux. Et tout ce qui l'inquiète lorsqu'il apprend que je vais mourir, c'est que je ne lui laisse pas par testament ma moitié de notre maison.

Roger retraite vers la porte.

— Je vais lui demander de passer demain matin.

La porte est refermée. Je ne pleure pas. Je n'ai jamais pleuré. Même pas quand papa est mort. Et ma mère m'a souvent dit que quand j'étais bébé je ne pleurais pas. Mais aujourd'hui, j'en ai envie. Même que ça doit paraître dans mon visage, parce que Évelyne me dit :

— Faut jamais pleurer à cause d'un homme. N'importe quoi, mais pas un homme.

Je ne sais pas si elle dit ça parce qu'elle voit que j'ai envie de pleurer ou parce qu'elle me félicite de ne pas le faire. Je fais oui de la tête. Mais je ne suis pas sûre que ce soit vrai. De toute façon, il n'y a pas que Roger qui me donne envie de chialer. J'ai envie de pleurer parce que je vais mourir. De pleurer parce que j'ai mal. De pleurer parce que je n'ai plus rien ni personne. De pleurer parce que je n'ai aucune raison de ne pas pleurer.

Le pire, c'est que je sais que je ne verserai pas une larme. Je ne pleure jamais. Même quand j'en ai envie.

Il doit être à peu près sept heures du soir.

J'ai cessé d'avoir envie de pleurer. Je n'ai pas mangé mon souper. Le détective Machin est revenu.

Il a surtout insisté pour que je lui parle de Roméo Guèvremont. Je suis contente de connaître son nom de famille. Mais je ne dis rien. Juste que je ne me souviens toujours pas. Il a eu l'air très embêté, m'a dit qu'il devra revenir avec quelqu'un d'autre si je refuse de parler. Et il est reparti.

Je me suis trouvé un sujet de réflexion amusant. Enfin, que moi je trouve amusant.

Je me dis que si je vais mourir, aussi bien que ce soit pour quelque chose.

Par exemple, aller finir mes jours avec le reste de la bande de Mère Teresa, à Calcutta. Mais ce n'est pas une bonne idée : une cancéreuse en phase terminale ne peut pas être très utile très longtemps.

Il vaudrait mieux assassiner quelqu'un. Roger, par exemple. Mais ça me semble manquer d'ambition. Tuer un type minable comme Roger, ce n'est pas assez pour me consoler de mourir.

Je pourrais prendre l'avion pour Bagdad, demander une audience avec Saddam Hussein et tirer sur lui à bout portant. Ça ferait plaisir à tous les chefs d'État de l'Occident. Ou, plus près de chez nous, assassiner le Premier ministre du Canada et devenir une héroïne de l'indépendance du Québec, même si je ne suis vraiment ni parfaitement pour ni totalement contre. Plus pour que contre, je dirais. Surtout quand j'entends les fédéralistes parler du coût de l'incertitude. Je me dis alors que la façon la plus sûre de ne plus avoir d'incertitude, c'est de tous voter oui au prochain référendum. Moi, je n'aime pas m'obstiner et quand je suis confrontée à quelqu'un de plus obstiné que moi, je cède. En tout cas, de tuer le Premier ministre du Canada me donnerait droit à mon monument dans un parc, un de ces jours. Et à un paragraphe dans les livres d'histoire.

Malheureusement, ce n'est pas si facile, tuer quelqu'un. Je ne suis pas douée pour jouer les kamikazes. Je ne sais pas utiliser une arme à feu. Une grenade encore moins. Contracter le sida et le refiler à Roger, à Saddam Hussein ou à Jean Chrétien ? Aux trois, tant qu'à faire. Pour ça, il faudrait que je les séduise. Et au préalable que je séduise quelqu'un qui soit séropositif. Alors que je ne me sens pas séduisante du tout, même quand je ne suis pas dans une chemise d'hôpital.

N'empêche que l'idée de ne pas mourir pour rien me réconcilie avec l'idée de la mort. Le téléphone sonne au milieu de ces rêveries noires et roses. Évelyne répond. C'est pour moi.

— Carmen ? C'est moi.

— Qui, moi ?

— Le gars qui t'a aidée à porter tes bagages.

C'est Roméo ! S'il me dit qu'il est le type qui a porté mes bagages, c'est parce qu'il a peur que quelqu'un écoute sur la ligne. Et moi, pauvre idiote, je suis allée révéler ce détail à mon lieutenant aux beaux yeux, alors que je pensais que je ne lui disais rien.

— Où es-tu ?

— Au métro Place-des-Arts. Dehors.

Il n'est ni en prison ni à l'hôpital. J'exulte : il est libre !

— Attends-moi, j'arrive.

Je n'ai pas réfléchi. J'ai à peine le temps de raccrocher que je songe à ma jambe dans le plâtre. À l'aiguille enfoncée dans mon bras qui me nourrit de je ne sais quel liquide probablement indispensable à ma survie de chaque minute. Je ne sais même pas dans quel hôpital je suis. Ni dans quelle ville. Sorel ? Montréal ?

Mais il faut que je sorte de là. Que je fuie l'hôpital. Et ma mère. Et l'inspecteur Chose. Et le notaire qui vient demain. Et Roger même si je sais qu'il ne reviendra pas tant que je ne serai pas morte. Et la mort, qui ne m'atteindra peut-être pas plus vite si je n'ai plus ce boyau dans le bras.

112

Évelyne s'est endormie. Ou fait semblant d'avoir
trépassé. J'arrache l'aiguille. Je défais le col cervical.
Je tourne le cou dans tous les sens. Il a l'air très bien
comme ça. Je sors de mon lit. Je me dresse sur mes
jambes.

Catastrophe : mon plâtre n'a pas de talon. Ma
jambe droite repose sur un plâtre pas du tout fait
pour marcher ni même pour rester debout. Elle me
force à adopter une posture bizarre, le dos rejeté en
arrière. Ma mère serait fière, qui dit toujours que je
ne me tiens pas assez droite.

Pour faire un pas en avant, il me faut un effort
supplémentaire et lever entièrement la jambe plâ-
trée. J'y parviens une première fois. Je fais ensuite
un pas de la jambe gauche, puis un autre de la jambe
droite.

Je m'arrête un instant. J'ai encore le temps de
changer d'avis, de revenir sur mes pas, de remonter
dans mon lit, de me repiquer l'aiguille dans le bras.
Ou, si j'en suis incapable, de m'étendre par terre en
attendant le passage du médecin, de l'infirmière ou
de l'homme de ménage.

Je me sens comme le nageur qui arrive au milieu
de la Manche et qui se demande s'il va continuer
vers l'autre rive ou s'il vaut mieux faire demi-tour.

Je continue. Au moins jusqu'au placard. Si mes vêtements n'y sont pas, je retourne à mon lit.

Ils n'y sont pas. Mais il y a un manteau de femme.
Bleu marine, avec un col de fourrure artificielle noire.
Le manteau d'Évelyne. Il y a une paire de souliers,
aussi — c'est deux fois plus qu'il ne m'en faut. Et un

113

chapeau brun avec une voilette à l'avant, comme on en portait quand Évelyne avait quarante ans.

De quoi je vais avoir l'air ? Je m'en fiche. Je mets tout ça, sauf le soulier droit. Et il y a une canne. Je m'en empare.

Je sors de la chambre. Je regarde à droite et à gauche. Juste à côté de la porte, il y a une chaise, libre, avec un journal dessus.

J'ai de la chance : c'est la fin des visites et il y a dans le couloir plusieurs personnes qui se dirigent vers les ascenseurs.

Je me colle à l'arrière d'un groupe de trois personnes plutôt âgées — un homme et deux femmes qui marchent lentement. J'ai tout à fait les vêtements qu'il faut pour être avec eux. Mais j'ai beau me hâter, ils me distancent en quelques enjambées. Je passe devant le poste des infirmières. Elles sont affairées — sans doute à préparer les médicaments pour la nuit. Si je leur demandais de me prêter une petite seringue de morphine ?

Aïe ! Il y a aussi un policier en uniforme. Il est probablement là pour me surveiller. Mais il est en conversation avec une infirmière, au lieu de rester sur sa chaise à lire son journal. Très jolie, l'infirmière. Blonde. Des seins juste comme il faut, comme ceux que j'aimerais avoir. Mais elle n'écoute pas du tout ce que lui susurre l'agent. Il va perdre son poste, c'est sûr, si je m'enfuis. Et je parie qu'il a une femme et des enfants. Ça lui apprendra. De toute façon, son syndicat va le défendre envers et contre tous, et le

pire qui peut lui arriver, c'est qu'il passe quelques semaines dans un bureau à faire semblant de classer
des papiers.

J'ai rejoint les trois autres devant l'ascenseur. Les
portes s'ouvrent. L'homme les retient pour laisser
passer la vieille dame que je suis, avec sa canne et sa
jambe dans le plâtre. Je le remercie d'une voix qui
chevrote sans que j'aie à faire exprès.

Dans le hall d'entrée, un agent de sécurité me demande si je veux un taxi. Je hoche la tête. Il m'ouvre
la porte, m'aide à monter dans une voiture.

— Où vous allez, madame ? demande le chauffeur
après avoir attendu quelques secondes que je le lui
dise spontanément.

— Dans quelle ville on est ?

Le chauffeur rit. Il est haïtien. Je l'ai mis de bonne
humeur.

— Montréal, madame.

— Métro Place-des-Arts, s'il vous plaît.

C'est à ce moment-là que je me rends compte que
je n'ai pas un sou. J'ai intérêt à ce que Roméo m'attende. Et surtout à ce qu'il ait de quoi payer mon
taxi. Quoique, s'il m'a téléphoné, c'est peut-être
parce qu'il est encore plus fauché que moi. Je fouille
dans les poches du manteau d'Évelyne. Il y a un
porte-monnaie. J'en fais l'inventaire. Douze dollars
et huit cents. Est-ce que ce sera assez ?

— C'était quoi, l'hôpital ?

— Saint-Luc, madame.

Mon ignorance l'a encore réjoui.

— C'était quoi, l'hôpital, c'était quoi l'hôpital, répète-t-il en riant et en imitant parfaitement mon accent québécois. Dans quelle ville on est ?

Douze dollars, ce sera plus qu'assez. Il faudra que je les rende à Évelyne avec son manteau avant que son médecin ait trouvé un patient pour prendre sa place.

SIX

Avec un dernier éclat de rire, le chauffeur de taxi me laisse devant une des bouches de la station de métro Place-des-Arts. Pas de Roméo en vue.

Dans ma hâte de venir le rejoindre, je n'ai pas pensé à lui demander un rendez-vous plus précis. Je suis à l'angle des boulevards de Maisonneuve et Saint-Laurent. À la bouche la plus achalandée de la station, me semble-t-il, même s'il y en a trois autres. Il me semble qu'un montréalais aurait d'abord pensé à celle-là. Mais Roméo n'est pas montréalais, il est gésualdais. Peut-être qu'il ne vient presque jamais dans la métropole. Ou même qu'il n'y est jamais venu avant ce soir.

Pas question qu'avec mon plâtre j'aille faire le tour de toutes les bouches de la station. Il n'y a personne d'autre qu'un vieillard tout courbé qui garde la main tendue, près de l'arrêt d'autobus sur le boulevard Saint-Laurent. Il porte des vêtements troués, qu'on jurerait volés à un épouvantail. Je jette un coup d'œil à l'intérieur de la station. Toujours pas de Roméo.

Avec ma canne et mon plâtre, j'ai peur d'attirer l'attention. Et je songe tout à coup que, pour n'être remarquée de personne en attendant que Roméo se montre, il me suffit de tendre la main. Et je deviendrai aussi invisible que ce petit vieux. Personne ne me regardera, surtout pas dans les yeux. Je m'installe pas très loin de l'autre mendiant, mais face au boulevard de Maisonneuve.

Je ne suis toutefois pas aussi invisible que je le pensais. Une rame de métro vient d'entrer en gare et la foule se précipite dehors en marchant rapidement. Dans ma main tendue, je récolte au moins deux dollars en même pas une minute.

Mais voilà que le vieux se dirige vers moi. Il doit être furieux de la concurrence que je lui fais. Je n'ai pas envie de me quereller. S'il les veut, mes deux dollars, il les aura.

— Carmen ?

Moi qui me croyais absolument impossible à reconnaître, voilà qu'un petit vieux que je n'ai jamais vu me reconnaît d'après les photos qu'il a vues dans les journaux !

Il redresse le dos et je vois son visage. J'ai déjà vu cette tête-là quelque part.

— Roméo ?

— Viens. J'ai une auto par là.

Il marche devant. J'essaie de le suivre, mais je n'y arrive pas. Et je me dis que c'est tant mieux. Je n'ai aucune raison de suivre ce type et je ferais bien de retourner à l'hôpital, dans mon lit chaud avec mes doses de morphine. Mais non : je hâte le pas en trottinant du mieux que je peux sur mon plâtre. Enfin, Roméo s'aperçoit que je ne suis pas à côté de lui. Il s'arrête, se retourne, vient me prendre le bras.

— Ça fait mal ?

— Un peu.

— Je peux aller chercher l'auto.

— C'est encore loin ?

— Pas tellement.

— Ça va aller.

Je suis stupide. Il me répond « pas tellement » et je lui dis que ça va aller. Et si son « pas tellement », c'est dix kilomètres, de quoi je vais avoir l'air ?

En tout cas, je sais de quoi on a l'air, Roméo et moi. Il me tient par le bras, et si quelqu'un faisait attention à nous, on nous prendrait pour un couple de petits vieux sans domicile fixe.

— C'est là.

Ouf ! On n'a pas fait dix kilomètres, quelques centaines de mètres à peine. Nous traversons le boulevard de Maisonneuve. Comme je claudique de plus en plus lentement, Roméo lève la main pour faire stopper la circulation.

— Celle-là.

Il désigne une auto plutôt ancienne, des années quatre-vingt, me semble-t-il. Une grosse bagnole américaine. Il m'ouvre la portière de droite avec la clé, la ferme galamment derrière moi après m'avoir donné le temps de mettre mon plâtre à l'abri. Il n'est peut-être pas si mal, après tout.

Il s'installe au volant, démarre. Nous roulons un peu vite à mon goût.

— C'est quoi, l'auto ?

— Une Pontiac. 86, je dirais. Ou 87. 85, même...

— Je veux dire : c'est à qui ?

— Je sais pas. Y a peut-être des papiers dans la boîte à gants.

Voiture volée, si je comprends bien. J'aurais dû m'en douter. Mon Roméo baisse d'un cran dans mon estime. Justement, du cran qu'il venait de monter en fermant ma portière tout à l'heure. Il demande :

— T'aurais une place où on pourrait se cacher ?

Ah, c'est pour ça qu'il voulait que j'aille avec lui : il n'a pas d'endroit où se planquer. Je réfléchis. Chez ma mère ? Plutôt mourir. Chez Roger ? Plutôt mourir deux fois. J'ai bien quelques anciennes copines, du temps d'avant Roger, mais je ne les ai pas revues parce que Roger était encore plus flirt que son père. De toute façon, elles ont pu déménager depuis le temps. Et puis il n'y en a aucune avec qui j'étais assez amie pour que j'arrive avec un type en demandant de nous cacher de la police.

— Non.

— Moi, j'ai quelque chose. Mais c'est un peu loin.

Le cran descendu est remonté. Il ne m'a pas fait venir pour le cacher, puisqu'il a une cachette. Lointaine, mais cachette quand même. Alors, pourquoi ? Il suffit de le demander.

— Pourquoi tu m'as appelée ?

Il réfléchit à son tour. À quelque mensonge, sûrement.

— Parce que je te trouve pas pire, murmure-t-il enfin.

120

Sacrés mâles québécois ! Incapables de dire « Tu me plais », « Tu as de beaux yeux », « Je ne peux pas me passer de toi », ou l'une ou l'autre des mille expressions sincères ou mensongères qui existent dans la langue française pour exprimer l'attirance d'un homme pour une femme. Il faut qu'ils disent « Je t'haïs pas » quelque autre euphémique aveu de désir ou de toute autre forme d'attrait. En temps normal, j'aurais attaqué, forcé l'autre à m'avouer franchement son sentiment véritable. Ou à retraiter, à me dire que finalement il disait ça comme ça, que ça ne voulait rien dire d'autre que le fait qu'il me trouve « pas pire ». Mais c'est bizarre, cette nuit, ça me satisfait. Même que je me sens flattée. Peut-être parce que j'ai un manteau et un chapeau de petite vieille, avec une jambe dans le plâtre. Je n'ai pas de quoi attirer les grandes déclarations d'amour.

Pour me venger, je dis à mon tour :

— Moi aussi, je te trouve pas si pire.

Il se tourne vers moi une fraction de seconde, comme si je venais de lui faire une brûlante déclaration d'amour. Et sa main droite lâche le volant pour recouvrir ma main gauche posée sur la banquette entre nous deux, parce que c'est une vieille voiture à banquette comme dans le bon vieux temps.

Je ne retire pas ma main. Mais il reprend la sienne après même pas une minute.

Nous roulons sur l'autoroute des Laurentides. Roméo a trouvé le bouton qui contrôle l'éclairage du tableau de bord et il a tout fermé. Nous roulons dans la nuit noire. Je ne vois rien de lui ni lui de moi. C'est le moment qu'il a choisi pour parler de choses sérieuses.

— T'as vu les journaux ?

— Oui.

En fait, je n'ai vu qu'un journal et je ne l'ai pas lu. J'ouvre la bouche pour donner cette précision, mais Roméo parle plus vite que moi.

— Ça s'est pas passé comme ça.

— Ça s'est passé comment ?

— Pas comme dans les journaux.

— Raconte.

Roméo m'explique d'abord qu'il est venu chez moi parce que Ti-Méné et Armand lui avaient dit qu'ils allaient à la chasse ce matin-là et que, s'ils ne tuaient rien, ils viendraient prendre une bière avec la fille de la ville et leur journée ne serait pas tout à fait perdue. Il se méfiait d'eux et, même s'il pense que je ne le croirai pas, il est venu pour s'assurer qu'ils ne m'embêteraient pas trop. Et puis, il avait envie de me voir, de toute façon. Pour une fois, il avait un prétexte.

Le soir de l'attaque de ma maison, Roméo prétend qu'à huit heures moins dix, il a réussi à convaincre les autres de se rendre. Armand est sorti. À moins cinq, pas plus tard, jure Roméo. Il avait un balai avec une taie d'oreiller. Il l'a montré au bout du perron. Il s'est avancé un peu plus en agitant son drapeau blanc. C'est alors que quelqu'un, du côté de la police, a tiré. Et quelqu'un d'autre, du même côté, a crié : « Tirez pas ! »

122

Par la fenêtre, Roméo a vu Armand lâcher son drapeau. Il a mis ses mains sur son ventre, et a crié « Maudite marde » avant de tomber en avant. Après ça, il y a eu quelques secondes de silence. D'après Roméo, les policiers étaient embarrassés. Ils pouvaient admettre leur bavure et alors il aurait fallu convaincre les assiégés que c'était une erreur et qu'ils ne leur feraient aucun mal. Mais Ti-Méné et les autres ne les auraient pas crus et le siège aurait pu durer longtemps. En plus, un des agents aurait à répondre de la mort d'un civil armé d'un simple drapeau blanc. Ils pouvaient aussi se mettre à tirer sur la maison, tuer tout le monde et prétendre qu'ils n'avaient pas tiré les premiers. Mais il fallait faire vite, parce que les journalistes n'étaient pas loin.

À ce moment de son récit, Roméo me demande :

— Tu sais ce que ça fait, des cons, quand ça fait une connerie ?

Je secoue la tête. Il me semble que je devrais savoir, parce que des cons, j'en ai connu plus d'un dans ma courte vie. Roméo ne m'a pas vue secouer la tête dans le noir, mais il conclut quand même que je ne connais pas la réponse.

— Des cons, quand ça fait une connerie, ça en fait tout de suite une autre plus grosse pour faire oublier la première.

C'est amusant, mais ça ne me fait pas rire, parce que Roméo a dit ça tout à fait sérieusement. Et plus je repasse sa phrase dans ma tête, plus je m'aperçois qu'elle n'est pas drôle du tout. Il continue.

Après quelques instants d'hésitation, un policier a crié : « Ils ont eu Labrie ! » Pourtant, personne n'avait tiré depuis qu'Armand avait été tué. Aussitôt, tous les agents se sont mis à tirer.

Ti-Méné et d'autres ont répliqué avec les fusils de chasse. Puis la maison s'est mise à flamber. Roméo ne sait pas pourquoi. Peut-être des balles dans le réservoir de mazout. Il a entendu Gina qui criait « Je vas mourir ». D'autres aussi, qui se lamentaient. Il m'a cherchée. Il m'a appelée. Ti-Méné a dit : « Laisse-la faire, viens-t'en ». Roméo m'a crue morte. Ils sont partis par l'arrière de la maison, juste comme les premiers policiers arrivaient en chaloupe. Ils ont tiré. Ti-Méné est tombé sans dire un mot. Roméo s'est retourné, a vu la maison qui flambait. Il s'en est voulu de ne pas être allé me chercher. Mais ça pétait de tous les côtés. Il a couru comme un fou. En passant dans le jardin du docteur Gingras, il a pris le manteau de l'épouvantail. Son chapeau, aussi. De l'autre côté de l'île, il a trouvé un bateau. Il a traversé le fleuve à la rame pour qu'on ne l'entende pas. À Berthier, à l'aube, il a vu une voiture dans une entrée de garage. Le moteur tournait. Avec les clés dans l'allumage. Il est parti avec. Il a remplacé la plaque d'immatriculation un peu plus loin par celle d'une Honda. Il est allé à Montréal parce qu'il ne savait pas où aller. Il a entendu à la radio que la seule survivante était à l'hôpital Saint-Luc. Il a téléphoné, demandé la chambre de Carmen Paradis.

— Je pensais pas qu'ils me laisseraient te parler. Mais je pouvais pas faire autrement qu'essayer.

Il se tait. Je regarde la lueur de nos phares dans la nuit. L'été, il y a toujours sur les routes des milliers de moustiques qui foncent vers le pare-brise. Ce soir, il n'y a rien qui vient vers nous. Que la nuit noire avec les lignes blanches de chaque côté de la route.

Et je me rends compte que je ne connais qu'une version de l'histoire. Celle de Roméo. Je demande, un peu stupidement, parce que si on veut connaître une deuxième version des choses, il ne faut pas interroger la personne qui a donné la première :

— Dans le journal, qu'est-ce qu'ils ont dit ?

— Tu l'as pas lu ?

— Je l'ai vu, mais je l'ai pas lu.

— Ah !

Il fait une pause. J'ai l'impression qu'il réfléchit à une série de mensonges. Je vais lui dire de se dépêcher pour qu'il n'ait pas le temps d'en inventer. Mais il parle presque tout de suite.

— Ils disent que c'est Armand qui a tiré le premier. Il serait sorti avec une carabine qui avait un drapeau blanc au bout et il s'est mis à tirer comme un fou. Il aurait touché un chien, qui est mort à l'hôpital plus tard. Après, les autres ont répliqué. Ils disent qu'on a mis le feu à la maison. Les quatre dans le canot, eux autres, ils se seraient noyés quand ils ont chaviré. Je sais pas si c'est vrai, mais y a juste une chose que je comprends pas...

Juste une chose ? Il a de la chance, Roméo.

— D'après les journaux, y a rien que toi qui as survécu. Moi, ils font comme s'ils savaient pas que j'existe.

Misère ! Et moi qui suis allée demander à mon petit lieutenant aux yeux bleus ce qu'il était advenu de Roméo. J'ouvre la bouche pour avouer que j'ai trop parlé, mais Roméo semble avoir trouvé la solution à ce bout du casse-tête :

— Je suis sûr que la police a pris des tas de photos avec moi dedans. À mon avis, ils auraient aimé ça, que j'aille te retrouver. Là, ils auraient pu se débarrasser en même temps des deux seuls témoins qui restent. Ils auraient dit que c'est moi qui t'a tuée, pour t'empêcher de parler.

Je frissonne. Pas à cause du froid, mais parce que rien ne me garantit que ce n'est pas ce qui va se passer de toute façon, maintenant que nous sommes en fuite ensemble.

J'aurais dû rester dans mon lit d'hôpital. Même si la douleur — j'en prends conscience tout à coup — m'a laissée tranquille depuis un bon moment. Je m'efforce de penser à autre chose.

— Le ministre, c'est lui qu'on a enterré, ou c'est quelqu'un d'autre ?

Je me mords les lèvres. Je n'aurais pas dû dire « on » en parlant de cet enterrement. Mais maintenant que Roméo m'a raconté toute l'histoire et que tout le monde sauf nous deux est mort, je commence à me sentir un peu solidaire de la bande.

— On sait jamais, répond Roméo.

Qu'est-ce que ça veut dire, « on sait jamais »? Il ne sait pas si c'est le ministre ou pas le ministre ? Ou bien il ne veut pas me le dire. Ou bien il me mentirait s'il me répondait. Ou bien ce sont Ti-Méné et

Armand qui se sont imaginé que c'était le ministre quand ils ont appris qu'il était disparu. Ou bien ils savaient que ce n'était pas lui mais ils ont décidé de demander la rançon quand même. Ou bien c'était lui pour vrai...

Nous arrivons au bout de l'autoroute. J'aimerais dormir, mais je n'y arrive pas. Pourtant, je dois faire un effort pour garder les yeux ouverts. Les feux des voitures qui viennent en sens inverse m'aveuglent souvent. Roméo s'obstine à rouler sans jamais se servir des phares de croisement. Il roule à fond, tous feux allumés. Les automobilistes lui font des appels de phares. Il ne s'en occupe pas. J'ai demandé à Roméo pourquoi il ne baisse pas le faisceau.

— Comme ça, personne peut nous voir.

Quand je penche un petit peu la tête vers la gauche, je vois le témoin des phares codes toujours allumé.

Je me rappelle, quand j'étais petite, mon oncle Aimé avait une voiture. Mon père n'en avait pas. Et puis, il était malade, mon père. J'avais neuf ans. Ma mère m'avait envoyée passer quelques jours à l'îlot Fou. Elle disait que la campagne me ferait du bien. Un soir, le téléphone a sonné. Mon oncle a répondu. Il a dit : « On va rentrer. » Moi, j'ai compris que mon père était mourant. J'ai pensé qu'il voulait me voir une dernière fois. Surtout, moi, je voulais le voir une dernière fois. Lui dire que je l'aimais, parce que ma mère ne le lui disait jamais. Nous sommes rentrés à Montréal la nuit, dans la voiture de mon oncle. Je devais avoir l'air triste parce que pour me distraire il m'a fait croire qu'il y avait un radar dans sa vieille Ford, pour détecter les voitures qui venaient en sens inverse. Et je le croyais, parce que au tableau de bord le témoin lumineux prétendument actionné par le radar s'éteignait chaque fois qu'une voiture nous croisait. J'ignorais qu'il appuyait du pied sur un bouton au plancher qui faisait monter ou baisser le faisceau des phares et que chaque fois cela faisait allumer ou éteindre le témoin bleu.

Quand on est arrivés à la maison, ma mère m'a annoncé que papa était mort. Je savais que c'était pour ça qu'on me ramenait. Mais le radar de mon oncle m'avait empêchée d'y penser. Et je m'en suis voulu de ne pas avoir pensé à mon père pendant qu'il était en train de mourir. J'en ai voulu encore plus à ma mère, parce qu'elle avait fait exprès pour que je sois loin quand il mourrait.

C'est seulement quelques mois plus tard — quand ma mère s'est acheté une voiture et que je lui ai dit que c'était épatant qu'on ait un radar comme mon oncle André — que j'ai fini par comprendre que mon oncle s'était payé ma tête. Mais c'est facile de se payer ma tête. Et je ne serais pas étonnée que Roméo le fasse lui aussi. Rien ne me prouve qu'il n'a pas inventé les deux versions : la sienne et celle du journal. Comment il dit ça, déjà ? Quand des cons font une connerie... Y a juste une chose qui cloche : Roméo est bien des choses, mais pas un con. J'en ai connu assez pour les reconnaître quand je les rencontre, même si avec lui ça n'était pas évident, au début.

— Pourquoi on va pas à la police ? je lui demande dans l'espoir de commencer à tirer tout ça au clair.

— S'ils me prennent, ils vont me tuer. Puis je pense qu'ils doivent commencer à regretter de pas t'avoir tuée pendant qu'ils pouvaient.

Nous roulons encore et toujours dans la nuit. Roméo a cessé de jeter constamment des coups d'œil dans le rétroviseur pour voir si on nous suit. Il se détend et me raconte d'autres détails de l'histoire. En riant, maintenant, parce que plus nous nous éloignons de l'îlot Fou et de Montréal, plus nous avons l'impression que rien de mal ne peut nous arriver.

Par exemple, c'est Ti-Méné qui a eu l'idée de faire déguiser ses copains en vrais autochtones pour faire peur à la police. Il a demandé à Roméo s'il savait où on pouvait trouver des vêtements d'Indiens. Roméo leur a dit qu'il y en avait une belle collection au musée McCord, à Montréal. Quand il les a vus arriver déguisés en Indiens de l'Ouest, il s'est dit que les policiers ne marcheraient jamais. Ils ont marché.

— Le seul problème, c'est quand les gars se sont aperçus qu'ils pouvaient pas tous monter dans le rabaska avec les cigarettes. En fait, non. Le vrai problème, c'est quand les policiers ont fini par comprendre que c'étaient pas des vrais Indiens.

Grâce à qui ? Grâce à Carmen Paradis ! J'ouvre la bouche pour dire que c'est moi qui ai parlé au lieutenant Chose du vol au musée. Je dis plutôt :

— Peut-être que leurs déguisements étaient trop beaux pour être vrais.

Il ne veut pas me dire où nous allons. « Quelque part où personne ne pourra nous trouver. » Dans le faisceau des phares, j'ai vu défiler le nom des villes et villages des Laurentides : Saint-Faustin, Saint-Jovite, Labelle, Mont-Laurier...

Tiens, ma cheville me fiche la paix depuis quelque temps. Peut-être que la douleur est disparue pour de bon. Mon cou, aussi, se porte très bien. C'est comme si les piqûres qu'ils me donnaient m'avaient parfois fait du mal au lieu de me faire du bien.

— Veux-tu dormir ? me demande Roméo pour la dixième fois. Tu peux t'étendre en arrière.

— Non.

Le bruit des roues qui quittent l'asphalte pour rouler sur du gravier me réveille. Il est sept heures du matin. J'ai dormi.

— Où est-ce qu'on est ?

— Presque rendus.

— Rendus où ?

— Tu vas voir.

La Pontiac roule et tangue dans les ornières. De grands jets d'eau boueuse aspergent le pare-brise. Nous traversons une forêt clairsemée. Tout à coup, à un virage, Roméo stoppe. Nous voilà au sommet d'une colline déboisée. Devant nous, en contrebas, il y a un lac. Sur la rive, une dizaine de maisons. Certaines ont le style de maisons de banlieue. D'autres sont des cabanes en bois rond. Deux sont de vieilles maisons de bois équarri. Une est à demi calcinée.

130

— C'est le lac Rond, dit Roméo.

— C'est drôle, mais j'y suis déjà allée avec mon père. Y avait pas de maisons. En tout cas, pas dans ce temps-là.

— Des lacs Rond, y en a des dizaines. Si c'est pas des centaines.

La Pontiac descend la côte, s'arrête devant la première maison. Roméo sort, va à pied en faire le tour, revient.

— Le toit est percé. C'est des maisons qui ont été expropriées par Hydro-Québec il y a une dizaine d'années. Ils voulaient faire un barrage. Mais les Indiens ont pas voulu, parce qu'ils viennent pêcher par ici. En tout cas, ils venaient. Aujourd'hui, y a plus de poisson dans le lac à cause des pluies acides. Il vient plus personne. On a rien qu'à trouver une maison avec un bon toit.

La quatrième — une maison en bois rond — mérite son approbation. Il m'aide à m'y rendre, parce que ma canne s'enfonce profondément dans la boue. Je m'appuie sur son bras.

Nous entrons. Il y a une forte odeur de renfermé. Il fait sombre. Je pousse l'interrupteur, sans effet.

— L'électricité est coupée, m'explique Roméo.

Je me sens un peu conne d'avoir pu penser qu'il pouvait y avoir de l'électricité dans des maisons abandonnées. Je ne me risque pas à refaire l'idiote en ouvrant le robinet de la cuisine. Roméo l'ouvre, lui. Pas d'eau.

Il y a une pompe, dehors. Roméo prend un seau et va le remplir, tandis que j'examine la cabane. Il y a deux petits lits avec des couvertures. C'est presque propre.

Dans un coin, il y a trois rayons de bibliothèque. Des collections de romans roses : Vie à deux, Amour toujours, Cœurs de femmes. Tiens, un guide d'observation des oiseaux.

Je l'ouvre à l'index. Je cherche la persillette incolore. Elle n'est pas là. Pas plus qu'aucun autre type de persillette.

— La persillette incolore, tu connais ça ?

Roméo est revenu avec un seau plein d'eau.

— C'est une plante ?

— Non, un oiseau. Il y en a plein à l'îlot Fou à ce moment-ci de l'année.

— Jamais entendu parler de ça.

Roméo ne s'intéresse évidemment pas aux oiseaux qu'on ne chasse pas. Il ouvre les armoires et trouve une boîte de nouilles au fromage. Le carton est jauni. Il l'ouvre sans vérifier la date de péremption. Je suppose que ça n'a pas d'importance pour ce genre de nourriture.

Je remets le guide sur le rayon, entre *La promesse de Sylvie* et *Peine d'amour à Katmandou.* Et je songe que la persillette incolore a sûrement des noms différents en France et au Québec. Je reprends le guide. Je m'assieds et je regarde systématiquement les illustrations d'oiseaux. En voilà un qui ressemble à ma persillette incolore : l'hirondelle des granges. À moins que ce ne soit une hirondelle à front blanc...

Et tout à coup une chose me devient évidente : mon aveugle s'est payé ma tête. La persillette incolore n'existe pas, ni en Europe, ni en Amérique. C'est une blague faite par un aveugle à une petite idiote québécoise. Qui a aussi cru que le persillet et la persillette baisaient comme des missionnaires. Je suis vraiment tarte. Et il est grand temps que je cesse de croire tout ce que tout le monde me dit.

Oui, tout le monde se paye ma tête.

Je suis avec un type dont je ne connais presque rien — et ce que je connais de lui le rend moins rassurant que si je n'en connaissais rien du tout. Nous sommes dans un chalet désaffecté, sans électricité ni téléphone ni eau courante, sur le bord d'un lac désert que je ne peux même pas fuir, avec mon plâtre qui m'empêche de conduire si jamais je décidais de voler la voiture que Roméo a volée. Tout ce que je sais de l'endroit où je suis, c'est qu'il s'agit d'un des innombrables lacs Rond du Québec. Peut-être même qu'il ne s'appelle pas du tout lac Rond, mais lac Carré ou lac Croche ou lac à la Truite.

J'ai envie de pleurer, mais ça ne vient toujours pas.

La nuit est tombée. Nous avons une lampe à pétrole. Elle était vide, mais Roméo est reparti faire le tour des autres maisons et en a rapporté deux litres de kérosène. Il a déjà vidé tous les garde-manger pour remplir le nôtre, qui est maintenant bien garni de pâtes sèches et de conserves. Pas le moindre fruit ou légume frais. Pas de lait pour le café (soluble, mais c'est mieux que rien).

La lampe nous éclaire suffisamment pour lire, assis à la table. J'ai choisi *Ninon-les-nichons,* le seul livre qui soit plus que seulement un peu cochon. Roméo lit *La passion d'Hélène*. À la huitième personne qui caresse ou tripote ou lèche ou mordille les seins de Ninon, j'en ai assez.

— Je vais me coucher.

Roméo lit encore un peu. J'enlève ma robe. Roméo m'en a trouvé une dans une maison voisine — une robe rouge un peu écourtichée à mon goût, mais il faut que je m'en contente et puis j'y suis bien mieux que dans la chemise d'hôpital, qui s'ouvrait à l'arrière chaque fois que je faisais un pas. Il est vrai que je ne serais pas étonnée que Roméo prétende qu'il n'a rien trouvé d'autre uniquement pour me regarder les cuisses. Demain, j'irai voir dans les maisons. De toute façon, mon plâtre tombe en ruine. J'ai le talon à nu. L'avant, sous les orteils, est complètement désagrégé. Je vais demander à Roméo de me remplir un seau d'eau chaude (il ne reste pas beaucoup de bois pour le poêle, mais il a promis d'en couper). Et j'y plongerai le pied. Il devrait être possible de remplacer le plâtre par des éclisses et des bandelettes de tissu.

Pour l'instant, je me couche. Roméo souffle la lampe.

— Si tu veux, demain, je peux essayer de te faire des béquilles, offre-t-il gentiment.

Je ne réponds pas parce que j'ai appris à me méfier de toute offre faite par un homme à l'heure d'aller au lit.

SEPT

Il est tombé un peu de neige, ce matin, mais elle a vite fondu au soleil. J'ai fait chauffer de l'eau. Mais pas pour le café.

Roméo ne veut pas que j'enlève mon plâtre. J'insiste que je n'ai plus mal à la cheville. C'est vrai : je n'ai plus la moindre douleur, ni là ni ailleurs. Mais je ne lui dis pas ma principale raison de me débarrasser de ce plâtre : je veux faire l'amour avec lui. Et je suis prête à parier que ce satané plâtre est devenu pour lui ma ceinture de chasteté : il a peur de me faire mal autant que moi j'ai peur d'être maladroite.

Je mets le pied dans le seau d'eau chaude. Roméo est assis à côté de moi, comme s'il pensait que je vais avoir besoin de lui.

— Ça devrait aller.

Je sors le pied, je le pose sur une pile de vieux journaux. J'étais sûre que le plâtre fondrait dans l'eau et se déferait tout seul. Mais ce n'est pas du tout ça. Il faut que je tire sur un bout de la longue bande de tissu pour l'enlever. Ce n'est pas si facile, parce que j'en ai vite plein les mains et que tout s'emmêle.

Roméo s'approche, prend la bande et la déroule d'autour de mon pied que je tiens bien tendu au-dessus du papier journal. Enfin, voilà mon pied tout nu.

Il a l'air très bien, ce pied. Pâlot, peut-être, comparé à l'autre, comme s'il avait manqué de soleil ou de vitamines. Je tends les deux pieds devant moi pour les comparer. Ils sont pareils. Les chevilles aussi.

Roméo va chercher une serviette, m'essuie le pied délicatement.

— Ça fait mal ?

— Pas du tout.

Mon pied est tout à fait sec. Je me lève, j'essaie de distribuer mon poids également sur mes deux jambes. C'est facile. Trop. Au point que je me demande :

— Sais-tu ce que je pense ?

— Non.

— Que j'ai jamais eu la jambe cassée. Ils ont dû se mêler dans les radiographies. Ils sont tellement débordés, dans les hôpitaux.

— Moi, je dirais qu'ils ont fait exprès.

— Exprès ?

— Ils t'ont mis un plâtre pour t'empêcher de partir.

J'écarquille les yeux. Ça n'a pas de bon sens. Pour commencer, s'ils avaient voulu faire ça, ils auraient eu besoin de complices. Un médecin, au moins, qui accepte de faire un plâtre à une fille qui n'en a pas besoin. Un radiologiste, des infirmières...

— Et le serment d'Hippocrate ?

Il rit. Doucement. De moi. C'est vrai, je suppose qu'il est possible de soudoyer un médecin en lui promettant n'importe quoi (une promotion, la levée de son plafond salarial, la fermeture de son dossier au ministère du Revenu), surtout lorsqu'il s'agit seulement de faire un plâtre à quelqu'un qui n'en a pas besoin et non de nuire à sa santé. À bien y penser, je parie qu'Hippocrate n'aurait pas désapprouvé ça. En tout cas, je serais bien étonnée qu'il ait dit quelque chose contre.

— Mais pourquoi ils auraient fait ça ?

— Peut-être pour t'empêcher de venir me rejoindre. Comme ça, j'étais forcé d'aller te rejoindre à l'hôpital.

C'est une théorie ridicule. Si ça amuse Roméo d'y croire, tant mieux pour lui. Pourquoi est-ce qu'ils auraient pu s'imaginer qu'il aurait envie de me retrouver ? Je ne l'attire même pas. C'est vrai que la police ne peut pas se douter de ça.

Je me lève. Je fais deux pas.

— Oups !

J'ai failli tomber. Par exprès. Roméo attrape mon bras, le passe au-dessus de mon épaule, me tient par la taille pour m'aider à me rendre jusqu'au lit, où je me laisse tomber de tout mon long sur le dos.

— Ça va ?

— Ça va.

Roméo se retourne, prend le seau par son anse, sort pour le vider.

Est-il possible qu'il n'ait pas senti que je faisais exprès pour presser mon sein contre son bras ? Et qu'est-ce qu'il s'imagine que je veux faire dans mon lit à cette heure ? Est-il homosexuel ? Ça m'étonnerait. Timide ? Je lui ai pourtant presque fait un dessin. Peut-être qu'il me trouve laide ? Ou qu'il est impuissant ? Ou qu'il aime quelqu'un d'autre ? Mais ça, je n'ai jamais connu un homme que ça retenait...

Il est revenu avec une collection complète de chaussures et de bottes d'hiver. Il tient à ce que je me lève pour les essayer. En attendant son retour, je m'étais déshabillée sous mes couvertures. Il a détourné les yeux pendant que je mettais ma robe — j'ai fait exprès pour mettre la rouge, tout écourtichée.

Je me suis assise et il m'a fait essayer toutes les chaussures. La plupart sont bien trop grandes. Mais il y a une paire de souliers de tennis — probablement pour adolescente — qui me fait plutôt bien. Et une paire de bottes de caoutchouc que je peux porter à condition de mettre deux paires de chaussettes.

J'ai tout essayé, toute la journée.

M'asseoir devant lui et écarter les jambes. Frôler presque toutes les parties de son corps avec presque toutes les parties du mien. J'ai pris mon bain toute nue dans la cuve au milieu de la cabane. Je lui ai demandé de me frotter le dos. Il l'a fait. Je lui ai demandé de me laver les cuisses. Il a fait semblant de ne pas avoir entendu.

Pour ce soir, j'ai trouvé un nouveau truc.

138

J'ai convaincu Roméo de réaménager notre petit intérieur. D'abord, faire un coin salle à manger plus spacieux. Pour ça, il faut déplacer son lit. Je suggère de l'installer pas bien loin du mien, à l'autre bout de la cabane. Il offre :

— Je peux poser un rideau entre les deux lits, si tu veux.

Je ne réponds pas. Je demande plutôt :

— J'aimerais ça, avoir le seau plus près de mon lit, de ce côté-là.

Il obéit. Je ne suis pas plus contente :

— J'ai plus assez de place pour passer. Pousse mon lit vers le tien.

Il obtempère. Puis repousse le sien vers l'autre mur. Je proteste :

— C'est pas beau, comme ça. Je trouve que ce serait mieux avec les deux lits l'un à côté de l'autre.

Il grimace, mais obéit.

Voilà. Nos lits sont collés. Cette nuit, il ne m'échappera pas.

Roméo a lu plus longtemps que de coutume. Il a commencé par s'attaquer à *Ninon-les-nichons*. Puis il l'a abandonnée pour *La dernière aventure d'Angèle*. Trop chauds pour lui, les nichons de Ninon.

Je garde les yeux fermés depuis un bon moment déjà parce que la nuit dernière il ne s'est pas couché tant qu'il n'a pas cru que je dormais. Je soulève parfois une paupière. Roméo ne lit plus. Il se gratte le crâne, consciencieusement. Enfin, il souffle la lampe et se dirige vers son lit. Il s'assoit, me tourne le dos, se déshabille. C'est la quasi pleine lune dehors. Il fait dans la cabane une lueur sépulcrale. Très romantique, à mon avis. Allons voir si elle a le même effet sur Roméo.

Il se glisse sous ses couvertures. J'attaque.

Je me glisse vers le bord de mon lit contigu au sien. Je soulève mes couvertures avec ma main. Je glisse ma main hors du lit et mes doigts se frayent ensuite un chemin sous les couvertures de Roméo. Il n'a pas le temps de terminer son repli vers l'autre côté du lit, que déjà ma main s'est emparée de son pénis et le tient fermement. Il ne peut pas fuir.

Victoire : il bande ! D'une bonne érection bien ferme et sans équivoque. Roméo n'est pas impuissant. C'est toujours ça de pris. Il cherche pourtant à battre en retraite. Mais je ne lâche pas prise. J'ai l'impression que son pénis a été fait pour le creux de ma main. Il est brûlant et j'ai l'impression de sentir son cœur qui palpite entre mes doigts. Je l'agite un peu, mais pas trop. Ce serait dommage qu'il m'éjacule dans la main.

En prenant toutes mes précautions pour ne pas le laisser filer, je me glisse, en rampant sur le dos, de mon lit au sien. J'espère qu'il va me prendre dans ses bras, mais il n'en fait rien. Il fait le mort. Je le croirais vraiment mort si ce n'était ce pénis dressé. Il ne veut rien savoir. Je vais l'avoir malgré lui.

J'entreprends la manœuvre la plus délicate. Je me retourne vers lui. Je m'étends de tout mon long sur son corps. Il ne bronche toujours pas. Je redresse le dos, je m'assieds sur ses cuisses, face à lui. Voilà l'instant critique. Je soulève les fesses, pousse son pénis vers ma vulve qui n'a besoin d'aucune lubrification supplémentaire...

Merde ! Je l'ai échappé. Pour insérer ce pénis récalcitrant, j'ai dû quelque peu changer ma prise. Et il s'est sauvé comme une anguille, si tant est qu'une anguille puisse être rigide. Roméo s'est retourné sur le ventre d'un coup de reins. J'essaie, d'un côté puis de l'autre avec une main puis l'autre, de reprendre mon trophée. Impossible.

Je retourne dans mon lit.

Roméo se lève, se drape dans une couverture, va s'asseoir à la table.

— Pourquoi ?

Il ne répond pas. Je suis furieuse.

Il revient se coucher. Cette fois, il peut dormir tranquille. Il aurait beau me supplier, je ne ferai pas l'amour avec lui. Jamais. S'il essayait de me violer, je résisterais de toutes mes forces.

Mais il ne me supplie pas. Me viole encore moins.

HUIT

Je lui fais la tête. Il pleut et Roméo a passé la journée à la pêche. Moi, je reste dans la cabane, même si j'aurais un peu envie de sortir et profiter de ma jambe comme neuve.

Malgré les pluies acides, il a pris deux belles truites qu'il fait sauter à la poêle. Je mange la mienne sans dire un mot. Il semble malheureux de mon silence mais ne fait aucun effort pour le rompre. Je dis :

— Je rentre en ville.

J'ai décidé d'aller me faire soigner, même si je ne ressens encore aucun symptôme de mon cancer que j'avais totalement oublié pendant ces jours où j'étais séduite par Roméo. Ma mère va me faire une scène parce que je ne lui ai pas téléphoné. La police va m'interroger à n'en plus finir. Je leur dirai peut-être où est Roméo s'il y est encore. En faisant le tour de tous les lacs Rond du Québec, il finiront bien par tomber sur le bon. De toute façon, il peut aller se faire foutre. Je ne veux plus rien savoir de lui. Il dit :

— Y a presque plus d'essence.

— Je baiserai avec le pompiste dans la première station-service. Dans la deuxième aussi. Avec tous les pompistes entre ici et Montréal. Un coup du litre.

Il a un air de chien battu. Je suis contente de l'avoir humilié.

— C'est parce que je suis séropositif, dit-il après une bonne minute de silence à supporter mon regard méprisant.

Je fonds de honte. Je n'avais jamais pensé à ça. C'est vrai qu'on n'y pense jamais ou qu'on y pense trop tard. J'ai envie de le serrer contre moi, de le consoler, de lui demander pardon même si je ne sais pas trop ce que j'ai à me faire pardonner.

Mais la curiosité me reprend.

— Homosexuel ?

Il secoue la tête.

— La drogue ?

Il secoue la tête encore. Que reste-t-il d'autre ? La promiscuité avec des femmes de petite vertu ?

— Je suis hémophile.

Pauvre Roméo ! C'est le gouvernement qui l'a contaminé par négligence. Non : par stupidité criminelle. Cette fois, je me lève pour de bon, je serre sa tête contre mon ventre.

— Pauvre chéri !

— Tu sais, je suis pas encore mort.

Nous restons là plusieurs minutes. C'est un moment tendre et émouvant. Mais, après quelque temps, je suis prise d'un violent désir.

— Attends-moi.

Je cours jusqu'à la maison voisine. C'est un bunga-low des années soixante. Je vais à la salle de bains. Il n'y a qu'un flacon d'aspirines sûrement périmées de-puis longtemps.

Je vais faire le tour des autres maisons. Je rafle une brosse à dents en meilleur état que celle que m'avait trouvée Roméo. Mais c'est tout : pas le moindre condom. Je serais prête à me contenter d'une vieille capote au latex affaibli par plusieurs an-nées d'attente. Je ne trouve même pas un petit sac de plastique pour aliments. Désespoir !

En ressortant de la dernière maison, je me ré-veille : qu'est-ce que ça peut faire ? Je vais mourir d'un cancer de toute façon. Qu'est-ce que j'ai à craindre de la séropositivité, qui risque seulement de me tuer bien après que le cancer l'aura fait ? Et en-core, d'ici là on aura peut-être trouvé un remède au sida, alors que j'ai cette maladie qui va me tuer à coup sûr et à brève échéance. Ça fait des siècles qu'ils cherchent en vain une cure au cancer, tandis que pour le sida, ils font des progrès. Tous les jours ou presque, la télé annonce que les chercheurs ont trouvé un nouveau truc. Qui ne marche pas, ou ne marchera pas avant cinq ans, mais c'est quand même mieux que rien.

Je rentre en courant. Je me précipite dans les bras de Roméo et je m'exclame, en versant des larmes de joie :

— C'est pas grave, je vas mourir bientôt.

Roméo ne partage pas mon allégresse. En fait, une fois que je lui ai expliqué ce qui me réjouit tant, il insiste pour m'amener à l'hôpital illico. Je finis par accepter un compromis : dès que j'aurai mal, j'irai voir un médecin. Lequel ? Je n'en sais rien car je n'ai toujours pas la moindre idée du genre de cancer dont je suis affligée.

Roméo nous prépare un souper d'amoureux. Deux bougies — une verte et une rouge, sans doute des chandelles de Noël. Du riz instantané rehaussé de champignons sauvages dont Roméo n'est pas tout à fait sûr qu'ils ne sont pas vénéneux. Mais quand on est deux à devoir mourir à plus ou moins brève échéance, on est prêts à risquer sa vie pour pas grand-chose si ça semble délicieux. Tout ce que je demande, c'est que ça ne nous tue pas avant demain matin.

Nous sommes au lit. Roméo n'arrive pas à bander. Je fais semblant de ne pas m'énerver. Nous avons toute la nuit et toute la semaine et tout le mois d'octobre encore si nous ne manquons pas de vivres.

Ce qui compte, après tout, c'est que me voilà dans les bras d'un homme pour la première fois depuis dix mois. Et c'est absolument délicieux. Est-ce que j'aime Roméo ? Je ne sais pas. Un peu, au moins. Peut-être même un peu plus qu'un peu. Et lui, m'aime-t-il ? Je serais plus rassurée s'il avait une érection plus solide même si je sais que cela ne veut absolument rien dire. Mais j'aime bien faire bander un homme qui m'aime. Roger, même au début, avait souvent l'érection fragile. Je crois qu'il pensait à ses affaires lorsque nous étions au lit, et cela lui coupait souvent l'inspiration. En tout cas, même si Roméo ne m'aime pas beaucoup, il m'aime plus que Roger ne m'a jamais aimée. N'est-il pas prêt à me faire l'amour alors qu'il risque de me tuer ? Tiens, c'est étrange que je prenne ça pour une preuve d'amour. Pourquoi pas ? En fait, s'il pouvait juste bander encore un peu, je serais tout à fait enchantée.

Je reprends les grands moyens. Je rentre la tête sous les couvertures (je les ai placées en travers des deux lits, ça fait plus intime). Et je prends son gland dans ma bouche. J'aspire pour tout avaler. Je mordille doucement. Je vais et viens. Je lèche le bout, puis le reste. Il me semble que ça gonfle un peu. Non, c'était une fausse alerte. Oui, ça durcit ! Un peu. Un peu plus. Ma bouche s'allonge au maximum. Voilà, ça y est tout à fait. J'ai vaincu les effets psychologiques de la séropositivité. Quelques va-et-vient buccaux encore, pour m'assurer que le pénis de Roméo ne se résorbera pas le temps de passer de ma bouche à mon vagin. Très bien : jamais je n'ai senti pénis plus prêt à entrer en fonction. Je le lâche, je repousse les couvertures vers le bas de mon dos. Je me hisse sur le corps de Roméo.

J'entends un bruit lointain. Un bruit de moteur. On dirait un Mercury de 40 000 chevaux, qui approche rapidement. Ça se transforme aussitôt en bang, crac, badaboum ! Et aussi craac, pouf, tchouc ! Et encore pfiou, grrr, badang !

Le ciel nous tombe-t-il sur la tête pour nous punir de faire fi des maladies qu'il nous a envoyées pour nous punir de je ne sais quoi ?

Cela met fin à nos ébats avant même qu'ils aient commencé pour de bon. Je ne sais pas si Roméo a perdu son érection, mais moi ça m'a coupé la libido tout net. Nous regardons autour nous. Le toit de notre maison a disparu. Pas tout à fait puisque, par un mur arraché, on voit qu'il a été transporté jusque sur la rive du lac. À côté de lui repose un gros moteur d'avion qui vient d'essayer d'entrer dans notre cabane pourtant plus petite que lui. La turbine tourne encore. Une fumée dense commence à envahir notre domaine. Décidément, les incendies et moi, on était faits pour se rencontrer, ces jours-ci.

— Dehors, vite ! crie Roméo.

Il n'a pas à me le dire deux fois. Nous nous précipitons à l'extérieur. Je regarde en l'air, à la recherche de l'appareil qui aurait par distraction laissé échapper un de ses propulseurs. Il n'y a pas d'avion. Seul l'énorme moteur est tombé. Les flammes naissent le long d'un mur. Nous restons là, stupidement. Nus comme des vers.

— Regarde, dit Roméo.

Je me retourne : de l'autre côté de la montagne qui bouche l'horizon, une lueur rouge s'élève dans le ciel.

— C'est l'avion ?

C'est évident, et Roméo ne se donne pas la peine de répondre. Il m'examine le dos.

— T'as des éclats de verre dans le dos.

Pourtant, je ne sens rien. Il me semble que Roméo pourrait remercier mon dos d'avoir empêché les éclats de verre de se rendre jusqu'à lui. Je ne suis pas hémophile, moi, alors ça n'est pas bien grave. Tandis que s'il était blessé, lui, ce serait tragique. Je lui fais faire un tour sur lui-même pour l'examiner : pas une égratignure. Il a de la chance.

— On fait mieux de s'en aller, ajoute Roméo. Tous les chiens des environs vont s'en venir par ici.

Les chiens ? Ah oui, ces chiens-là.

Roméo a raison. Nous entrons dans le bungalow voisin. Il en avait sorti tous les vêtements féminins et les avait apportés à notre cabane. Pas question d'y retourner, parce qu'elle flambe joyeusement, maintenant. Je mets une chemise à carreaux, un jeans trop grand, un blouson de l'université du Vermont, trop grand aussi. Même les chaussures sont trop grandes. Roméo, lui, trouve des vêtements à sa taille.

— Vite !

J'abandonne les lacets de mes chaussures impossibles à nouer, parce que les deux parties de l'empeigne se croisent sur le dessus. Et je flotte dedans tandis que je marche vers la voiture.

Roméo fait démarrer la Pontiac. Je monte à côté de lui.

— Connais-tu quelqu'un à Val-d'Or ? me demande Roméo quand nous arrivons à la grand-route.

— Non.

— Parfait. On y va.

148

Et il prend à droite. Je regarde l'indicateur de niveau d'essence.

— On va manquer d'essence.

— On va arrêter à la prochaine station-service.

Je sais bien, mais comment on va payer ? Les quelques dollars que j'avais viennent de partir en fumée.

Roméo n'a pas l'air de s'en soucier. Je décide de lui faire confiance. Mais pendant que nous roulons sous la lune dans la nuit grise, je me demande si j'ai raison de m'en remettre encore à lui. C'est à cause de lui que ma maison a été détruite. La première, pas la deuxième, mais une sur deux ça suffit. C'est à cause de lui que j'ai fui l'hôpital (quoique, à bien y penser, il ne m'ait rien demandé, il m'a seulement dit où il était). C'est à cause de lui que je me retrouve encore en fuite sur cette route en direction de l'Abitibi (ce n'est pas sa faute si le moteur d'avion nous est tombé dessus, mais nous aurions pu rester à Montréal ou y rentrer maintenant). Est-ce parce qu'il est séropositif qu'il se fiche de sa vie et sans doute de la mienne aussi, maintenant que je lui ai appris que je vais mourir d'un cancer ?

Des phares apparaissent loin devant nous pour la première fois depuis que nous roulons sur la grand-route. Ça ne me rassure pas. Je sens que Roméo se redresse sur la banquette. Il y a des gyrophares. Des sirènes, maintenant.

Zoom-zoom-zoom-zoom-zoom... Une dizaine de véhicules nous croisent. Il y a des voitures de police, des camions de pompiers, des ambulances. Quelques voitures ordinaires aussi.

— Des journalistes, suppose Roméo.

Toutes ces voitures roulent à fond de train vers l'avion écrasé. Roméo allume la radio, à la recherche de nouvelles. Pas de bulletin spécial pour l'instant.

Enfin une station-service. Ouverte. Ça tombe bien parce que depuis quelques minutes je guette du coin de l'œil l'aiguille de niveau d'essence. Elle a dépassé le E pour Empty. Nous devons en être aux dernières gouttes.

J'ai envie de pipi. J'ouvre ma portière.

— Reste là, m'ordonne Roméo.

Je ferai pipi plus loin.

Je ne crois pas que ce soit un libre-service. Mais Roméo sort de la Pontiac, décroche le bec de la pompe et l'insère dans le goulot du réservoir. Un jeune homme s'approche, échange quelques mots avec lui. Le réservoir est plein, puisque le jeune homme remet le bec à sa place. Roméo fouille dans ses poches, puis me fait signe de baisser la vitre.

— Passe-moi la carte de crédit.

Je fais de grands yeux ronds.

— Dans la boîte à gants, précise-t-il.

Je l'ouvre. Il y a des gants, en toute logique. Le manuel du propriétaire de Pontiac. Une carte de garantie périmée. Mais pas de carte de crédit.

— T'es tarte, dit Roméo. Tasse-toi.

Je me glisse sur la banquette, vers le volant.

— Démarre, chuchote-t-il à mon oreille.

Je tourne la clé dans l'allumage. Il prend la carte de garantie, la tend au jeune homme, qui l'examine sans comprendre.

— Pars. Vite !

Je pousse le levier de vitesse à la position D. J'appuie à fond sur l'accélérateur. Les pneus crissent. Et nous voilà repartis !

Sauf que c'est moi qui conduis. Et je n'ai jamais rien conduit de plus gros que la Miata de Roger. J'ai l'impression que la Pontiac occupe les deux tiers de la route.

— Prends ton temps, la police est occupée ailleurs.

Je ralentis un peu. Nous étions montés à cent vingt sans que je m'en aperçoive.

J'ai envie d'engueuler Roméo. Mais je ne sais pas trop pourquoi. Parce que nous avons privé une pétrolière de quelques dizaines de litres de ce précieux liquide ? Parce que nous avons berné ce jeune homme qui ne nous a rien fait ? Parce que nous revoilà en fuite et que la police va finir par se manifester tôt ou tard ? Bah, qu'est-ce que ça peut faire ? Aussi bien en rire.

— T'aurais pas dû lui donner la carte de garantie. Qu'est-ce qu'on va faire si on tombe en panne ?

Ma plaisanterie fait sourire Roméo. Je regarde devant moi mais je sais qu'il sourit. Je commence à le connaître. Il aime sourire et il a de belles dents, alors j'aime le faire sourire même quand je ne le vois pas.

— T'aimes mieux que je conduise ?

— Oui.

Je relâche l'accélérateur. Mais j'aperçois dans le rétroviseur la lueur de deux phares. Roméo se retourne.

— Il avait peut-être une auto cachée derrière le garage.

Je reprends la vitesse de croisière. Puis un peu plus parce que les phares gagnent sur nous. J'appuie encore. Cent cinquante ! Pourvu qu'il n'y ait pas de virage avant un bon bout de temps. Merde, en voilà un. Je ralentis un peu. Je le négocie en zigzaguant et en faisant crisser les pneus.

— C'est correct, dit Roméo.

C'est tout droit encore. Cent soixante. C'est bizarre, dans cette voiture on n'a pas l'impression d'aller aussi vite que dans une Miata qui va moins vite. Mais cela n'empêche pas les phares de se coller à nos fesses. J'ai envie de ralentir. Mais si je ralentis, l'autre nous rentre dans le derrière.

— Plus vite ! ordonne Roméo.

Non. À bien y penser, je n'ai pas tout à fait envie de mourir immédiatement. Surtout dans un accident de voiture. Pourtant, tout à l'heure j'ai justement pensé que je préférerais n'importe quoi à mon cancer. Mais ne voilà-t-il pas que, maintenant que ça se présente, ça ne me tente plus du tout. Je relâche l'accélérateur. Juste un tout petit brin — à cent cinquante — pour montrer à notre poursuivant que je suis disposée à stopper pourvu qu'il daigne m'en donner l'occasion.

Eh bien ! non : les phares se déplacent vers la gauche et une grosse camionnette nous dépasse. Dans la demi-obscurité de sa cabine, le conducteur m'adresse un petit geste amical. Je le lui rends.

Coup d'œil à Roméo. Il s'est remis à sourire. Je ralentis tout à fait. Je préfère le laisser conduire.

Il fait tout juste jour. Nous sommes arrêtés dans un petit chemin forestier. J'ai dormi sur la banquette arrière. Des oiseaux me réveillent. Je serais bien en peine de les identifier à leur chant. Chose certaine, ce ne sont pas des persillettes incolores. J'entends aussi, un peu plus loin et derrière nous, un moteur de camion qui passe sur la route en peinant, avant de s'éloigner.

Roméo est au volant, éveillé.

— On y va ?

Je n'ai aucune idée d'où nous allons ni de pourquoi nous y allons. Mais je fais oui de la tête. Roméo met le moteur en marche. L'aiguille de l'indicateur d'essence est au milieu. Nous avons donc roulé un bon bout de chemin. J'ai dormi quelques heures. Roméo pas beaucoup.

Nous faisons marche arrière jusqu'à la route. Nous repartons. Je ne sais pas si c'est vers le nord ou le sud, parce que je dormais lorsque nous avons tourné sur ce petit chemin.

— On est plus tellement loin, dit Roméo.

Tellement loin de quoi ? De Val-d'Or, peut-être ? Sûrement pas de Montréal, en tout cas, puisque nous roulons dans une forêt dense de conifères grisâtres qui poussent serrés les uns contre les autres.

— J'ai envie, je dis quelques minutes plus tard.

Roméo soupire. Il n'a pas très envie que j'aie envie de faire pipi. Il aurait sans doute préféré que je fasse mes besoins dans le petit chemin forestier, où on ne pouvait pas nous voir depuis la route. Il en cherche un autre. Mais, pendant un bon moment, il n'y a à droite et à gauche que quelques millions de conifères supplémentaires.

— Je suis plus capable.

Roméo soupire encore, continue deux ou trois minutes mais doit se rendre à l'évidence : pas le moindre endroit où se cacher.

Il gare la voiture à un endroit où l'accotement est un peu plus large que la moyenne. Nous descendons tous les deux. Je m'éloigne dans les bois, à la recherche d'un endroit où on ne me verra pas de la route. Roméo a de la chance, de pouvoir faire ça debout. Je me dis que si jamais je passe mon temps dans les bois, il faudra que j'apprenne à faire pipi debout moi aussi. Je sais que ça se fait, mais je ne sais pas comment parce que ma mère ne me l'a pas appris. Probablement parce que sa mère à elle ne le lui avait pas appris. Si jamais j'ai une fille, c'est la première chose que je vais lui enseigner. Avant le biberon. Ou en même temps. « Pisse debout, ma fille, tu auras du bon lait. »

J'aimerais trouver un arbre abattu qui me permettrait de m'asseoir avec un minimum de confort. Il n'y en a pas. Je me contente de baisser mon pantalon derrière une épinette.

— Fais ça vite ! crie Roméo.

154

Pour qui se prend-il ? J'aimerais bien le voir à ma place. Je m'accroupis. Et je réussis dès le premier jet à m'asperger la cheville. Tiens, je l'oubliais, celle-là. Elle va toujours bien, tout à fait comme une cheville qui ne s'est jamais brisée.

Je n'ai rien pour m'essuyer. Tant pis. Je reviens vers la Pontiac.

— Les chiens arrivent ! crie encore Roméo. Cache-toi.

Je m'arrête tout net. Des gyrophares clignotent entre les arbres. J'avance encore en me penchant. Il y a une voiture blanche de la SQ. Un agent parle avec Roméo qui fait semblant de chercher des papiers dans ses poches. Le policier revient à sa voiture, parle dans son micro. Roméo ne se tourne pas vers moi. S'efforce-t-il de faire croire aux policiers qu'il est seul ? Il ne m'appelle pas, en tout cas, et j'en déduis qu'il veut que je reste cachée. Je ne bouge pas.

Après plusieurs minutes, les agents passent les menottes à Roméo et le font monter à l'arrière de leur voiture. Ils partent en laissant la Pontiac sur le bord de la route.

J'attends quelques instants avant de m'en approcher. J'essaie d'ouvrir une portière, puis l'autre. De toute façon, je ne vois pas les clés dans l'allumage.

Me revoilà seule au monde.

NEUF

D'après ma mère, je n'ai jamais eu qu'un seul et unique talent.

Je suis capable, d'un seul coup d'œil, de voir si le liquide qu'il y a dans un récipient pourra entrer dans un autre récipient, même si celui-ci a une forme différente.

Vous ne saisissez pas les implications de cette rare faculté ?

Supposons que ma mère a fait de la compote de pommes dans une grosse casserole remplie à moitié. Elle veut la transvider dans un contenant de plastique. Sa grande question existentielle à ce moment-là : lequel choisir ? Eh bien ! elle n'a qu'à faire appel à moi. Et je peux lui affirmer avec certitude que le contenu de sa casserole entrera dans le contenant de plastique bleu, mais pas dans le jaune un peu plus petit, tandis que le translucide un petit peu plus grand que le bleu est plus grand que nécessaire.

Comment je fais ? Je ne sais pas. Je ne calcule rien. Je ne mesure rien. Je sais tout simplement si ça va entrer ou si ça va renverser, comme si une voix me le soufflait à l'oreille.

Quand j'étais adolescente et que nous étions en visite chez des amis ou des voisins, ma mère me faisait donner des démonstrations de ce savoir-faire. On mettait devant moi une série de récipients et on me présentait un liquide dans un autre contenant. Je devais deviner dans quel récipient le liquide tiendrait au plus juste. Et je ne me trompais jamais. Jamais il ne se renversait une goutte. Jamais on ne m'a prise en défaut d'avoir choisi un récipient trop grand.

J'ai fini par avoir honte de ce petit jeu. Mais ma mère insistait que c'était tout ce que je savais faire et que je lui faisais bien plus honte à refuser de montrer mon talent.

Tout ça pour vous dire que je ne suis pas une surdouée. Tout ce que je sais, il a fallu que je l'apprenne au prix de grands efforts. Même que je m'admire d'avoir pris la décision d'étudier la guitare. Surtout que ça ne me servira jamais à rien, la guitare. Mais je me soupçonne d'être un peu plus douée pour les choses inutiles que pour les indispensables.

Et ce matin, au bord de cette route, je ne demanderais pas mieux qu'échanger ma capacité à évaluer les quantités pour celle de deviner de quel côté est le nord et de quel côté le sud.

Je sais que l'Abitibi est au nord et Montréal au sud. Mais lequel est à droite et lequel à gauche ?

Cette ignorance est compensée par le fait que je ne sais pas dans quelle direction il vaut mieux que j'aille. À Montréal, il y a ma mère et quelques personnes que je connais. Au nord, il n'y a personne. Si quelqu'un pouvait me dire de quel côté est le nord, je pense finalement que c'est ce côté-là que je choisirais.

J'ai commencé par traverser la route et attendre un automobiliste en tendant mon pouce parce qu'il y a à peu près une chance sur deux pour que le nord soit par là. En une heure, il est passé deux camions et cinq voitures. Personne ne s'est arrêté. Peut-être à cause des vêtements que je porte. Avec mes cheveux courts, je dois avoir l'air d'un voyou de petite taille, mais voyou quand même.

Même si je n'ai pas compté systématiquement, il me semble qu'il y a plus de circulation dans l'autre direction. Alors je retraverse la route. La première voiture qui passe arrive de là où je viens de décider d'aller. Ça commence mal. Je la suis des yeux, pour rien, comme si le conducteur pouvait changer d'avis.

Eh bien ! c'est tout à fait ça. La voiture, une grosse voiture bleue qui ressemble suffisamment à celle que Roméo a volée pour être une Pontiac des années quatre-vingt elle aussi, fait demi-tour et vient s'arrêter devant moi.

La portière du passager s'ouvre, poussée par un gros homme rougeaud.

— Où vous allez ? demande-t-il.

— Je sais pas.

C'est vrai. Je ne sais même pas de quel côté je vais.

— Embarquez.

Je prends place sur la banquette. En baissant les yeux sur mes vêtements trop longs, trop vieux, trop

158

usés, je me rends compte que je suis dans la merde, parce que aucune personne saine d'esprit ne ferait monter dans sa voiture un auto-stoppeur et même une auto-stoppeuse qui s'habille comme moi.

Et j'ai vite l'impression que je voyage avec un cinglé de la pire espèce.

— J'allais à Mont-Laurier, dit l'homme. Mais je me suis rappelé que j'avais oublié quelque chose. Ça fait que je retourne à Val-d'Or.

— Si c'est par là Val-d'Or, çà me va.

En fait, ça ne me va pas du tout. L'explication qu'il vient de me donner ne tient pas debout. Comme par hasard, il s'est souvenu de son oubli juste en passant devant moi ?

Il m'observe du coin de l'œil. Je pense qu'il a senti que son histoire ne collait pas. Il ajoute :

— J'ai oublié mon médicament.

— Ah bon.

Je me rends compte que j'aurais dû demander quel médicament, ou « vous avez quelque chose de grave ? », ou n'importe quoi, plutôt que de dire que c'était très bien qu'il ait oublié ses pilules.

— Je fais de l'érythrée, il dit.

J'avais toujours cru que l'Érythrée, c'était un pays d'Afrique. Mais on dirait que non. À moins que cette érythrée-là ne s'épelle pas comme ça.

— Ah bon, je dis encore, sottement, en répertoriant mentalement quelques-unes des manières dont on pourrait épeler les syllabes é-ri-tré.

— C'est une maladie très rare.

159

Je ne dis rien, à la recherche d'autre chose que ah bon, mais je ne trouve pas.

— Et très souffrante.

— Ah bon ?

Cet ah bon-là interrogatif vient d'une soudaine augmentation de ma méfiance.

— Si je viens pas d'ici cinq minutes, je vas tomber sans connaissance, ajoute l'homme.

S'il perd connaissance, nous allons nous retrouver dans le fossé, c'est évident. Mais qu'est-ce qu'il veut dire, par « venir » ? Non, c'est pas vrai ! Est-il possible de perdre connaissance parce qu'on n'éjacule pas ? Il ralentit, gare la voiture sur l'accotement plus large, au carrefour d'un autre chemin forestier.

— Je peux me masturber, mais faire ça avec une femme, ça fait pareil, dit-il encore. Puis ça va bien plus vite.

Je sors de la voiture sans refermer la portière. Je cours dans le chemin de terre même si je n'ai aucune idée d'où il va. Par contre, je vois fort bien où le type veut me mener. Il crie :

— Mademoiselle, mademoiselle, attendez ! C'était une blague. On a plus le droit de faire des farces ?

Non, on n'a plus le droit de rigoler, maintenant. En tout cas, pas avec n'importe quoi.

— Écoutez, crie-t-il encore en feignant parfaitement la sincérité et la ferme résolution, je vous jure que je vas vous laisser tranquille. Je voulais juste voir si vous aviez un peu de compassion pour les maladies rares.

Il est fou ! Complètement pété, ce type.

— Je suis marié, j'ai des enfants, j'ai été député à Ottawa, continue-t-il comme si c'étaient des preuves de moralité. J'ai jamais fait de mal à une mouche. Et puis, si vous restez là, vous allez geler comme une crotte. Il passe pas dix autos par jour par ici à ce temps-ci de l'année.

Là, je dois reconnaître qu'il commence à avoir des arguments convaincants. Il fait froid, ce matin. Et il n'est probablement pas le seul obsédé sexuel à se balader sur cette route où aucune jeune femme seule ne devrait se risquer à faire de l'auto-stop. Je m'arrête, je me retourne.

— Vous me jurez que vous allez me laisser tranquille si je repars avec vous ?

— Juré.

Je me penche, je ramasse un caillou pointu susceptible d'être capable de repousser un assaillant non armé. Je remonte dans la voiture. Nous nous remettons en route, toujours en direction de Val-d'Or, s'il ne m'a pas menti.

— Regardez dans la boîte à gants. Vous allez tout comprendre.

Je lève vers lui un œil soupçonneux.

— C'est juste un papier. Ça peut pas vous faire mal.

J'ouvre. Il y a une pile de feuilles, moitié grandes comme du papier ordinaire.

— Prenez-en une.

Je prends celle du dessus. Je la lis à voix basse.

« Moi, _____, déclare accepter librement d'avoir des relations sexuelles pleinement consenties avec Mario Mongrain. Je jure que je signe sans aucune forme de contrainte, de menace ou de violence.

_____ »

— Arrêtez. Je descends ici. Tout de suite.

— Il faut se protéger, de nos jours, fait celui qui s'appelle vraisemblablement Mario Mongrain. Il y a un de mes amis qui s'est fait poursuivre pour viol par une fille parce qu'elle a jamais dit oui. Elle avait pas dit non. Mais elle avait pas dit oui. S'il lui avait fait signer un papier comme ça, il aurait pas eu de trouble. Quand la fille veut pas signer, moi je respecte son choix. Si on veut, on signe. Si on veut pas, on signe pas. Si Bill Clinton avait eu mon formulaire de décharge sexuelle, il aurait eu bien moins de problèmes.

Bizarrement, cela n'est pas totalement dépourvu de bon sens pour une personne comme moi qui n'a presque pas dormi de la nuit. En tout cas, cela en a assez pour que je renonce à lui écraser mon caillou sur les couilles.

— Moi, surtout, avec mon passé politique, faut que je fasse attention.

— C'est vrai que vous avez été député ?

— La première fois que Caouette est rentré. J'étais un des plus jeunes. Puis le moins instruit. J'ai été le premier député des temps modernes à avoir rien qu'une deuxième année. C'est un maudit beau pays, le Canada ! Puis le Québec aussi.

Je me souviens vaguement avoir lu quelque part que, dans les années soixante, un parti plutôt primitif

162

et très à droite — le Crédit social, je pense — avait fait élire une cinquantaine de députés à Ottawa. Certains avaient été très embêtés de devoir abandonner leur emploi, d'autres étaient encore plus surpris d'en trouver un comme celui-là après avoir passé deux ans seulement sur les bancs de l'école. Je demande :

— Combien de filles ont signé votre papier, jusqu'ici ?

Il lève les dix doigts sur le volant, commence à les abaisser en commençant par l'auriculaire de la main gauche.

— Pas une maudite ! lâche-t-il en riant lorsque tous ses doigts ont retrouvé leur place sur le volant. Mais on sait jamais...

Nous roulons comme ça deux bonnes heures dans le parc La Vérendrye. Pendant la première demi-heure, Mario a parlé presque sans arrêt. Par la suite, il a modéré ses soliloques quand il s'est rendu à l'évidence : aucun de ses sujets de conversation ne m'intéresse.

Nous traversons enfin un premier village, Louvicourt. Puis la forêt reprend, avec ses épinettes rabougries. À chaque chemin transversal, un panneau annonce une mine. Mine de quoi ? Je demande :

— C'est quoi, les mines ?

— Des mines d'or.

— Y a des mines d'or par ici ?

— Ça s'appelle pas Val-d'Or pour rien.

Je suis conne. Bien sûr, il y a des mines d'or à Val-d'Or. Mais quand nous pénétrons dans la ville, ce n'est pas évident. La ville ne roule pas sur l'or. Il y a plusieurs magasins fermés. J'aperçois trois femmes, courtes et larges, avec des têtes d'Asiatiques, qui sortent d'un bar en riant. Si je n'avais pas peur de passer pour une raciste à mes propres yeux, je les prendrais pour des autochtones. Et puis, non : ces femmes-là ont autant que les autres le droit de prendre un verre et de rigoler.

Dans le fond, c'est ce que je devrais faire moi aussi, si j'avais quelques dollars. Un peu plus loin, nous passons devant un téléphone public. Je dis :

— Faut que je téléphone.

— Vous pouvez venir téléphoner chez nous.

— J'aime mieux ici.

Il me laisse descendre à côté de la cabine.

Je suis résignée. Je préfère demander de l'aide à ma mère plutôt que d'être à la merci de types comme ce Mario. Je l'appelle à frais virés.

— Où es-tu rendue ? Ils te cherchent partout.

— Qui ?

— La police, voyons.

— Qu'est-ce que tu leur as dit ?

— Que je le savais.

— Que tu savais quoi ?

— Que tu m'appellerais.

Ma mère me fait chier encore plus que de coutume. J'en ai plein le cul de ses « je le savais ». Au moins, elle m'a prévenue que son téléphone est sur écoute. Je raccroche tout de suite et je remonte dans la Pontiac (c'en est une, c'est écrit sur le capot). Nous repartons.

— Et puis ? demande Mario.

Il faut que je trouve de toute urgence un moyen de me débarrasser de lui. Je dis :

— Il va venir me rencontrer.

Il va demander : qui ? Je vais répondre : mon amoureux. Et il va me laisser tranquille. Il demande plutôt :

— Où ?

Où donne-t-on rendez-vous à Val-d'Or ? Je n'en sais rien. Heureusement, Mario devine pour moi :

— À la tour, je gage. On a une belle vue, puis c'est facile à trouver.

C'est quoi, cette tour ? Je n'ai qu'à le faire parler. Il adore ça.

— Oui, il m'a dit à la tour, mais je sais pas où c'est.

— Qu'est-ce que je vous disais ? triomphe Mario.

Nous tournons à gauche, montons une longue colline. Au sommet, j'aperçois une tour en bois, plus grosse que celles des gardes forestiers, mais pas vraiment plus haute.

— En haut ou en bas ? demande Mario.

Qu'est-ce que j'en sais ? Je risque :

— En haut.

— Je vas vous laisser en bas.

Il me laisse au pied de la tour.

— Merci.

Je claque la portière derrière moi. Je m'avance vers la tour. J'entends la voiture qui s'éloigne.

Je suis contente. J'ai pu monter jusqu'en haut de la tour, qui doit bien faire une trentaine de mètres, sans jamais ralentir. Ma cheville va toujours bien. Mon cœur aussi. Si j'ai le cancer, ce n'est pas un cancer du cœur ou de la jambe.

De là-haut, la vue n'est pas mal du tout. Au loin, il y a des lacs et des forêts. Plus près, la ville qui a l'air d'une banlieue tranquille.

Je m'appuie sur le garde-fou.

Je ne sais pas quoi faire. Je n'ai pas d'argent. Je ne connais personne. Retourner à l'îlot Fou ? Je n'y ai plus de maison. Rentrer à Montréal ? Où j'irais ? Chez ma mère ? Ouache ! Sûrement pas chez Roger non plus. C'est fini entre nous. Pas seulement à cause de notre dernière rencontre à l'hôpital, mais définitivement, pour toujours, à jamais, éternellement, même si je n'en ai plus pour longtemps à vivre. Depuis Roméo, la page est doublement tournée. Il y a un autre homme dans ma vie. Que cet autre homme-là soit séropositif et en prison ne change rien à l'affaire. Une chose est sûre : Roger n'existe plus pour moi.

J'aurais envie de continuer vers le nord. Je suppose que d'ici il doit bien y avoir une route pour la baie James. Et rien ne me prouve qu'on n'a pas besoin là-bas d'une bachelière en communications qui peut jouer à la guitare les accords de mi et de do. Pour m'y rendre, il faudrait que je fasse encore de l'auto-stop, quitte à tomber sur un autre Mario qui ne se contentera pas de me parler de son érythrée et me forcera à l'en soulager.

Donc, je reste là, au sommet de cette tour. Un peu tentée de me jeter en bas. Je m'imagine montant sur le garde-fou, étendant les bras comme les ailes d'un ange, m'élançant vers le ciel. Je m'élève de quelques centimètres. Puis je descends. Je m'écrase sur le sol. Je resterai là jusqu'au printemps, peut-être, si personne ne fréquente cet endroit l'automne venu. À moins qu'on ne me ramasse avec les ordures.

C'est ça : je me sens comme une ordure. Un emballage qui n'a presque pas servi et qui a été jeté dans une poubelle parce que personne ne s'est donné la peine de l'envoyer au recyclage. J'irai dans un site d'enfouissement. Des bulldozers me passeront pardessus et je disparaîtrai à tout jamais. Même les goélands ne pourront pas me déterrer.

Je m'étonne. C'est la première fois depuis des années — sinon depuis toujours — que je m'interroge sur le sens de la vie. La vie pour moi c'était une suite de moments plus ou moins agréables, plus ou moins désagréables. J'étais parfaitement satisfaite de savoir que c'était comme ça.

Et tout à coup, tout se bouscule. Roméo et Ti-Méné et les autres. Et l'attaque de ma maison, où j'ai bien failli laisser ma peau. Et l'hôpital et la visite de Roger. Et le cancer et la fuite avec Roméo.

Tout ça, juste au moment où, à vingt-quatre ans, je m'étais convaincue que ma vie serait à tout jamais tranquille. Je serais au chômage puis assistée sociale quand le chômage serait terminé, jusqu'au jour où une reprise économique sans précédent dans l'histoire de l'humanité me permettrait de trouver un travail plus intéressant que l'apprentissage de la guitare. Et ma vie a basculé. Non, le mot est trop fort : tout s'est précipité. Par une série de hasards. Si Roméo n'avait pas su que Ti-Méné et Armand allaient à la chasse, il ne serait pas venu chez moi. Si le ministre n'était pas allé chasser lui aussi, personne n'aurait apporté ce cadavre dans mon salon. Si on n'avait pas démoli mon pont ce jour-là, tout le monde serait parti en me fichant la paix. Et tout aurait été différent.

Mais ce qui me préoccupe, c'est que je ne suis pas absolument sûre que tout cela n'est que du hasard. Je ne parle pas d'un dieu tout-puissant qui se mettrait sur mon chemin. Je trouve seulement — et c'est ce qui m'embête — que la vie n'a pas de suite. Pas de cohérence. Pas de sens. Ou un sens qui m'échappe. Jamais ma vie n'a été si désordonnée, passant d'un visage à l'autre, d'un endroit à l'autre. J'ai l'impression que dans une minute je vais rencontrer quelqu'un de nouveau qui m'emmènera dans un nouveau lieu. Et ma vie continuera comme ça, à tout jamais, sans fin autre que ce cancer. Je paierais cher pour savoir de quelle sorte il s'agit et quel jour il mettra fin à mes jours. Je devrais téléphoner à Roger pour demander le nom de mon médecin. Mais dans le fond, je m'en fous : cancer du sang ou du sein ou du cerveau. Qu'est-ce que ça peut changer ?

— You-hou !

Tiens, je ne suis plus seule sur la colline. En bas, il y a quelqu'un qui m'appelle et fait de grands signes avec ses bras. C'est ce suprême emmerdeur de Mario Mongrain, dans son manteau noir.

— Il est pas venu ? crie-t-il encore.

Qui, ça ? Ah oui, le type qui était supposé me rencontrer à la tour. En bas ou en haut, je n'en sais rien parce qu'il n'existe pas.

— Il est en retard.

— Descendez, j'ai quelque chose à vous dire.

Je soupire. Le soleil est bas au-dessus de l'horizon. Ça fait des heures que je suis là, à geindre sur mon sort, à chercher une raison pour ne pas sauter.

Je descends. Je suis faite comme ça : si on me dit de descendre, souvent je descends. Pas toujours, mais presque tout le temps.

— J'aurais dû y penser avant, mais j'aimerais ça, vous inviter à fêter mon trentième anniversaire de mariage.

Mario Mongrain me prend vraiment pour la dernière des imbéciles. De toutes les histoires que m'ont inventées des hommes depuis huit ans qu'on me fait du plat (pas de façon continue, mais en huit ans ça fait quand même quelques types), c'est la première fois qu'on me sort celle d'un anniversaire de mariage à célébrer.

— Vous me croyez pas ? Venez chez nous, vous allez voir les décorations.

Comme tous les menteurs, il a l'air parfaitement sincère.

— J'en ai parlé à Monique. Elle est d'accord.

Je secoue la tête.

— Venez juste faire un tour. Vous allez voir. Si Monique est pas là, je vous ramène. Je vous ai bien ramenée une fois, non ?

J'ai froid. Je ne risque rien. Tout à l'heure, j'étais dans sa voiture et il ne m'a rien fait, à part me dégoûter un peu plus de la moitié masculine de l'humanité. Au pire, je me réchaufferai pendant quelques minutes.

— D'accord.

Oups ! J'allais oublier le type qui devait venir me retrouver à la tour. Je dis :

— Ça lui apprendra à me faire niaiser.

Nous avons retraversé Val-d'Or.

Sortis de la ville, nous roulons encore un bon moment. Puis nous arrêtons devant une grande maison un peu ancienne, recouverte à moitié de déclin d'aluminium et à moitié de papier goudronné.

— Bouge pas, dit Mario, je vas chercher Monique.

Il sort et, à mon plus grand étonnement, revient avec une femme.

— Qu'est-ce que je t'avais dit ? triomphe-t-il.

La femme a peut-être la vingtaine avancée, sûrement pas plus de trente ou trente-cinq ans. Il est absolument impossible qu'elle fête son trentième anniversaire de mariage. Au lieu de me donner la moindre explication, il ajoute plutôt, à l'intention de l'autre femme :

— C'est elle que je te parlais.

— Viens, m'ordonne-t-elle.

Je sors de la voiture. Elle me prend le bras, avec gentillesse et familiarité. Au moins, je serai bien au chaud dans une maison. Nous entrons dans la cuisine. Un grand poêle en fonte émaillée ronronne dans un coin.

Au mur, une banderole : « Joyeux trentième, Mario ! » Mario ne m'a pas menti, même si je n'y comprends rien. Monique devine mon désarroi, puisqu'elle explique :

— Ça fait trente ans aujourd'hui que Mario s'est marié.

Comme je n'ai toujours pas l'air de comprendre, elle ajoute en riant :

— Pas avec moi. Avec Denise. Elle va peut-être venir. Je l'ai invitée.

Tout s'éclaire. Pas tout, mais au moins le trentième anniversaire de mariage de Mario. Il a été élu député dans un raz-de-marée créditiste. Il est parti pour Ottawa, en laissant sa femme Denise derrière lui avec leurs quatre enfants.

Elle s'est consolée avec quelques voisins. Le couple a quand même tenu bon jusqu'aux élections suivantes. Raz-de-marée libéral. Mario a perdu son dépôt, parce qu'il n'a pas eu la moitié des voix du vainqueur. Il a aussi perdu sa femme. Et ses enfants.

Depuis, il fait un peu d'immobilier et d'autres petites affaires. Mais il n'a pas renoncé à ravoir son siège à Ottawa. À toutes les élections, il se présente comme candidat indépendant.

Chaque fois qu'il en a l'occasion, il invite tout le monde à une fête. Personne ne vient. Mais Mario s'obstine. Il rêve qu'un jour tout le monde viendra, à commencer par Denise. Il sera élu à Ottawa et tout redeviendra comme avant. En attendant, il vit avec Monique qui ne s'est pas donné la peine de m'expliquer pourquoi elle vit avec lui. Mais si on devait demander à toutes les femmes du monde pourquoi elles vivent avec leur homme, les réponses raisonnables se compteraient sur les doigts d'une main, si vous voulez mon avis.

— Il t'a montré son formulaire de décharge sexuelle ? me demande-t-elle en glaçant un gâteau des anges.

— Oui.

— C'est pas méchant.

Elle ne me demande pas si ça a donné des résultats avec moi. Je suppose que ça n'en donne jamais et qu'elle le sait.

Nous passons la fin de l'après-midi près du feu, assises à la table de la cuisine. Mario est parti faire des courses pour la fête.

Monique gagne sa vie en faisant des ménages. Elle me raconte beaucoup de choses sur elle. Des choses sans intérêt réel, mais qui m'intéressent quand même, parce qu'elle les raconte simplement. J'aimerais avoir une sœur comme elle qui me raconterait tout et à qui je pourrais tout raconter. Mais je ne lui raconte rien. Et je suppose que si j'avais une sœur comme elle je ne lui raconterais pas non plus les histoires de fou qui me sont arrivées depuis une semaine. J'ai l'impression qu'elle ne me croirait pas.

Monique me plaît justement parce qu'elle ne me pose pas de question. Ni d'où je viens ni où je vais. Ni si je compte rester longtemps avec eux ou seulement cinq minutes. Elle me donne seulement l'impression que je peux rester tant que je veux. Et j'ai envie d'accepter cette invitation tacite.

La seule chose qui m'agace, c'est que, comme dans tant de maisons à la campagne, la télévision est allumée tout le temps même quand personne ne la regarde. C'est comme si, en laissant ces images pénétrer dans sa maison, Monique se sentait rattachée au monde au lieu d'être au bout du monde. Le téléviseur est placé à la limite de la cuisine et du salon, pour être vu de partout. Mais le son est coupé pour qu'il ne soit entendu de personne.

Je constate du coin de l'œil que le film avec Jerry Lewis est interrompu par un reportage : un avion s'est écrasé et un reporter debout devant des débris de fuselage parle intarissablement sans que j'entende ses paroles. Est-ce que je tressaille lorsqu'une prise de vue aérienne montre notre cabane, à Roméo et à moi, entièrement calcinée à côté d'un moteur géant qui nous a ratés de quelques centimètres seulement ?

Toujours est-il que Monique se donne la peine de préciser, quand elle constate que je jette de fréquents coups d'œil à la télé :

— C'est un avion qui est tombé pas tellement loin, la nuit passée, dans le parc La Vérendrye. Deux

173

cents quelques morts. Des touristes qui rentraient à Ottawa. De Cuba, je pense. Il a perdu un moteur.

Puis elle continue de me raconter sa vie avec Mario, comme s'il tombait dans la région des avions et des moteurs tous les jours ou presque.

Je peux résumer ainsi son opinion de Mario : il n'est pas si méchant qu'il en a l'air. Ni aussi idiot qu'on le croirait.

Le voilà d'ailleurs qui revient, les bras chargés de victuailles. Il s'étonne que personne ne soit encore arrivé. Le steak haché est enveloppé dans un vieux journal. Il y est question de l'îlot Fou. Tandis que Monique épluche des pommes de terre, je tire la feuille vers moi. Pas de chance : il n'y est question que de moi.

— Tu permets ?

Monique m'a repris le journal pour y mettre les épluchures. Je n'ose pas lui dire que j'aurais bien aimé lire ce qu'on dit de moi.

Personne n'est venu pour la fête. Ça n'a pas l'air d'embêter Mario. Monique nous sert de la bière. Aux informations télévisées, elle monte le volume de la télé même si elle ne la regarde pas. Je ne sais pas si je dois admirer ou mépriser cette femme dont le rôle semble fait de petites choses insignifiantes, comme savoir à quelle heure son homme veut écouter la télévision.

Deux cent quatre-vingt-deux personnes sont mortes dans l'écrasement de l'avion. Des gens de l'Ontario, surtout. Est-ce parce qu'elles sont de la province d'à côté que leur mort m'est indifférente ? Ou parce que je n'arrive pas à me distraire de mon sort à moi ? De toute façon, la télévision, comme toujours dans les catastrophes, en met trop. Pendant une demi-heure, défilent aux micros un chasseur qui a vu l'avion passer au-dessus de sa tête, pas tellement plus haut qu'un canard qui ne s'est jamais fait tirer dessus, un expert en aéronautique qui explique longuement qu'il ne sait pas du tout pourquoi l'avion s'est écrasé puisqu'il aurait dû continuer à voler avec un seul moteur mais il est vrai que les avions soviétiques utilisés par les lignes aériennes cubaines sont mal entretenus faute de pièces, un spécialiste du ministère de la Sécurité publique qui jure que, même s'il y avait eu des survivants, les secours n'auraient pu arriver en moins de dix heures en pleine nuit dans un endroit aussi reculé. On nous montre des images de la foule en larmes qui attendait les passagers à l'aéroport de Toronto. Mario, sentimental, détourne alors les yeux de l'écran pour aller nous chercher de la bière dans le réfrigérateur.

Voilà, le reportage est enfin terminé. Monique coupe le son de la télé pour une série de publicités.

— Deux cent quatre-vingt-deux personnes, vous savez que c'est quasiment toute la Chambre des communes, ça ? s'exclame Mario. Imaginez-vous ça, la Chambre des communes qui tombe dans le bois pas loin d'ici ?

J'imagine mal, parce qu'une photo de visage vient d'attirer mon attention. Monique remet le son, comme si elle avait deviné que je veux l'entendre.

— ...se rendre aux policiers de la Sûreté du Québec qui l'ont repéré ce matin, dans le parc La Vérendrye. On sait que Roméo Guèvremont était un des deux survivants du massacre de l'îlot Fou, près de Sorel, la semaine dernière. Dix criminels et un policier y avaient trouvé la mort. On est toujours à la recherche de la dernière survi...

Le téléphone sonne. Mario se lève, Monique coupe le son de la télé et le suit des yeux. Ma photo apparaît à l'écran. Dix bonnes secondes. Une photo pas très ressemblante — c'est encore la photo que ma mère a remise aux journaux. J'avais quatre ans de moins, les cheveux longs, quelques livres de plus et l'air d'une jeune fille de bonne famille.

Finalement, l'appel est pour Monique. Mario jette un coup d'œil à la télé.

— C'est la fille qui a tué les policiers qui attaquaient les Indiens fous. Le gars vient d'être tué. Il essayait de se sauver.

Mario raconte ça tout de travers. N'empêche que je comprends qu'ils ont tué Roméo. Pourtant, je les ai vus l'arrêter. Roméo se laissait faire. Je l'ai vu. Et j'ai vu les deux policiers lui passer les menottes. Roméo aurait essayé de s'enfuir avec des menottes dans le dos ? Il n'était pas si fou. Qu'est-ce qui s'est passé, alors ? Une petite blessure de rien du tout, et il aurait saigné à mort, avec son hémophilie ?

Je prends une grande respiration pour chasser des larmes qui pourraient me monter aux yeux et que j'aurais bien du mal à expliquer. Tiens, si je n'arrive pas à les refouler, je dirai que j'ai une tante à Toronto qui devait revenir de Cuba ces jours-ci. Mais je n'aurai pas à sortir ce mensonge-là, parce qu'elles ne viennent pas.

Pour me distraire, j'ouvre la boîte de maïs en conserve posée sur le comptoir.

Monique sort du four un grand plat de pâté chinois et le dépose au milieu de la table. Sur le dessus, le message « Joyeux 30e » est écrit en plus foncé, avec de la purée de pommes de terre teinte.

— En tout cas, dit-elle en s'asseyant, j'aimerais pas ça, être à la place de la fille. Quand ils vont l'attraper, ils vont lui faire passer un mauvais quart d'heure. Tu peux tuer n'importe qui, ils vont te faire la risette en allant t'arrêter. Mais va pas tuer un gars de la SQ, ils vont te casser la gueule avant même de savoir si c'est toi l'assassin.

— Voyons, Mone, proteste Mario. Tu parles tout le temps contre la police. C'est presque tous des bons gars. Regarde Lucien...

— Il est aussi pourri que les autres, ton frère. Sinon, il te donnerait des contraventions comme à tout le monde.

— C'est normal, je suis son frère. S'il fallait que les polices se mettent à donner des amendes à leurs familles, ça serait le monde à l'envers...

Je n'écoute pas la suite de leur mini-querelle de ménage. Ils ont tué Roméo. Pas parce que Roméo voulait fuir, mais parce que Roméo était le seul à savoir ce qui s'est passé à l'îlot Fou. Et ils s'en sont dé-

177

barrassés avant qu'il ait la chance de parler à un journaliste ou à un juge.

— Tu as froid ?

Monique a mis une main sur mon poignet. Je tremble, parce que je viens de me rendre compte qu'il y avait deux témoins, et non un seul. Roméo et moi. Je n'ai rien vu, mais personne ne croit que je n'ai rien vu. S'ils ont tué Roméo, je comprends ce qu'ils vont faire s'ils me retrouvent.

Elle me sert une généreuse portion de pâté chinois. Je goûte. Pas mal. Pas trop de pommes de terre, et c'est de la vraie purée, un peu grumeleuse. Et c'est du maïs en crème, comme je préfère, pas du maïs en grains. Par contre, Monique a mis la viande hachée dans le fond, pas au milieu. Mais je ne suis pas venue si loin pour critiquer la manière dont on fait le pâté chinois par ici.

— Monique fait le meilleur pâté chinois de l'Abitibi-Témiscamingue, proclame Mario.

Je hoche la tête en signe d'assentiment.

— Tu devrais rester pour la nuit, offre Monique. On a trois chambres de libres.

Je ne sais pas comment je m'y suis rendue, mais je suis dans une chambre, dans l'obscurité. En me réveillant, j'ai failli hurler de peur, sans trop savoir pourquoi.

Puis tout m'est revenu, et je sais maintenant pourquoi je devrais hurler. Mais je me retiens. J'ai dû m'endormir dans mon assiette, à cause de la fatigue et de la bière. Mario et Monique m'ont portée dans un lit.

178

Je tends l'oreille. Je n'entends rien. Tout le monde dort. Est-ce que je devrais me lever, m'habiller (je suis toute nue sous les draps) et m'en aller sur la pointe des pieds ? Non. Je ne sais pas où sont mes vêtements. Et je n'ai nulle part où aller. Quand je vais partir, je devrai courir jusqu'à la fin de mes jours, qui risque de ne pas être éloignée.

Avant de m'y mettre, aussi bien me reposer dans ce grand lit moelleux, sous l'édredon de duvet.

— Tu veux des œufs ?

Je descends. Monique s'affaire déjà dans la cuisine. J'ai trouvé des vêtements propres sur une chaise dans la chambre où j'ai dormi. Des choses pas à la mode mais qui me vont presque juste. En tout cas, elles me vont bien mieux que celles que j'avais hier. Je n'ai pas besoin de me regarder dans un miroir pour le savoir.

— C'est du vieux linge de Sonia, la fille de Mario, précise Monique en cassant un œuf pour le jeter dans la poêle. C'est trop petit pour elle. Y a aussi un manteau court, qui devrait t'aller comme un gant. Mais je t'ai lavé tes affaires, si tu les veux.

Je secoue la tête.

— Si ça te tente, je peux te faire une teinture, ajoute Monique. J'adore ça.

Je regarde vers la télé. Elle est toujours allumée. Monique a vu le bulletin de nouvelles. Elle m'a reconnue, même si la photo n'est pas très ressemblante. Elle sait qu'on me recherche.

— J'ai rien dit à Mario. Ça l'énerverait pour rien.

— De toute façon, je m'en vas ce matin, si y a un autobus pour Montréal.

J'ai dit ça pour qu'elle me retienne. Ou qu'elle m'offre de quoi payer le passage. Elle ne dit rien.

Je me trouve très bien en blonde. C'est la teinture qu'utilise Monique, mais ça ne donne pas les mêmes résultats sur moi. Moi, ça me fait un blond un peu cendré, qui me vieillit, je trouve. Alors que je parie que Monique, ça la rajeunit. En tout cas, on a l'air d'avoir le même âge ou presque, comme deux sœurs.

— Tu peux rester ici tant que tu veux, dit Monique.

Je secoue la tête en souriant. Il est trop tard pour me retenir.

J'ai réfléchi. La SQ a arrêté Roméo dans le parc La Vérendrye. Elle sait qu'il y a une chance sur deux que je sois quelque part en Abitibi. Et c'est cent fois plus facile en Abitibi qu'à Montréal de repérer une petite brune, même blondie. Je vais donc rentrer à Montréal. Où exactement ? Je ne sais pas. Je laisserai faire le hasard, puisque c'est lui qui peut le mieux m'aider à aller là où on ne me cherchera pas.

— Deux blondes ! s'exclame Mario en entrant dans la cuisine. Je suis gâté.

— T'as parlé d'elle à personne ? demande Monique.

— Non, pourquoi ?

— Pour rien.

— Tu peux la reconduire au terminus ? Elle veut rentrer à Montréal.

— Y en a un à dix heures.

J'ai des verres fumés. Et un manteau court, bleu à col blanc.

Nous roulons en direction du centre de Val-d'Or, lorsque j'entends un bref bip-bip de sirène. Mario lève les yeux vers le rétroviseur.

— C'est rien, c'est Lucien.

Je ne me retourne pas. Mario se gare le long du trottoir. Il baisse la vitre et un agent de police se penche vers lui.

— Roule moins vite, on a de la visite. Sept autos-patrouilles de la SQ. Puis des civils, en plus.

— Qu'est-ce qui se passe ?

— Ils cherchent une fille.

Lucien tend à son frère une photo faxée. J'aurais dû tout dire à Mario. Il va se tourner vers moi avec la photo pour voir si ça me ressemble. Et il ne pourra faire autrement que me trahir.

Il me montre la photo et demande :

— T'as-tu vu ça, cette fille-là ?

— Euh... non.

— On l'a pas vue, dit-il à l'intention de son frère. Elle, c'est Nathalie Blondeau. Tu sais, la fille de Blondeau qui avait une maison sur le chemin du mont Tarla ? Ça se pourrait qu'elle vienne par ici en janvier. Elle est infirmière à Québec. Elle va travailler au CLSC...

Je suis épatée de la rapidité avec laquelle ce lourdaud de Mario invente des mensonges. Puis je songe qu'il a peut-être des soupçons depuis hier. Il a vu venir le coup. Et puis, il a fait de la politique pendant quelques années. Ça aide.

— Bon, bien, salut, là, mon Lucien.

— Fais attention à toi.

Nous nous remettons à rouler. Plus lentement. Nous faisons le tour de la gare d'autocar, un immeuble tout neuf et tout laid. L'autocar n'arrive que dans une heure. Il y a une voiture de la SQ garée le long d'une rue transversale, d'où on peut observer le terminus. Mario passe tout droit. J'aperçois une autre voiture de la SQ un peu plus loin. Ils ne sont pas discrets.

— On prendra pas de chance, on va aller prendre l'autobus à Louvicourt, décide Mario. Sinon, je vas te reconduire à Montréal.

Il reprend la route. Nous croisons trois autres voitures de la SQ. Val-d'Or est envahi. Combien de centaines de voitures ont-ils dû envoyer pour couvrir tous les patelins de l'Abitibi ?

Je suis bête ! L'appel à ma mère. Le téléphone était sur écoute. Ils savent qu'hier après-midi j'étais à Val-d'Or.

Nous revoilà en rase campagne. De Val-d'Or à Louvicourt, nous ne croisons qu'une seule voiture de police. À Louvicourt, nous ne voyons pas l'ombre d'une. Nous traversons le village en ralentissant à peine.

— Ça a l'air correct, dit Mario. T'es sûre que tu veux pas qu'on continue jusqu'à Montréal ? J'ai le temps.

— Sûre.

— Comme tu voudras.

Il regarde sa montre.

— On a presque une heure à perdre.

Il continue quelques kilomètres encore, prend un chemin à gauche, puis à gauche encore. Nous roulons longtemps comme ça avant de revenir à Louvicourt. Toujours pas de police. Il se gare derrière un vieil hôtel qui fait office de gare des autocars.

— Penche-toi, ordonne-t-il.

J'obéis. Je me cale dans mon fauteuil suffisamment pour qu'on ne puisse pas voir ma tête dépasser.

— Il arrive. Prends ça.

Il me met dans la main un paquet de billets. J'essaie de protester.

— C'est trop, je dis même si je n'ai aucune idée de combien il y a.

— Ça vient de Monique, dit-il comme si je pouvais accepter plus facilement de l'argent qui vient d'elle. Cours !

Je sors de la voiture, je cours vers l'arrêt d'autocar. J'y suis juste au moment où le car s'arrête. Personne ne descend. Je monte. Je tire de ma poche la pile de billets.

— Pour Montréal, c'est combien ?

— Soixante-quatre, répond le chauffeur.

Je lui tends quatre billets de vingt dollars. Il me remet la monnaie. J'ai eu le temps de voir plusieurs autres billets de vingt dollars. Une dizaine, au moins. Je les remets dans ma poche.

Personne dans l'autocar n'a une tête de flic. Je prends une place seule, à l'arrière. Nous ne sommes que sept ou huit passagers.

DIX

Je me réveille. L'autocar vient de stopper. Je ne sais pas où nous sommes. Tout ce que je vois, c'est que nous sommes devant la cafétéria Aux Cascades.

— Vingt minutes d'arrêt ! crie le chauffeur.

Les autres voyageurs sortent. Pas moi. Je n'ai pas faim. Je me contente d'aller aux toilettes à l'arrière du car, mais je ne retourne pas m'asseoir à la même place. Je vais à l'avant, juste derrière le conducteur.

Un homme monte et s'assoit à côté de moi même s'il a le choix de toutes les autres places. Les blondes attirent les hommes, on dirait.

Il a l'air d'un bûcheron ou de quelque chose du genre. Il est grand, solidement bâti. Des cheveux pas trop longs. Des vêtements propres. Il mâche un chewing-gum avec application. Je jette un coup d'œil du côté de la cafétéria. Pas d'agents ni de voitures de police.

L'homme à côté de moi a quelque chose de bizarre. Je me demande quoi. Oui, je pense que je sais : il ne sent rien. Ni la cigarette, ni la transpiration, ni même le savon ou le shampooing. C'est comme si on

184

l'avait complètement désodorisé. À moins que ce ne soit mon odorat qui soit en panne ?

— De la gomme ? m'offre-t-il en me tendant un paquet de chewing-gum.

— Merci.

Je prends une palette, je la développe, je la mets dans ma bouche. Je roule l'emballage en boule et je le fourre dans ma poche. La gomme a un parfum que je n'ai jamais goûté. Et on dirait que ma langue devient pâteuse.

Tiens, je sais maintenant ce qui m'intrigue chez mon voisin : il a exactement l'allure et l'odeur qu'aurait un flic qui voudrait se faire passer pour un bûcheron qui retourne voir sa blonde à Montréal. Mais je me trouve stupide de m'en faire. Comme si un bûcheron n'avait pas le droit de prendre une douche et de ne pas fumer.

Le conducteur remonte à sa place. Tiens, ce n'est pas le même que tout à l'heure. La route est longue, de l'Abitibi à Montréal, et il est tout à fait normal qu'on ne confie pas toutes ces heures de route à un seul homme.

La porte se referme dans un bruit de cylindres chuintants. Mais où sont passés les autres passagers ?

J'essaie de me soulever pour voir où ils sont. Je n'y arrive pas. Je reste clouée à mon siège comme si mes fesses pesaient une tonne chacune.

— Je me sens pas très bien, je dis à mon compagnon.

Non, je n'ai rien dit. J'ai prononcé les mots clairement dans ma tête, mais pas un son n'est sorti de ma bouche. L'autocar se met en marche. J'essaie de lever un bras pour faire signe au conducteur d'attendre que les autres passagers arrivent. Ou que je me sente mieux. Mes deux mains restent collées à mes genoux.

Quelques minutes plus tard, nous arrivons à Mont-Laurier, comme l'indique le panneau à l'entrée de la ville. Et je comprends, tout à coup : c'est le chewing-gum. C'est du chewing-gum empoisonné ! Je suis en train de mourir. Je le crache. Non, il ne veut pas sortir. Mes lèvres refusent de se desserrer. Je vais au moins cesser de mâcher, cela limitera peut-être les effets. Inutile : je ne mâche plus, depuis plusieurs minutes, peut-être. L'homme à côté de moi touche mon poignet, le soulève, le laisse retomber. Comme un médecin qui s'assure qu'un mort est bel et bien décédé. J'aimerais pouvoir tourner les yeux vers lui pour l'interroger, mais ça aussi je suis incapable de le faire.

Nous sortons de la ville. Devant, j'aperçois un barrage de police. Est-ce qu'ils vont me soigner, me tuer ou me laisser mourir ?

Rien de tout ça. La voiture qui bloquait la voie de droite s'enlève. L'autocar continue sans ralentir. Un agent fait un signe à notre chauffeur.

Dans le coin de mon œil droit, je vois mon faux bûcheron se lever, marcher jusqu'au chauffeur, lui dire quelques mots à l'oreille. L'autocar ralentit, s'arrête complètement. Les deux hommes descendent et l'autocar se remet en marche. Sans personne au volant.

186

Maintenant que les épaules du conducteur ne me bouchent plus la vue, je vois la route. C'est une longue montée. Le coin de mon œil lit un panneau jaune représentant un camion qui descend le long d'un triangle noir, avec le chiffre 9%. J'en avalerais mon chewing-gum si j'étais capable d'avaler. L'autocar gravit la pente, sans se presser. Passé le sommet, il y aura une descente. C'est beaucoup, neuf pour cent ? Ça doit, puisqu'on se donne la peine de prévenir les camionneurs.

Je vais mourir.

Il faut que je bouge. Ma bouche ne veut pas. Mes bras refusent. Le reste de mon corps aussi. Sauf mes jambes, on dirait. Je pousse de toutes mes forces pour me soulever. Je me penche en avant et je réussis à me faire tomber par terre dans l'allée centrale.

Ce n'était pas une bonne idée. Je ne vois plus rien devant. Je ne vois qu'un petit bout de paysage — le fossé qui défile à une vitesse folle par la porte ouverte. Il faut que j'arrive à me traîner jusqu'à elle. Mais mes bras sont trop lourds, je n'arrive pas à les soulever. Par contre, mes jambes acceptent de me pousser encore un peu. J'avance, le visage écorché par le sol rugueux. Mais je n'arriverai jamais nulle part si mes bras refusent de m'aider. Victoire ! Mon bras gauche a bougé. Même qu'il s'agrippe à un poteau métallique et m'aide à me tirer un peu plus à l'avant. Je l'allonge du mieux que je peux. Je touche la pédale du frein. Si l'autocar freine, il va faire une embardée terrible, mais mieux vaut une embardée maintenant qu'une embardée plus tard quand il dé-

187

valera la pente à neuf pour cent. Merde. Je n'arrive pas à enfoncer la pédale. Je suis trop faible. Ou bien la pédale est bloquée. Pas la peine de manœuvrer le volant, il est sûrement bloqué lui aussi. Et puis il est trop haut.

Il n'y a qu'une chose à faire : essayer de sortir de ce cercueil à roulettes. Je me tourne vers la droite, vers la porte. Ma main gauche s'agrippe à une marche. Je dégringole les marches. Je vais me casser la gueule !

Non. Je suis tombée dans l'herbe humide du fossé. Peut-être même que c'est grâce à ce damné chewing-gum paralysant si j'ai roulé mollement avant de m'immobiliser. Du fond de mon fossé, je ne vois plus l'autocar. Je fais un effort surhumain pour tourner la tête et regarder de l'autre côté : je ne vois rien là non plus parce que le sommet de la pente est dissimulé par le profil de la route. Mais il faut que je me cache mieux que ça.

Tout près, il y a un ponceau, un gros tube de béton qui passe sous la route. Avec l'aide de mon bras gauche et de la jambe du même côté, je réussis à m'y traîner. Je suis épuisée. Mais je pense que je n'ai rien de cassé. J'ai des marques aux mains et un peu de sang dans le visage, qui ne coule plus.

— Est-ce que je peux parler ? je me demande après avoir repris mon souffle.

Oui, je peux parler. La preuve : je me suis entendue.

Je me tais parce que je ne pourrais plus m'entendre. Il y a des sirènes qui s'approchent. Je n'y connais pas grand-chose, mais il me semble qu'il y en a de toutes les sortes possibles : la police, l'ambulance, les pompiers. Certains véhicules font trembler mon abri. Pourvu que la route tienne. Bien sûr qu'elle tiendra : des dizaines de camions surchargés de troncs d'arbres passent par là tous les jours et la route tient le coup. Je compte onze véhicules. Enfin, ça se calme et j'essaie de me calmer moi aussi. Il faut que je réfléchisse.

Pour commencer, c'était quoi, ce chewing-gum de merde ? Parce que plus j'y pense, plus je suis convaincue que l'homme qui était à côté de moi m'a donné un chewing-gum paralysant ou anesthésiant ou quelque chose du genre. Mais comment savaient-ils que j'étais dans ce car ?

Facile : ils ont mis quelqu'un dans tous les cars qui partaient de Val-d'Or. Malgré mes cheveux blonds, on m'a reconnue. Cette personne n'avait plus, pour prévenir ses copains, qu'à téléphoner avec un portable. À l'arrêt de la cafétéria Aux Cascades, quand tous les passagers sont sortis et qu'ils ont vu que je ne sortais pas, ils ont envoyé le faux bûcheron s'asseoir à côté de moi pour m'offrir son chewing-gum trafiqué. Ils auraient pu me tuer tout simplement. Mais c'était bien mieux de me faire disparaître dans un accident. Un agent a remplacé le vrai conducteur et les deux complices ont abandonné le car avant la côte. Ils voulaient faire croire que je l'avais volé pour m'enfuir. Conduit par une débutante, il est allé s'écraser dans la première pente ou le premier virage. Je parie que ce chewing-gum-là ne laisse pas de traces dans une autopsie. De toute façon, ils sont capables d'en trafiquer, des autopsies.

Les autres passagers ? On leur fait croire qu'il faut arrêter une criminelle en fuite qui a pris place parmi eux. On les garde dans la cafétéria et on leur fait venir un autre véhicule. Ils apprennent ensuite que la criminelle en fuite s'est tuée. Et tout le monde est content, puisque tout le monde est vivant. Sauf moi.

Est-ce que c'est ça ? Quelque chose d'approchant, en tout cas.

Mais pourquoi ?

Je suis peut-être naïve, mais je crois que lorsqu'ils ne sont pas sous l'effet de la colère, de l'alcool ou de substances illicites, les êtres humains ont un comportement à peu près rationnel. Ils ont toujours un motif, bon ou mauvais, pour faire ce qu'ils font.

Là, je n'en trouve pas l'ombre d'un. D'autant plus que ce genre d'opération policière implique des tas de gens. Des dizaines, sinon des centaines de policiers avaient des raisons, bonnes ou mauvaises, de faire ce qu'ils ont fait. Ils ont sacrifié un autocar tout neuf. Ils auraient pu se contenter de me demander de me taire au lieu de seulement me demander ce que je savais. À la moindre menace, j'aurais juré d'être muette jusqu'à la fin de mes jours. Même Roméo, je suis sûre qu'il aurait accepté de ne rien dire plutôt que de mourir.

Ils n'avaient qu'à nous dire « Jurez que vous n'allez rien révéler de ce qui s'est passé à l'îlot Fou, sinon vous n'êtes pas mieux que morts. » Nous aurions juré. Et nous aurions tenu parole. Moi, en tout cas. Roméo aussi, je pense. Il n'était pas si fou. Alors, pourquoi ils ont tué Roméo et pourquoi ils ont essayé de me tuer ?

Ah-ah ! Je pense que je viens de trouver la réponse. Dans une histoire que m'a souvent racontée mon oncle Aimé. Quand il était jeune, il habitait à Montréal et était un activiste à temps plein ou presque. Il courait toutes les manifestations. Pour l'indépendance du Québec. Pour la justice. Pour le français. Pour la révolution. Pour tous les grévistes et toutes les grèves. Et il s'est souvent fait arrêter. Pour avoir crié des slogans. Ou donné un coup de poing sur le nez d'un policier qui tabassait un manifestant. Ou mis des billes sous les sabots des chevaux. Ou refusé de fuir quand les agents fonçaient dans la foule. Devant le juge, un agent de police venait jurer, main sur l'Évangile, qu'il l'avait arrêté pour les motifs et dans les lieux précisés par l'acte d'accusation. Chaque fois, mon oncle Aimé se faisait condamner — généralement à une amende que des amis se hâtaient de verser pour lui. Ce qui le faisait enrager, ce n'était pas d'être condamné, c'était de voir témoigner contre lui des policiers qui ne l'avaient jamais arrêté ni jamais vu faire les choses dont on l'accusait. Les agents se parjuraient systématiquement, sans hésiter, sans rougir, sans sourciller. Mon oncle disait souvent qu'on devrait interdire aux policiers de témoigner en cour parce qu'ils mentent presque toujours, sous prétexte que ça peut servir la justice.

Il y a quelques semaines encore, il y avait un procès impliquant deux groupes d'agents de la SQ. La fille d'un agent a été arrêtée après un accident de voiture. On lui a fait passer l'alcootest. Des policiers ont essayé de trafiquer les résultats. D'autres policiers les ont dénoncés. Pendant deux semaines, les journaux ont été pleins de leurs témoignages contradictoires, faits sous serment. Je ne sais pas s'il y en avait qui disaient la vérité, mais il est évident qu'il y avait des policiers qui se parjuraient.

Et j'étais en train de me demander pourquoi la police ne se serait pas contentée de nos serments, à Roméo et à moi ! Ils savent mieux que personne qu'un serment ça ne vaut rien.

Il restait deux témoins de leurs conneries de l'îlot Fou. Ils ont eu Roméo. Où vont-ils s'arrêter ?

La réponse est évidente : ils vont s'arrêter quand je serai morte et que personne ne pourra plus parler de l'îlot Fou. Leur dernière connerie, ça va être moi.

Il doit être quatre ou cinq heures. Je ne peux pas passer la nuit sous ce ponceau. J'en sors, je me redresse. Il n'y a plus de circulation. Pas de police, pas de pompiers, pas d'autos. Les policiers ont fait des barrages dans les deux directions.

Je monte sur la chaussée, je fais quelques pas. Je me sens plutôt bien, maintenant. Mais je ne peux pas rester sur la route. Je saute par-dessus le fossé et je m'enfonce dans la forêt. Il est assez facile d'y marcher à l'automne quand la végétation se meurt. Je reste assez près de la route pour la voir à ma gauche et éviter de m'égarer.

Bientôt, devant moi, loin en bas de la côte, je vois des lumières de toutes les couleurs. En m'approchant, je découvre un véritable festival de gyrophares. Il y a une vingtaine de voitures de la Sûreté du Québec, quatre camions de pompiers, deux dépanneuses et cinq ambulances jaunes avec le mot ambulance écrit à l'envers comme si on ne pouvait les voir que dans un rétroviseur. Aucune voiture de badaud. Ils n'ont pas encore levé leurs barrages. Je parie qu'ils les ont faits avant d'envoyer le car dans la côte, afin d'éviter de tuer des innocents. Pour eux, je ne suis évidemment pas une innocente qui mérite d'être épargnée.

De l'autre côté de la route, je distingue maintenant la carcasse de l'autocar. Il fume encore, renversé sur le toit, tout noirci, toutes vitres brisées. Des pompiers s'affairent autour de lui. Ils ne semblent pas avoir pénétré à l'intérieur. Que va-t-il se passer lorsqu'ils vont constater qu'il n'y a personne ?

C'est facile à deviner : la plus grande chasse à la femme de l'histoire du Canada. Il faut que je m'en aille d'ici, au plus vite. À pied dans cette forêt ? Avec des chiens (des vrais, à quatre pattes et à museau) et des véhicules tout-terrain, ils auront vite fait de me rattraper. Il faut que je me trouve un moyen de transport. Voler une voiture de police ? Ils vont s'en apercevoir tout de suite. Un camion de pompiers ? Un peu encombrant et pas facile à conduire. Une ambulance ? Un peu moins encombrant qu'un camion de pompiers et un peu moins difficile à conduire, j'espère.

Justement, il y en a trois qui sont garées un peu à l'écart et dont le moteur tourne, comme en font foi les volutes de fumée qui s'en échappent dans l'air frais du jour qui tombe.

Je m'approche. De loin, je dois avoir l'air d'une paysanne des environs qui vient voir ce qui se passe. D'ailleurs, il y a quelques curieux qui sont sans doute venus à pied et qui n'ont ni une tête ni des vêtements de policiers ou de pompiers. Il y a aussi des hommes en uniformes qui ressemblent à des ambulanciers.

Un rapide examen de la première ambulance, garée derrière les autres, me révèle qu'elle conviendrait parfaitement. Il n'y a personne dans la cabine, le moteur tourne, et c'est un modèle moins gros que les autres — genre fourgonnette plutôt que camion de déménagement pour un six-pièces.

J'ouvre la portière, je regarde comme si j'étais une curieuse qui se renseigne sur la manière dont ces véhicules sont équipés. Il y a une boîte de vitesses automatique. Je monte sur le siège. Je réussis à l'avancer suffisamment pour toucher les pédales.

Je referme la portière tout doucement. Je place le levier de vitesses à R et l'ambulance se met à reculer silencieusement. Je fais demi-tour et je pars sur la route en direction de Montréal.

Merde ! Passé le premier virage, je tombe sur un barrage de police. Trois voitures sont garées perpendiculairement à la route. Mais dès qu'il aperçoit l'ambulance, un des agents fait avancer sa voiture pour me faire de la place. Un autre s'approche de mon ambulance pour me parler. Je fais semblant

194

d'être pressée, ce qui est parfaitement logique pour une ambulancière. Il me fait un petit signe d'amitié. Je le lui rends, même si j'aurais plus envie de lui montrer mon majeur pointé vers le haut.

Ça roule magnifiquement bien, une ambulance. Bien mieux que je l'aurais imaginé. La mienne, en tout cas, si je peux l'appeler la mienne. On est assis haut et on voit loin devant. Les grands rétroviseurs de chaque côté me rassurent : personne ne me suit. Mon ambulancier n'a pas remarqué la disparition de son véhicule. Et s'il continue à ne pas regarder derrière lui, il ne se passera rien tant que l'autocar ne se sera pas assez refroidi pour que les pompiers se risquent à y pénétrer, qu'ils cherchent parmi les sièges carbonisés et constatent qu'il n'y a personne. La police va faire une battue dans les fourrés et la forêt voisine. Quand on aura constaté qu'il n'y a rien pour les ambulanciers, on les renverra chez eux. Et c'est à ce moment-là que le mien s'apercevra que son ambulance s'est envolée. Tout cela me donne une certaine avance sur mes poursuivants. Combien d'avance ? Je dirais quelque chose entre dix secondes et quelques heures.

Je ferais mieux de ne pas rester sur la grand-route. Après avoir roulé une dizaine de kilomètres, j'aperçois un panneau routier avec une flèche à droite pour Val-Barette. Je prends par là. La seule chose qui m'embête, c'est ces gyrophares qui ne cessent de tourner dans la nuit qui tombe. Dès que la police aura constaté la disparition de l'ambulance, elle va envoyer un ou dix hélicoptères à ma poursuite selon qu'on jugera que je suis l'ennemie publique numéro dix ou numéro un. Numéro un, me dis-je en toute humilité. Et avec ces gyrophares qui clignotent comme des sapins de Noël bourrés aux amphétamines, on m'aura vite repérée. Je ralentis. De toute façon, la route est sinueuse et plutôt étroite pour un véhicule pareil. J'entreprends d'appuyer sur tous les boutons du tableau de bord en espérant qu'aucun d'entre eux n'aura des effets catastrophiques. Victoire ! J'ai stoppé les gyrophares. Mais un des boutons que j'ai touchés a enclenché la sirène. Je roule encore un peu comme ça. Mais ce ouin-ouin-ouin est insupportable. Je retouche tous les boutons que j'ai touchés. Pas moyen de faire taire la sirène, mais j'ai remis les gyrophares et je n'arrive plus à les éteindre.

Je suis sûre que tout le monde à des lieues à la ronde met l'œil à la fenêtre pour voir qui arrive comme ça. Tiens, un petit chemin de terre à droite, là, devant. Je stoppe. J'ai de la chance. Pas le moindre panneau Chemin privé ou Chalet des Tremblay. Rien qui permette de supposer qu'il y a de ce côté-là autre chose qu'un petit chemin de terre qui ne mène nulle part. À un dépotoir ou une sablière, peut-être. J'y engage l'ambulance le plus lentement possible. Nous sommes fortement secouées, l'ambulance et moi, même si nous avançons à pas de tortue. Et c'est si étroit que souvent les branches des arbres frottent contre le pare-brise et la caisse de mon véhicule.

Le seul problème, je m'en rends compte après quelques minutes, c'est que si une voiture ou un camion arrive en sens inverse, je serai obligée de faire marche arrière, manœuvre périlleuse pour une ambulancière novice. Et si je m'arrête au milieu du chemin, j'empêcherai tout autre véhicule de passer.

Tant pis. Je freine. Il serait bien étonnant que ce chemin soit fréquenté ce soir par quiconque d'autre que moi. Et il n'y a pas de maison en vue.

Je tourne la clé. Miracle ! Tout s'éteint : les gyrophares, la sirène, les phares ordinaires, les voyants du tableau de bord et même cette satanée radio qui grinçait tout le temps.

Je me calme. La nuit est tombée tout à fait. Entre les deux sièges, je découvre une boîte en plastique du genre que les enfants utilisent pour apporter leur déjeuner à l'école. Elle est décorée d'autocollants du Roi Lion. Je la pose sur mes genoux, je l'ouvre.

Nouveau miracle : il y a une bouteille thermos à large goulot, avec une espèce de bouilli de porc aux légumes encore quasiment chaud. Je le mange avidement, avec une cuiller en plastique, autre cadeau de mon ambulancier ou de sa femme. Il y a un petit pain pas trop bon mais avec lequel j'essuie du mieux que je peux la paroi du thermos pour ne rien perdre. Il y a aussi une pointe de gâteau au chocolat. Je ne pensais pas que ça pouvait être aussi bon quand on a une faim de louve.

Me voilà restaurée. Je regarde quand même entre les deux sièges, au cas où il y aurait une deuxième boîte. Non. Dommage. Et ne voilà-t-il pas que la pleine lune se lève juste devant, blanche et rose, entre les branches des arbres. Je prends vite conscience du problème que cela peut présenter : cette lueur peut rendre mon ambulance jaune aisément visible du haut des airs — d'un hélicoptère, par exemple. D'ailleurs, je m'étonne de ne pas en avoir encore vu ou entendu.

Je sors et je regarde vers le ciel. Il y a au-dessus de mon ambulance le plus impénétrable des camouflages : quatre grands pins dont les branches la couvrent presque entièrement. Pour me voir, il faudrait qu'un hélicoptère arrive en volant bas, droit dans l'axe du chemin. Ce qui serait probablement la meilleure chose à faire pour un pilote d'hélicoptère, mais mon ambulance pourrait être rendue à des centaines de kilomètres d'ici. Pourquoi me chercheraient-ils si près ?

Et puis, ici, je suis très bien. Il ne fait pas si froid. Le vent est tombé. Je pense que je vais passer la nuit dans cette ambulance, qui constitue sûrement un excellent véhicule de camping, à condition qu'il contienne une civière.

J'ouvre une porte, à l'arrière. Je monte, dans l'obscurité, parce que j'hésite à toucher tout bouton susceptible de remettre en marche les gyrophares et la sirène. Je tâte.

Quel bonheur : il y a une civière. Bien matelassée.

Mais il y a un os : un malade dessus.

Qu'est-ce que je fais ? Si ce malade meurt par ma faute — parce qu'il passe la nuit sur un chemin de campagne et non dans un hôpital — je m'en voudrai éternellement. Par contre, il souffre peut-être d'un simple malaise ou d'un petit bobo comme un orteil cassé qui n'exige pas qu'on le conduise à l'hôpital de toute urgence. La preuve, c'est que le conducteur de l'ambulance l'a laissé sur le bord de la route au lieu de filer dare-dare à l'hôpital. Que faire ? D'abord demander l'avis du malade. Je touche un de ses bras.

— Monsieur ? Madame ?

Pas de réponse.

Ce n'est pas un malade, c'est un mort. Ou un malade que j'ai achevé en le trimballant dans ce chemin cahoteux.

Pendant une seconde, j'ai presque envie de le pousser en bas de la civière pour prendre sa place sur le matelas. Mais je n'en ai pas le courage. Je décide de m'étendre sur le plancher, à côté de mon mort sur sa civière, même si je suis sûre que la proximité d'un cadavre va m'empêcher de dormir.

Eh bien ! j'en suis parfaitement capable, puisque en me réveillant je n'arrive pas à me souvenir d'avoir eu du mal à m'endormir. C'est une voix qui m'a tirée de mon sommeil.

— On est-tu arrivé ?

La voix répète la question qui m'a réveillée. Ça ne peut être que la voix de mon mort.

Je me lève précipitamment.

— On est-tu à l'hôpital ? fait encore la voix lancinante.

Qu'est-ce que je réponds ? Qu'on est dans une ambulance au fond des bois ?

— Oui, on est à l'hôpital.

— Dans une chambre ou dans le corridor ?

Qu'est-ce qui lui ferait le plus plaisir : dormir dans une chambre privée ou passer trois jours dans le couloir des urgences ?

— Dans une chambre. À vous tout seul.

La voix se tait un bon moment. L'homme — ça ressemble de plus en plus à un homme, même si les voix de petits vieux et de petites vieilles ont tendance à se ressembler à mesure qu'ils approchent de leur centième anniversaire — dit encore :

— Je vas mieux. Je veux rentrer chez nous.

— C'est pas possible.

— Pourquoi ?

Pourquoi ? Parce que nous sommes dans un petit chemin perdu au fond des bois, et que je serais incapable de reculer tous ces kilomètres en pleine nuit au volant de cette ambulance que j'ai conduite pour la première fois il y a quelques heures à peine.

— Parce que, je dis à la manière des enfants qui ne savent pas quoi répondre aux adultes mais qui sont sûrs d'avoir parfaitement raison.

— J'ai de quoi payer le taxi, vous savez, s'obstine mon vieux.

— Pas question.

— Pourquoi ?

Il me fait suer, ce vieil emmerdeur. S'il connaissait le quart du dixième de mes problèmes, il cesserait de m'embêter avec ses histoires de rentrer chez lui. Est-ce que je peux rentrer chez moi, moi ? Tiens, je vais lui lancer un petit bout de vérité juste pour le faire taire. Un long bout, tant qu'à faire :

— Parce qu'on est pas à l'hôpital. On est pas loin de Val-Barrette, dans une ambulance, au bout d'un petit chemin de terre. Et je serai jamais capable de reculer tout ça.

— Je peux le faire, si vous voulez. J'ai été camionneur pendant quarante-sept ans.

Une seconde, je suis tentée de le mettre au volant. Mais ça ne peut que l'achever complètement, dans l'état où il est. Au fait, qu'est-ce qu'il a tant, mon vieux ?

— Mais vous êtes malade, je proteste.

— Ça va mieux. C'est juste des pierres aux reins, puis je pense qu'elles sont passées. En tout cas, ça m'a fait mal à mourir, puis là ça va mieux.

Est-ce que des calculs rénaux peuvent empêcher un camionneur professionnel à la retraite de reculer dans un chemin de terre ? Je n'en ai pas la moindre idée. Tout ce que je sais des pierres aux reins, c'est que ça s'appelle des calculs rénaux en bon français, parce qu'à l'agence de Roger on avait Pharmacon comme client. Ils fabriquent un médicament pour ça.

— Détachez-moi, garde, vous allez voir.

Garde ? Mais je ne suis pas garde-malade du tout. Je vais lui enlever ses dernières illusions :

— Je ne suis pas infirmière, ni médecin, même pas femme de ménage dans un hôpital. Je suis juste une voleuse d'ambulances.

— Détachez-moi quand même.

Je réussis à défaire les sangles qui le retiennent à la civière. Il se lève.

— Je suis presque tout nu, il dit.

— C'est pas grave, il fait noir.

Nous éclatons de rire tous les deux.

Jos Marleau est un conducteur épatant. Il réussit à reculer dans le petit chemin étroit en regardant uniquement par les rétroviseurs latéraux, et sans lumière parce que je lui ai dit qu'on risquait de mettre en marche les gyrophares et la sirène si on regarde le tableau de bord de trop près.

— Avec la lune, on voit en masse, m'assure-t-il.

Au carrefour, il ouvre sa portière pour descendre et me laisser le volant.

— Non, non, je vous laisse l'ambulance, je lui dis.

— Je suis capable de marcher.

— Moi aussi. Comment je pourrais faire pour rentrer à Montréal, sans prendre l'autobus ? Ni faire du pouce.

Il réfléchit un moment.

— Si vous aviez une bicyclette, vous pourriez prendre le P'tit train du nord.

Je fronce les sourcils. Il m'explique.

— C'est la vieille voie de chemin de fer. Ils ont fait une piste cyclable par-dessus. Un parc linéaire, qu'ils appellent ça. Ça part à Mont-Laurier, puis ça va jusqu'à Saint-Jérôme. Y a plein de touristes qui viennent l'été. Mais là, y a plus personne.

— C'est loin, Saint-Jérôme ?

— Quelque chose comme deux cents kilomètres. Puis Val-Barette est à quinze kilomètres de Mont-Laurier. Ça fait que ça fait...

— Cent quatre-vingt-cinq ?

— À peu près, je dirais.

202

Je sais, parce que je l'ai déjà fait, que je suis capable de marcher vingt kilomètres par jour. Trente en me forçant. Quarante en me crevant. Ça ferait presque cinq jours. Il va falloir que je trouve un vélo. En deux jours, je serai à Saint-Jérôme. Il ne me restera plus qu'une cinquantaine de kilomètres pour Montréal.

En tout cas, j'imagine mal la SQ patrouiller la piste à vélo. Les agents, ça ne supporte pas les machins qui n'ont pas de moteur.

— Si quelqu'un vous demande si vous m'avez vue...

— Je vas leur dire que c'est moi qui a volé l'ambulance. J'étais tanné d'attendre. Puis je me suis perdu.

Je souris avant de refermer la portière sur mon malade nu au volant. Je traverse le petit chemin. Jos a touché au tableau de bord, parce que les gyrophares s'allument et éclairent les arbres autour de moi. Il doit essayer de les éteindre, puisque c'est maintenant la sirène qui se fait entendre.

Voilà la piste cyclable. Je continue jusqu'au village, tout près. Je passe derrière les maisons, à la recherche d'un vélo abandonné. Je n'en vois pas. Un chien se met à aboyer en me voyant.

Je retourne au parc linéaire. Je pourrais commencer par courir un bout de chemin.

ONZE

Il y a deux ans que j'ai abandonné le jogging. Plus précisément un an, huit mois et quelques jours : quand j'ai commencé à travailler pour Roger.

En m'engageant, il m'avait dit qu'il cherchait une fille à tout faire. Ça faisait mon affaire, parce que je sortais de l'université et j'avais justement envie d'apprendre à tout faire. Et une petite agence de publicité comme celle de Roger me semblait l'endroit idéal pour acquérir de l'expérience.

J'en ai même eu un peu plus que je le souhaitais, parce que je faisais vraiment tout : mon travail et celui de Roger, qui ne se gardait finalement pour lui tout seul que les déjeuners avec les clients. Tout le reste avait fini par aboutir dans ma description de tâches même si Roger ne s'était jamais donné la peine de l'écrire.

Je sais, j'exagère un peu. Mais pas beaucoup. Et quand je lui ai demandé l'augmentation de salaire qu'il m'avait promise pour quand j'aurais six mois de service, il m'a dit qu'il avait bien mieux à m'offrir. Il s'achetait une maison à Brossard, sur la rive sud de

Montréal. Si je voulais, je pourrais être copropriétaire et colocataire et tout ce que ça supposait.

Comme déclaration d'amour, vous avez sûrement déjà fait ou entendu mieux. Mais j'étais follement amoureuse de lui. C'est un très joli garçon, Roger, avec ses cheveux noirs frisés de fils d'Italien. Et puis c'était commode de pouvoir continuer à parler des affaires du bureau à la maison, pendant que je préparais les repas ou que nous les dégustions.

Évidemment, je manquais de temps pour faire mon jogging quotidien comme quand je faisais mon bac. Mais je ne me plaignais pas trop.

Maintenant que j'y pense, il me semble que je n'aurais pas pu tenir comme ça pendant des années. En tout cas, j'ai tenu un an et deux mois. Jusqu'à cette sale histoire avec le père de Roger, que je vous raconterai peut-être un jour, mais pas tout de suite, parce que là, je suis un peu essoufflée.

Non, c'est faux : je ne suis pas essoufflée. Je cours à mon rythme, sans me presser. Et je ne suis pas en aussi mauvaise forme que je l'aurais cru. C'est vrai que je ne fais plus mon jogging quotidien même si j'ai le temps depuis que j'ai déménagé dans la maison de mon oncle. Mais je fais — je faisais — tous les jours de longues promenades. À l'îlot Fou et le long du chenal aux Alouettes. C'est magnifique. Vous devriez y aller. Il y a plein de saules dont les branches pleurent jusque dans l'eau. Des tas d'autres arbres aussi. Des oiseaux que j'ai hâte d'identifier quand j'aurai un guide d'observation. Des fleurs sauvages le long du fossé. Et tout ça change tout le temps : les oiseaux, les fleurs, la couleur des feuilles. Ce qui fait que j'ai beau me promener tous les jours le long du même chemin, j'ai chaque jour l'impression de marcher quelque part où je ne suis jamais allée.

Ce n'est pas comme ici. Il n'y a que des épinettes et des arbres qui achèvent de perdre leurs feuilles. Il est vrai que le clair de lune ne rend peut-être pas justice au paysage, mais j'ai l'impression que je me lasserais vite de m'y promener.

Oui, je m'ennuie de l'îlot Fou. Ça aurait été bien d'y retourner avec Roméo et de construire une petite maison pour remplacer celle de mon oncle Aimé. Je sais que ça n'arrivera pas, mais j'ai le droit de rêver.

D'ailleurs, c'est ce que j'aime, de courir. Quand on marche, on a le temps de regarder à droite et à gauche. On se laisse distraire par un oiseau, par un avion, par un caillou. Quand on court, on n'a pas le temps de regarder. On a le temps de penser. Plus précisément, de rêver. La preuve : c'est en plein ce que je suis en train de faire.

Si je fais un effort pour regarder devant moi, je constate que la piste est en gravier, pas en asphalte. C'est moins dur pour les genoux. Un panneau qui me donne la direction de Saint-Jérôme m'apprend que je n'en suis plus éloignée que de cent soixante-dix-neuf kilomètres. À dix kilomètres à l'heure, ça fera moins de vingt heures à courir.

Voilà un bon moment que j'en ai oublié tous mes malheurs. Mais ça ne pouvait durer. Et ils finissent pas me revenir, tous ensemble, comme un gros bouquet de fleurs empoisonnées : l'incendie de ma maison, la mort de Roméo, la police qui veut la mienne. Je me dis que je n'ai qu'à courir jusqu'à Montréal, New York et la Terre de Feu tant qu'à faire. Oui, depuis quelques instants, j'ai la ferme conviction que devant les emmerdements que la vie nous réserve, il n'y a qu'une chose à faire et qu'elle marche à tout coup...

On peut toujours courir.

Courir toujours, c'est bien joli, mais ça finit par être fatigant. J'ai dû courir pendant deux heures. Pas loin de vingt kilomètres, je dirais. Il m'en reste cent soixante. Et je commence à ralentir. Mes pieds qui me semblaient légers comme des plumes tout à l'heure deviennent de plomb. Il va falloir que je me repose bientôt. Où ?

— Bonsoir !

Je sursaute. Un cycliste me dépasse. Il faut croire qu'il y a des amateurs de vélo au clair de lune d'octobre. Au moins un, en tout cas. Il s'arrête un peu plus loin, met un pied à terre, tourne le haut du corps pour me regarder.

— Belle nuit, non ? dit-il.

J'hésite entre passer tout droit et m'arrêter. C'est peut-être un violeur. Ou un emmerdeur.

C'est un emmerdeur. Je le constate dès que je m'arrête. Il porte la barbe, a des cheveux grisonnants sous la lueur argentée de la lune.

Je reprends mon souffle tandis que lui fait semblant de m'interroger mais parle tout le temps.

— Vous vous entraînez souvent, par ici ? C'est vrai qu'à pied on a pas besoin de la pleine lune. Tandis qu'à vélo, si y a pas de lune, on se casse la gueule. Et encore, il faut qu'y ait pas trop de nuages. Après octobre, il fait trop froid. J'aimerais mieux faire du jogging comme vous, mais j'ai une cheville qui me fait mal dès que je cours plus que deux pas. Une jambe que je me suis cassée il y a quelques années. Après, je me suis mis à courir dessus. J'ai dû faire quelque chose comme quarante mille kilomètres — l'équivalent du tour de la Terre. Et tout d'un coup, crac, ça a plus voulu. Je me suis recyclé en cycliste...

Il fait une brève pause, le temps de me laisser rire de son jeu de mots. Je ne ris pas. Il reprend aussitôt :

— Je suis de Mont-Laurier. Je suis venu à deux autos, avec un ami. On a laissé la mienne à Mont-Tremblant. Puis il m'a ramené à Mont-Laurier. Lui, il fait du vélo seulement l'été. Moi, ça va me faire une centaine de kilomètres. Vous allez loin, comme ça ?

Il ne me laisse pas le temps de répondre.

— N'empêche que je suis d'accord avec vous : pour le contrôle du poids, la course à pied, c'est bien mieux. Quand j'en faisais, je suis descendu dans les cent quarante livres. Aujourd'hui, je suis remonté à cent soixante-dix. Mais je me suis mis à Montignac...

Montignac, c'est trop. Je fais mine de repartir. Il me touche le bras.

— Il faut que je fasse pipi. Vous voulez me la tenir, une minute ?

J'ai un mouvement de recul. Il éclate de rire.

208

— La bicyclette, voyons !

Et il me pousse son vélo dans les mains, court quelques pas, se retourne, relève une jambe de son cuissard. Il continue de parler, tandis que j'entends sa petite fontaine qui glouglute.

— Ici, on rencontre plus personne à partir, je dirais, du 15 septembre. Même le jour. Le samedi et le dimanche, s'il fait beau, les petites familles sortent. Mais il faut que ce soit vraiment beau. Les gars des clubs cyclistes...

Je ne l'écoute plus, parce que je viens d'avoir une idée. L'homme est un peu plus grand que moi, mais pas tellement. Je parie que je pourrais prendre sa bécane et rouler. Deux-trois fois plus vite qu'en courant.

Je l'enfourche. Oui, ça ira. Un peu plus loin, le temps de semer ce type, je pourrai arrêter et baisser la selle. Je donne un coup de pédale. C'est un vélo de montagne et j'ai un peu de mal avec le guidon trop large, parce que le seul vélo que j'aie jamais eu, c'était un dix-vitesses à guidon étroit. Mais bon, ça va.

— ...si vous avez envie d'un café, y a un dépanneur un peu plus loin qui est ouvert toute la nuit...

Avec le vent qui me souffle dans les oreilles, je perds sa voix. Jusqu'au moment où je l'entends crier :

— Mademoiselle ? Mademoiselle ! C'est pas des farces à faire. Revenez...

Il y a un moment de silence, puis j'entends un dernier cri, presque un hurlement de désespoir :

209

— Salope !

C'est vrai, que je suis une salope, mais c'est aussi vrai que c'est bien moins fatigant que la course à pied, le vélo. Sauf qu'après un moment je sens que je suis en train de m'abîmer la peau là où ça fait le plus mal. J'arrête. J'ai de la chance : il y a un petit levier exprès pour changer la hauteur de la selle. Je la baisse, je repars.

Je l'ai peut-être trop descendue, parce que je ne fais plus de pleine extension de la jambe comme on est supposé. Mais c'est peut-être mieux comme ça. Je roule presque en petit vieux. Si je veux faire cent soixante kilomètres, j'ai intérêt à ne pas rouler trop vite.

À plusieurs reprises, je traverse une route. Toujours personne. Il fait de plus en plus froid. La fois suivante que je vois la route, je quitte la piste cyclable. J'arrive à L'Annonciation et j'aperçois un motel. 39$ pour une personne seule. Je fouille dans mes poches. J'ai toujours un tas d'argent. Je cache le vélo derrière le motel. Au bureau, un jeune homme dort, la tête sur le pupitre, à côté d'un ordinateur. Je me racle la gorge, sans effet. Il y a une clochette sur le comptoir. Le genre avec un bouton sur le dessus pour réveiller le personnel qui dort. Je tape dessus. Deux coups. Le jeune homme se réveille. Sans un mot, il me tend une fiche d'inscription. Je la remplis en mettant Persillette Incolore plutôt que mon vrai nom. Il me remet une facture. Je paye. Il me donne une clé et laisse sa tête retomber sur son pupitre.

J'allume la télé un instant pour voir l'heure. Trois heures du matin. Je prends une douche avant de me coucher, ce que je ne fais jamais parce que ça me laisse les cheveux tout croches. Mais je n'ai jamais eu autant besoin d'une douche. Après, je me regarde dans la glace. Je n'ai pas l'air si mal. Fatiguée, oui. J'ai un bleu sous l'œil gauche. Et je m'aime bien en blonde. Je pense que je vais m'y habituer.

Sept heures et demie. Je n'arrive plus à dormir. Et j'ai le postérieur douloureux. L'aine, encore plus. J'ai peut-être trop baissé la selle. Ou bien c'est de ne pas avoir fait de vélo depuis longtemps.

Je laisse la clé de la chambre sur la table de chevet.

Mon vélo volé n'a pas été volé. J'hésite entre la route et la piste cyclable. Le type dont j'ai piqué la bicyclette va sûrement me chercher sur la piste. Va pour la route. En plus, j'ai faim et c'est là que j'ai le plus de chances de trouver un restaurant.

En voilà un, justement. Je laisse encore le vélo à l'arrière, pour éviter qu'il soit visible de la route si son propriétaire passe par là.

Je jette quand même un œil dans la vitrine, pour m'assurer qu'il n'y est pas déjà. Personne qui lui ressemble. Pas d'agent en uniforme, non plus. Je vais m'asseoir. Je commande le déjeuner à deux œufs.

Un camionneur à la table à côté s'en va, abandonne son journal. Je vais le chercher, je me rassois.

C'est la deuxième fois que je fais la première page du journal. Ou plus, parce que je ne l'ai pas vue tous les jours. Encore la vieille photo que ma mère leur a donnée. Je referme le journal tout de suite, comme si quelqu'un risquait de nous voir côte à côte, la photo et moi, et reconnaître que c'est moi la fille qui est là. Aussitôt, je me trouve ridicule. À moitié seulement. Assez, en tout cas, pour me dire qu'en attendant les œufs, aussi bien aller aux toilettes voir à quel point je me ressemble.

Je pousse le loquet derrière moi. Je lève la une du journal à côté de mon visage. La photo est nettement plus grande que la première fois. Presque aussi grande qu'une photo grandeur nature.

J'ai de la chance : je ne me ressemble pas du tout. Je suis blonde, j'ai plusieurs années de plus, je suis plus mince. Cela me remonterait le moral, si je ne voyais pas le gros titre : « La survivante de l'îlot Fou : carbonisée à Mont-Laurier. »

Cela devrait me rassurer : si on me croit morte, on ne va plus me courir après. Mais cela ne me rassure pas du tout, parce que je sais qu'ils savent que je ne suis pas morte, puisqu'il n'y avait personne dans l'autocar. À quoi ils jouent ?

Je retourne m'asseoir.

En page 2, photo du car carbonisé. « Fin de course horrible pour une criminelle. » Course horrible, je veux bien, mais criminelle, moi ?

Mon attention est détournée par une demi-colonne sur la page de droite : « Ambulance volée à Mont-Laurier ». Je commence par lire cet article-là, qui ne me dit pas grand-chose que je ne savais déjà. Pendant que les pompiers et les ambulanciers s'efforçaient de tirer de son four crématoire la survivante de l'îlot Fou qui avait volé l'autocar, un mauvais plaisant est parti avec une ambulance qui ne pouvait se rendre à l'hôpital de Mont-Laurier parce que la route était bloquée. Cette ambulance transportait un grand malade, un camionneur à la retraite, dont on est toujours sans nouvelles, comme du véhicule qui le transportait. Un hélicoptère de la police survolera la région aujourd'hui pour essayer de récupérer le véhicule et son passager, qu'on espère retrouver vivant.

Je reviens à la page de gauche. Le texte contient plusieurs des mensonges auxquels je m'attendais. Carmen Paradis, de « la bande de l'îlot Fou », enfuie de l'hôpital après avoir assommé le policier qui la surveillait, est morte dans l'incendie de l'autocar qu'elle a subtilisé à la gare de Mont-Laurier quand elle a cru que des policiers l'avaient repérée. Elle a foncé à vive allure, mais cette conductrice inexpérimentée n'a pas été capable de négocier le premier virage, dans une descente abrupte. L'autocar a fait une embardée et s'est renversé avant de s'enflammer. On n'a retrouvé d'elle que des os réduits en cendres. Heureusement, tous les autres passagers étaient en train de se restaurer à la cafétéria et ont pu rentrer à Montréal par un autre autocar avec même pas deux heures de retard.

Mes œufs arrivent. J'aurais envie de les laisser figer là, mais j'ai peur d'attirer l'attention. Alors je m'efforce de manger le premier. Mais il passe mal. Il y a des choses que je ne comprends pas. D'abord, qu'on me dise morte. Surtout, qu'on ne semble pas faire de rapport entre moi et le vol de l'ambulance.

La police ment encore. C'est une de ses spécialités. Mais pourquoi ?

En m'attaquant au deuxième œuf, je comprends tout.

Il me semble que ça fait cent fois que je dis ça, mais pour une fois c'est vrai : je comprends tout. Et il y a du bon et du mauvais.

Le bon : Roméo n'est peut-être pas mort ! Je ne suis pas morte, et la police a annoncé mon décès. Il est donc tout à fait logique que Roméo soit vivant lui aussi. Et je lâcherais tout — le journal et mon déjeuner — pour aller le rejoindre si je ne pensais pas aussitôt au mauvais.

Le mauvais ? Si Roméo est vivant, la police espère que je vais aller le rejoindre. C'est pour ça qu'elle a annoncé que je suis morte : pour me donner un sentiment de sécurité qui me poussera à sortir de ma cachette et à retrouver Roméo, parce qu'ils savent que s'ils disent que je suis morte alors que je suis vivante, je vais penser que Roméo est vivant lui aussi. Ça me flatte : ils ne me prennent pas pour la dernière des connes.

Je lève les yeux de mon journal. Il n'y a qu'une demi-douzaine de clients dans ce restaurant, mais je suis prête à parier qu'il y a au moins un flic.

Il y a deux types en uniforme bleu marine avec le logo d'Hydro-Québec sur leur chandail à col roulé. Ils pourraient parfaitement être de la SQ. Il y a un petit vieux tout seul qui mâchouille des toasts en faisant semblant de regarder dehors. Lui aussi, pourrait être de la SQ si les deux autres ne le sont pas.

D'autant plus qu'il est le moins susceptible de passer pour un agent de la SQ. Et je parie que les anciens agents à la retraite ne demandent pas mieux que de reprendre du service si on a besoin d'eux. On leur gonfle un peu leur pension, on leur paie leurs petits déjeuners et leurs frais de déplacement, on accepte d'abandonner les poursuites à l'égard de tout acte criminel dont ils ont quasi infailliblement été les auteurs pendant leur longue carrière. Impossible de repousser une offre pareille, non ?

Ce n'est pas vraiment le petit vieux qui a le plus l'air d'un agent habilement déguisé. Il y a une femme, à peine plus vieille que moi, qui déjeune avec sa fillette. Quelle meilleure couverture pourrait-on trouver ? D'autant plus que les agentes de la SQ en ont probablement plein le cul de se faire confier des tâches insignifiantes. Elles veulent être au centre de l'action, confrontées aux plus grands criminels. À commencer par moi. La fillette ? C'est la sienne, sinon celle d'un collègue qui ne demande pas mieux que de faire mousser sa carrière en prêtant son enfant pour une mission périlleuse.

Arrête, Carmen !

Je suis en train de devenir folle. Roméo est mort. Je suis vivante. C'est tout ce que je sais. J'en suis rendue à prendre des enfants pour des agents de la SQ à ma poursuite. Du calme, ma petite Carmen, du calme.

Pour commencer, je vais tremper mon pain dans le jaune d'œuf et continuer à déjeuner tranquillement, comme les deux types d'Hydro, le petit vieux et la femme avec sa fillette.

Voilà. Je suis parfaitement capable de lever à ma bouche une mouillette de jaune d'œuf sans en échapper une goutte sur la table. Je reprends le journal. Où j'en étais ?

Page 4, il y a des nouvelles du ministre du Tourisme, etc., toujours disparu. La police a déconseillé à sa femme de payer la rançon parce que rien ne garantit que ceux qui la réclament sont les véritables ravisseurs de son mari. On soupçonne plutôt un groupuscule politique qui ne tient pas à la rançon mais cherche à déstabiliser le gouvernement. Soit une résurrection du Front de libération du Québec sous un autre nom, soit un groupe d'extrême gauche (on a interrogé des centaines d'anciens marxistes-léninistes, dont plusieurs ont maintenant des positions en vue dans la société et en particulier dans la presse et dans l'édition), soit même un groupe de partitionnistes qui rêvent de détacher d'un Québec éventuellement indépendant des parcelles de territoire à majorité anglophone.

En tout cas, le directeur de la SQ a répondu aux demandes du syndicat des policiers et obtenu du ministre de la Sécurité publique des fonds d'urgence et l'autorisation de faire travailler ses troupes à temps supplémentaire autant que nécessaire, sans autre autorisation du Conseil du Trésor.

Je ne sais pas distinguer le vrai du faux. Mais je prends une ferme résolution : je vais aller à la police sitôt mes œufs avalés. Je n'ai rien à craindre. Je n'ai commis aucun crime. Et il est impensable que la police veuille s'en prendre à moi. Si elle affirme que je suis morte, c'est que ses experts ont confondu les cendres d'une valise avec celles d'un corps, un point c'est tout. Ça se trompe, les experts de la police. Sinon, il n'y aurait jamais de types qu'on libère après vingt ans de prison lorsqu'on a enfin constaté qu'ils n'ont tué aucun de leurs contemporains ni violé aucune de leurs copines d'enfance. J'ai la conscience tranquille. Je vais leur raconter tout ce que je sais. Y compris le fait que j'ai emprunté une ambulance avec un malade dedans. De toute façon, le malade n'était pas si malade que ça. La preuve, c'est qu'il est reparti tout seul, au volant. Vol d'ambulance et séquestration de malade si c'est comme ça que ça s'appelle, ça va chercher combien ? Quelques heures de travaux communautaires, je parie. C'est ce qu'on donne comme punition à des gens qui ont tué, sans faire tout à fait exprès, des gens dont ils souhaitaient la mort. Moi, je n'ai tué personne. Ni souhaité celle de personne. Ma mère ? Ça ne compte pas.

Alors, voilà, c'est décidé. Je vais repartir à pied et me livrer aux occupants de la première voiture de la SQ que je verrai passer. Si je n'en vois pas, je marcherai jusqu'au prochain poste de police, que ce soit la SQ ou une police municipale, et je vais leur dire : « Me voilà, je suis Carmen Paradis, celle que vous cherchez. » Non : ils ne me cherchent pas. Les policiers qui ne sont pas dans le coup (et ils ne peuvent pas tous l'être, quand même) me croient morte. Je dirai : « Vous savez, la fille que vous croyez morte, eh bien ! elle ne l'est pas. C'est moi. 'scusez. » En tout cas, je vais sans plus tarder me rendre au premier policier venu même s'il faut que je lui coure après. Mieux encore, je vais commencer par aller voir les autres clients du restaurant et leur demander : « Pardon, monsieur, pardon, madame, vous ne seriez pas un agent ou une agente de la SQ ? »

Mes œufs ont disparu dans mon estomac. Je me lève. Justement, une voiture de la SQ ralentit devant le restaurant. Elle s'arrête. Deux agents en descendent. Pourquoi je n'irais pas me constituer prisonnière sans plus attendre ni aller plus loin ?

Parce qu'une trouille indescriptible me triture l'estomac. J'abandonne le journal sur la table avec un billet de dix dollars pour éviter que la serveuse se mette à crier au vol, et je me dirige vers les toilettes. Je vais m'enfermer dans celles des dames pendant une heure, le temps que les agents aient avalé douze beignes et quatre tasses de café chacun. Tiens, il y a mieux : la porte arrière. Je la pousse et j'entends la serveuse crier derrière moi un grand bonjour joyeux.

Je descends les marches et me revoilà en selle. Pour aller où ? Je ne sais pas. Ou plutôt oui, je sais : pour aller retrouver Roméo s'il est vivant, parce qu'à bien y penser il y a une chance sur deux pour qu'il le soit. Le seul problème, c'est que je n'ai aucune idée d'où il peut être. Et après quelques tours de pédale dans ce qui est fort probablement la direction de Montréal, j'en viens à une triste conclusion : ou bien il est en prison, ou bien il est au cimetière.

Sur la route, je croise deux voitures de la SQ et une autre me dépasse. Personne ne fait attention à moi. Cela prouve-t-il que la police me croit vraiment morte ? Je ne sais pas. Il me semble qu'il y a quelque chose d'anormal. Toutes ces voitures de police, mais pas un seul agent qui semble me chercher.

Je suis bête et surtout monstrueusement égocentrique : ce n'est plus moi qu'on recherche, c'est ce pauvre ministre enterré dans le jardin du docteur Gingras. C'est pour ça que la SQ dépense des millions en temps supplémentaire. Pas pour moi. Il y a une solution bien simple à ce problème : leur dire d'aller creuser chez le docteur Gingras. Je ne suis pas sûre que c'est le ministre qui est là. Au mieux, c'est lui et les agents vont se calmer. Au pire, cela va les occuper pendant quelques heures à autre chose que moi.

À l'entrée du village de La Macaza, je m'arrête à une cabine téléphonique. Je fais le 911.

— La police, s'il vous plaît.

— Vous êtes sûre que c'est vraiment une urgence ? me demande une voix postée là pour filtrer les appels et décourager les gens dont le cas n'est pas très urgent, comme les victimes d'un passage à tabac, et qui n'ont qu'à se rendre en voiture à la clinique la plus proche au lieu d'embêter la police et les ambulanciers pour des vétilles.

— Oui, c'est très urgent.

J'entends un soupir. On me communique. Le téléphone sonne six coups avant qu'on daigne répondre.

— Sûreté du Québec, sergent Gauthier.

— Je sais où est le ministre de la Chasse et de tout le reste. Il est enterré dans le jardin du docteur Gingras, à l'îlot Fou. C'est à Saint-Gésuald-de-Sorel, près de Sorel.

— C'est quoi, votre nom ?

— Je préfère le garder pour moi.

Je raccroche. Voilà, c'est fait. Dans quelques minutes, on va déterrer le pauvre ministre si c'est lui qui est là. Sa femme gardera ses millions pour elle. La SQ pourra mettre fin à son temps supplémentaire. Et le gouvernement aura la marge de manœuvre nécessaire pour remettre quelques millions par jour dans le réseau hospitalier.

Tout cela grâce à qui ? Grâce à Carmen Paradis !

Je n'aurai plus qu'à attendre une médaille ou à tout le moins une attestation écrite témoignant de la reconnaissance du gouvernement et du peuple québécois à mon endroit. Ah ! merde, j'ai oublié de laisser mon nom. Tant pis.

Je me remets à pédaler. Il y a encore une foule de véhicules de police. Et c'est tout juste si je ne les salue pas. Dans quelques instants, tout ce beau monde pourra rentrer à la maison, dormir dans le lit conjugal.

Sur la route, les voitures me frôlent, mais je me sens immortelle. Et puis je n'ai pas si mal aux fesses. Alors, je roule allègrement, occupée par des perspectives encore plus réjouissantes.

Je viens en effet de me dire que si la SQ a détruit ma maison, elle devrait me la rembourser. Je leur donne le choix. Ou bien je dis tout ce que je sais — à un journal ou dans un livre, je n'ai qu'à choisir ce qui rapporte le plus — ou bien ils me donnent un million. J'accepterai de régler pour cent mille dollars. Et je partirai faire du vélo quelque part. En France, par exemple. Ou aux Pays-Bas, paraît que c'est encore mieux. Peut-être même que, si Roméo est vivant, il viendra avec moi. Ou bien je le récupérerai à sa sortie de prison si c'est là qu'il est. Non : je réclamerai un million plus la libération de Roméo.

Ça va être tout à fait bien.

Oups. J'oubliais quelques détails. Deux, plus précisément. D'abord, j'ai un cancer. Ensuite, si Roméo n'est pas mort, il a presque le sida. On n'ira pas bien loin, à vélo.

Après une longue montée, j'entreprends une courte descente vers Labelle. Le seul problème, c'est que ça creuse l'appétit, le vélo. J'aurais dû prendre le déjeuner à trois œufs. Mon estomac se manifeste par des tiraillements insistants. J'entre dans un restaurant qui annonce un menu du jour à même pas six dollars. Soupe aux pois et toulouse-frites. Ça me va parfaitement.

Je vais m'asseoir à une table près de la porte. Devant moi, il y a une télé suspendue au plafond.

Je n'y fais pas attention. J'entends seulement le Premier ministre qui parle. Il dit des bêtises, si vous voulez mon avis, rien qu'à entendre le son de sa voix. Je lève les yeux quand il se tait et que des gens se mettent à applaudir. Ce n'est pas du tout le Premier ministre, mais un homme d'une quarantaine d'années, avec une jolie moustache noire.

Un animateur dont j'ai oublié le nom lui serre la main. Mais je le reconnais. C'est l'animateur de *Yzimites*. Une émission d'imitateurs amateurs. Celui qui est applaudi le plus fort est invité à revenir le lendemain tant qu'il n'a pas perdu. Il y a quatre cadrans à l'écran avec le nom de chacun des concurrents et les décibels d'applaudissements obtenus. Celui marqué « Sylvio Douville » dépasse les autres.

— Félicitations, lieutenant Douville, s'écrie l'animateur. On dirait qu'il y a plusieurs de vos collègues de la Sûreté du Québec dans l'auditoire.

L'animateur rit de sa plaisanterie. Un bulletin de nouvelles commence peu après. Quelqu'un, avec une télécommande, coupe le son et change de poste. Ça doit être l'information continue, puisqu'il y a un reporter sur le terrain. Je ne l'entends pas, mais je reconnais le terrain : c'est le jardin du docteur Gingras. Il y a des tas d'agents de la SQ. Pas une seule voiture en vue. Déception : ils n'ont pas commencé à reconstruire mon pont. Mais ça ne fait rien, parce que c'est pareil pour ma maison.

J'aimerais bien un peu de son. Quelqu'un, quelque part, muni de la télécommande, semble avoir deviné mon vœu, parce que le volume monte aussitôt.

— ...c'est le cadavre d'un membre notoire des Devil's Own, la bande de motards bien connue dans la région. Plus précisément Simon Desjardins. Qui portait le joli surnom de Ciboire.

— Et comment les policiers ont-ils appris qu'il y avait un cadavre de ce côté-là ? demande la speakerine.

— Un appel anonyme, qui a été fait d'une cabine téléphonique près de Granby.

Granby ? Ce n'est pas du tout ça. J'ai téléphoné de La Macaza. La police a encore menti. Ou elle s'est trompée. Et alors, qu'est-ce qui me dit que le cadavre qui est là n'est pas celui du ministre ?

Tout ce que je sais avec certitude, c'est que tout le monde ment à plein nez. Et pas seulement à moi. À moins que... oui, ça aussi, c'est possible : à moins que personne ne sache la vérité sur rien.

L'image et le son provenant de l'îlot Fou sont coupés brusquement. On voit maintenant un lourd pupitre de chêne, encadré de deux drapeaux du Québec. Derrière le pupitre, le Premier ministre s'apprête à lire un discours.

— Mes chers amis, Québécoises et Québécois...

Il a l'air grave, les traits tirés. Pas l'ombre d'un sourire. On dirait qu'il va annoncer la pire nouvelle qui s'est jamais abattue sur le Québec depuis qu'il est chef du gouvernement. Pire que la crise du verglas ? Oui : un Premier ministre souverainiste annonce qu'il demande au gouvernement fédéral d'envoyer des troupes pour venir en aide à la Sûreté du Québec, même s'il n'y a aucune catastrophe naturelle. Ce matin, un journal influent a réclamé qu'un gouvernement d'union nationale soit formé pour surmonter cette crise, car un gouvernement qui n'a pas eu la majorité absolue des voix aux dernières élections ne peut pas négocier légitimement avec les ravisseurs d'un de ses ministres. Fort de l'appui du chef de l'opposition, le Premier ministre a donc demandé à son homologue d'Ottawa d'envoyer des troupes. Leur seule fonction sera de veiller, par leur présence, à maintenir l'ordre, tandis que les agents de la Sûreté du Québec pourront se concentrer sur leur tâche essentielle : retrouver le ministre sain et sauf et mettre la main sur ses ravisseurs, morts ou vifs. Tout cela en accord avec le président du syndicat des agents de la Sûreté du Québec, qui tenait à s'assurer que ses membres gardaient la responsabilité de toutes les enquêtes sur le terrain.

Le Premier ministre se tait. Il refuse de répondre aux questions des journalistes. La serveuse, car c'était elle qui manœuvrait la télécommande, éteint la télé. Les clients détournent la tête, reprennent leurs conversations comme si de rien n'était.

J'ai envie de crier : « Et moi, dans tout ça, qu'est-ce que je fais, moi ? Est-ce que je suis morte ou vivante ? Est-ce qu'on me recherche ou si on me fout la paix ? Est-ce que je suis ici ou à Granby ? L'armée vient-elle pour m'aider à fuir ou pour m'attraper ? Est-ce qu'on me considère comme une criminelle ou comme une victime ? »

Je ne dis rien de tout ça, bien sûr. Je suis seule. Au milieu de gens indifférents. Au milieu de centaines de policiers et bientôt de milliers de militaires. J'ai besoin d'aide. Vite. Mais qui peut m'en donner ?

Je n'ai plus le choix. Ma mère. Ça me fait suer. Non : chier. Suprêmement. Mais la mort de papa, ça fait presque vingt ans. Et j'ai besoin d'argent. Il me semble que si j'avais maintenant les sous que j'ai hérités de papa, j'aurais plus de chances de me sortir de

e merdier. Je vais au téléphone, à l'entrée du restaurant. Je donne le numéro de ma mère et je demande
à lui parler, à frais virés. De la part de sa fille.

— Carmen !

— Je suis pas morte.

— Je le savais.

Elle a dit ça sur le même ton que si elle venait de
terminer un autre Sherlock Holmes. Est-ce que c'est
la police qui le lui a dit, ou si elle a déduit ça comme
son célèbre détective ? Je le lui demanderai une autre
fois.

— Maman, j'ai besoin d'aide.

Je ne l'appelle jamais Maman. Mais je veux lui
faire sentir que je suis dans la merde jusqu'au cou.

— Où es-tu ?

— Je suis retournée à Val-d'Or.

Je sais bien que si les flics sont à l'écoute, ils ont
les moyens de savoir d'où je téléphone. Mais rien ne
prouve qu'ils ne me croiront pas sur parole. C'est le
seul avantage que j'ai sur eux : je sais qu'ils mentent,
alors qu'ils ne savent pas que je peux être menteuse
quand je suis obligée.

— Qu'est-ce que je peux faire ?

Ça va bien. Jamais ma mère ne me demande ce
qu'elle peut faire. D'habitude, quand j'ai besoin
d'aide, elle me dit plutôt ce qu'elle va faire.

— J'ai besoin de l'argent de papa.

Il y a un moment de silence.

— Pour quoi faire ?

— J'aimerais me louer une petite maison quelque
part à la campagne, pour aller y mourir tranquille.

Il y a encore un moment de silence. Ma mère est-elle au courant de mon cancer ? Sûrement. Si les médecins l'ont dit à mon ex, ils l'ont dit à ma mère.

— Ma petite Carmen, tu ne peux pas savoir comme je suis désolée de t'annoncer ça, mais tu n'as pas le cancer.

— Quoi ?

— C'est Roger qui a inventé ça. Il avait besoin de ta signature, pour la maison.

— Et tu l'as laissé faire ?

Il y a un autre moment de silence. Plus long que les autres, même si ma mère sait que c'est elle qui paie les frais d'interurbain. Je ne crois pas possible ce que je viens de penser. Mais je le dis quand même :

— C'était ton idée à toi ?

C'est incroyable : elle ne nie pas.

— Il faudrait que je t'explique...

Pas besoin. J'ai tout compris. Ma mère m'a toujours préféré Roger. Elle a toujours préféré mes amoureux. Même Simon, qui m'avait donné des morpions quand j'avais dix-huit ans, elle a dit que c'était peut-être moi qui les lui avais donnés.

J'ai envie de hurler au téléphone. Mais je me maîtrise. Dans le fond, elle vient de m'annoncer une bonne nouvelle : je n'ai pas le cancer. Alors je dis, le plus calmement possible :

— De toute façon, il me faut l'argent de papa.

Elle ne dit ni oui ni non. Pourquoi ? Je commence à deviner, mais j'insiste :

— Cancer, pas cancer, j'ai absolument besoin d'argent. Tout de suite, pas dans six ans.

226

— Ma petite Carmen...

Elle se tait encore. Je devine :

— Il reste rien ?

— Rien.

Mon père m'a légué quarante mille dollars par testament. Mais il a fait deux bêtises. La première, ç'a été de décider que je ne pourrais toucher cette somme qu'à mon trentième anniversaire. La deuxième, ç'a été de désigner ma mère comme exécuteur testamentaire.

Et elle a tout flambé. Sous des tas de bons prétextes que je ne veux pas savoir : elle me logeait et me nourrissait pendant que je faisais mon bac, par exemple. Elle m'a offert un mobilier de chambre quand je me suis mise en ménage avec Roger...

— Écoute, Carmen...

Je raccroche.

La vache ! J'ai envie de pleurer. Mais j'ai toujours su retenir mes larmes. Quand on a descendu le cercueil de papa dans la fosse, je suis passée à un cil de pleurer. Ma mère m'a dit de bien me tenir. Je me suis bien tenue.

Je sors sur le trottoir. Je prends l'air. Je respire. Voilà. Ça va mieux. Ça irait peut-être mieux si je savais pleurer. Mais je suis faite comme ça.

Bon. Pas d'aide à attendre de ma mère. J'aurais dû le savoir. Je le savais. Qui d'autre pourrait m'aider ? Roger ? Sûrement pas. Si ma mère est la pire vache de l'histoire de l'humanité, lui est le pire salaud tous sexes confondus. Me faire croire que j'ai le cancer pour m'arracher une moitié de maison ! C'était peut-être son idée à elle, mais c'est lui qui me l'a dit.

Tiens, voilà une nouvelle idée : pourquoi pas le père de Roger ? Il m'aimait bien, dans le temps. Un peu trop, même. Il doit toujours être à Québec. Je retourne au téléphone, je demande Ricardo Valone aux renseignements. On me donne son numéro. Je l'appelle à frais virés. Pourvu qu'il soit là.

— Carmen, tu es vivante ! s'exclame-t-il avec son bel accent chantant.

— Oui.

— Où es-tu ?

— À Val-d'Or.

— Ah ! Je suis content ! Si tu savais comme je m'en suis voulu quand j'ai appris que **tu** étais morte. C'est Roger qui a tout manigancé. Moi, je lui devais beaucoup d'argent. Le jeu. Je ne pouvais pas dire non.

— Dire non à quoi ?

— À ce petit incident de rien du tout, finalement.

— Je comprends pas.

Silence à l'autre bout du fil.

Il ne veut pas m'en dire plus. J'ai même l'impression qu'il regrette d'en avoir tant dit. Je réfléchis. Roger et moi, nous étions ensemble à Brossard depuis plus d'un an. Roger a invité son père à venir passer quelques jours chez nous. Je préparais une grosse présentation à un nouveau client. Un jour, Roger m'a conseillé de rester à la maison pour travailler tranquille. Depuis qu'il était là, Ricardo me tournait autour, mais tout le temps en rigolant. Et il avait beaucoup de charme. Ce matin-là, il m'a fait venir dans sa chambre, la chambre d'amis, en me di-

sant « Il faut que je te parle ». Il a été un peu plus in-
sistant. Il m'a poussée dans le lit. Il s'est jeté sur moi.
Il m'a maintenue sous lui.

Je pense que j'aurais pu le repousser. J'ai essayé,
un peu. Mais le père de Roger était beau comme un
dieu. Charmeur comme un Italien. Irrésistible, si
vous voulez mon avis. Encore plus que Roger. Et je
n'étais plus tout à fait sûre de vouloir le fuir. Surtout
que Roger ne m'avait pas fait l'amour depuis deux
semaines. Alors, je me suis laissé faire. Ricardo m'a
caressée, m'a retiré ma petite culotte puis le reste de
mes vêtements. Je suis restée là, sur le lit, immobile,
nue, les bras contre mon corps, à me demander comment je pourrais le repousser. Et si je voulais le faire.

C'est à ce moment-là que Roger est arrivé. Il avait
oublié quelque chose et je ne l'ai pas entendu revenir. Je me suis levée en catastrophe, j'ai mis ma robe
devant mes seins. Il m'a flanqué une paire de gifles.
Je me suis rhabillée, je suis partie.

Roger et moi, nous ne nous sommes ensuite parlé
que par l'entremise de son avocat, jusqu'à ce qu'il
vienne me voir à l'hôpital pour me demander de signer ses papiers.

— Le cancer non plus, ça n'est pas vrai, dit Ricardo
dans l'espoir que ça va me laisser une meilleure opinion de lui.

— Je le savais.

DOUZE

Je renonce à chercher de l'aide. Je me débrouille-
rai toute seule. Qu'ils m'envoient l'armée et des milliers de flics en temps supplémentaire, je vais
compter sur la seule personne au monde qui peut
m'aider : moi.

Sauf qu'il me vient tout à coup quelqu'un d'autre à
l'esprit. Quelqu'un d'intelligent, d'apparemment in-
tègre, et qu'on ne peut soupçonner d'être en rapport
avec moi, puisque je ne lui ai jamais parlé qu'au téléphone et que je ne l'ai jamais vu que de loin : la mairesse de mon village. Comment elle s'appelle, déjà ?
Rose. Rose comment ? Rose Deschamps, c'est facile
à retenir. Elle est énergique, apparemment préoccu-
pée du sort de ses contribuables. Mais pourquoi
m'aiderait-elle ?

La seule réponse que je peux donner à cette question, c'est qu'elle ressemble parfaitement à la mère
que j'aurais aimé avoir.

J'attends cinq bonnes minutes avant de me résoudre à lui téléphoner. Je retourne dans l'entrée du restaurant. Je fais 1-800-ROSEDES.

— Autos Deschamps, bonjour.

— Rose Deschamps, s'il vous plaît.

— De la part de qui ?

J'hésite à donner mon nom.

— C'est à propos du pont de l'îlot Fou.

Ça marche. Une autre voix se fait aussitôt entendre :

— Rose Deschamps, bonjour.

— On s'est parlé la semaine dernière. J'étais à l'îlot Fou. J'ai besoin de votre aide.

— Où êtes-vous ?

Je le dis ou je le dis pas ? Je n'ai pas le choix si je veux qu'elle m'aide.

— Au restaurant Chez Beaulac, à Labelle, dans les Laurentides.

— Ne bougez pas, j'arrive tout de suite.

Je raccroche, soulagée. Enfin, quelqu'un va m'aider. Elle n'a même pas l'air étonnée que je sois vivante. Je retourne m'asseoir et je commande un café à la serveuse qui était en train de nettoyer ma table.

Il est midi moins quart à l'horloge. J'ai le temps de réfléchir. Et puis non, après deux minutes de réflexion, je m'aperçois que j'en ai assez de réfléchir. Justement, quelqu'un va arriver qui va réfléchir à ma place. Je reprends le journal et je le lis en commençant par la fin. Le sport, surtout. Il y en a plein de pages, que je lis distraitement mais quasi complètement. Je lis aussi quatre pages de publicités de téléviseurs, de magnétoscopes et d'ordinateurs, même si je n'ai aucune envie d'acheter quoi que ce soit et encore moins les moyens de le faire.

Je referme le journal. J'en ai encore pour une bonne demi-heure à attendre. Je jette un coup d'œil dehors. Je viens de penser que ma mairesse a pu alerter les flics. Ou qu'ils ont mis sa ligne sur écoute. Et qu'il y en a peut-être des dizaines qui m'attendent.

Je sors. Je regarde à droite et à gauche. Un piéton, là-bas, qui s'éloigne. Des voitures qui passent sans ralentir. Même sur les toits, je ne vois pas le moindre bout de canon de fusil qui dépasse comme dans les westerns.

N'empêche que, plus le temps passe, moins je suis rassurée. Que se passera-t-il si ma mairesse arrive suivie d'un défilé de voitures de police ? Soit qu'elle les ait alertés, soit qu'ils l'aient suivie sans lui demander son avis ?

Je ne prends pas de risque. Je traverse la rue, j'entre dans une petite boutique de vêtements d'occasion. De là, je peux surveiller l'entrée de Chez Beaulac. Et puis j'ai un grand besoin de linge propre. Je trouve un jeans à ma taille. Une chemise en denim, qui me plaît. Un blouson similicuir vert. J'entre dans la cabine d'essayage. Je ressors. La vendeuse me dit que ça me va très bien. Je lui dis que je vais tout garder sur moi et qu'elle peut jeter mes vieux vêtements.

— Ça fait cent quarante avec la taxe.

Merde, j'ai oublié mon argent dans mon vieux jeans. Je retourne dans la cabine d'essayage. Je compte, je mets le reste dans ma poche. Je ressors de la cabine. Je tends les billets à la vendeuse, qui me remercie.

Et j'aperçois tout à coup, de l'autre côté de la rue, une Cherokee rouge garée devant le restaurant Chez Beaulac. Et une femme qui prend place au volant et ferme la portière derrière elle. C'est elle : c'est ma mairesse à moi, qui vient de sortir du restaurant où je devais l'attendre et où je n'étais plus. Je me précipite dehors. Trop tard. La Cherokee démarre.

J'agite les bras désespérément. Elle ne me voit pas. C'est foutu. J'en pleurerais presque. Mais non : voilà la Cherokee qui revient en marche arrière, traverse la rue en diagonale de façon fort experte, s'arrête devant moi. La portière s'ouvre, je saute sur le siège, je referme.

— Vous êtes très bien, en blonde.

Est-ce qu'elle se fout de ma gueule ?

— C'est vrai que ça te va bien, fait une autre voix.

Je me soulève sur mon siège, je me retourne et qui est-ce que je découvre, tapi derrière le dossier et à moitié caché par une couverture ? Roméo. Mon Roméo à moi !

Il est vivant. Je le savais. Je passe mon bras par-dessus le dossier. Je lui tends la main. Il la serre dans la sienne. Ça fait du bien. Juste ça : d'avoir ma main dans sa main. Je demande seulement :

— Qu'est-ce que tu fais là ?

C'est Rose Deschamps qui répond :

— C'est mon conjoint.

Je retire ma main comme si je venais de la poser sur un fer rouge ou dans un seau d'eau glacée.

Nous roulons en silence. Je suis furieuse. Contre qui ? Contre Rose Deschamps, d'abord. Mais plus contre Roméo. Et plus encore contre moi.

Alors, je ne dis rien. Pourtant, j'aurais envie de poser des tas de questions. Est-ce qu'ils sont mariés ou conjoints de fait ? Depuis quand est-il son amant ? Je veux dire : est-il son amant d'avant moi, d'après moi ou de tout le temps ? En tout cas, Roméo aime Rose à la folie. C'est la seule explication à toutes ses réticences quand je voulais faire l'amour avec lui. Il faut qu'un homme soit amoureux par-dessus la tête pour être fidèle à ce point. Je comprends tout, maintenant.

Ce n'est pas vrai : je ne comprends rien.

— Préfères-tu te cacher en arrière, toi aussi ? me demande la femme de l'homme que j'aime ou plutôt que j'aimais.

Croit-elle que ça lui donne le droit de me tutoyer ? Je secoue la tête. Je n'ai pas du tout envie d'aller me coucher au fond de la voiture sous une couverture. Avec Roméo. Le long du corps de Roméo. À portée des mains de Roméo. Dans les bras de Roméo.

J'aurais bien plus envie de dire « Laissez-moi là ». Mais alors il faudrait que je coure encore. Et je n'ai plus envie de courir. Mourir oui, courir non.

Et puis merde, je suis ridicule. Pleurer parce qu'un garçon dont j'avais un peu envie est l'amant d'une autre ? Ça n'est rien, ça. Mille fois plus rien que ce qui m'est arrivé avec Roger. Mille fois plus rien que mes autres amoureux, peu nombreux il est vrai, et trop vite partis. Je n'ai jamais couché avec Roméo. En tout cas, pas au point d'avoir son pénis dans mon vagin même s'il s'en est fallu de peu — un avion qui passait par là.

Alors, c'est quoi, ça, ces larmes qui ont envie de me grimper dans les yeux ? Des larmes de fille qui se faisait des illusions. Tous les jours, il y a des filles qui apprennent que le type dont elles sont amoureuses est marié avec une autre ou amoureux d'une autre. C'est banal. Comme un mauvais roman ou un film pourri.

De toute façon, il y a bien d'autres questions qui devraient plus m'intéresser que de savoir depuis quand Roméo est l'amant de Rose Deschamps. Par exemple, comment il se fait qu'on l'a dit mort et qu'il est vivant. Je dis :

— Comme ça, tu es vivant.

— Tu veux savoir comment ça se fait ?

Quel con ! Oui, je veux savoir comment ça se fait. Et s'il en a envie, je vais moi aussi lui raconter comment il se fait que je sois encore en vie, alors que les journaux me disent morte et carbonisée.

— Tu te souviens, quand il m'ont arrêté ? commence-t-il.

Si je me souviens ? J'étais là. Un peu loin, mais j'en ai quand même vu des petits bouts à travers les arbres.

— Un des chiens a tapé le numéro de la plaque de la Pontiac sur son ordinateur. J'ai eu de la chance : le vol de la Honda avait pas été signalé. Ou il y avait une erreur dans l'ordinateur. Ou il a tapé le numéro de travers. Mais l'autre, pendant ce temps-là, s'est mis à regarder une pile de feuilles avec des photos. Puis il a dit : « Regarde, c'est lui. » J'ai jeté un coup d'œil par-dessus son épaule. C'était écrit « recherché pour meurtre d'agent de la SQ ». Avec ma photo. Ils m'ont passé les menottes, ils m'ont embarqué. Celui qui était sur le siège du passager a voulu appeler au poste pour dire qu'ils m'avaient arrêté. L'autre a dit : « Laisse faire, on va leur faire une surprise. » Ils voulaient m'amener comme ça jusqu'à Montréal et dire à leurs copains du quartier général : « Regardez le beau cadeau qu'on vous apporte : l'assassin d'un de nos gars. » On a dû rouler comme ça une bonne demi-heure. Puis tout à coup, celui qui conduisait a dit : « On peut quand même pas l'amener à Montréal comme ça. » L'autre a dit : « Qu'est-ce que tu veux dire ? — Regarde-le. — Ouais. » J'ai commencé à comprendre quand ils ont pris un petit chemin de travers. On s'est arrêtés dans un bois. Ils m'ont sorti de la voiture. Ils m'ont détaché une main. Ils ont attaché l'autre bout de la menotte à un arbre. Un des chiens m'a dit : « Ça me fait de la peine, mais on peut pas ramener comme ça un gars qui a tué un de nos gars. » J'ai pas eu le temps de dire que j'avais tué personne. Il m'a flanqué un coup de poing sur le menton. J'ai reculé, je me suis cogné contre l'arbre. L'autre m'a donné un coup de poing à son tour. J'ai dû bouger, parce qu'il m'a raté. Il m'a juste touché l'épaule. Mais le premier se frottait le poing. Il a dit : « Il m'a fait mal, l'enfant de chienne. » Il a pris son revolver. Je pense qu'il voulait me donner un coup de crosse pour éviter de se massacrer les jointures. Mais tu devineras jamais ce qui est arrivé...

Je secoue la tête. Comment je saurais ?

— Je sais pas comment il a fait son coup, mais il s'est tiré dans le ventre.

Un instant, je ne sais pas si je dois le croire. Un policier qui se tire dans le ventre, comme ça, par simple maladresse ?

— Je te jure, me jure Roméo. L'autre s'est penché sur lui. Et là, j'ai pas pu résister. Je lui ai envoyé un coup de pied dans le visage. Il a fait deux ou trois tours sur lui-même avant de retomber sur le dos, sans connaissance. L'autre, celui avec la balle dans le ventre, s'est mis à pleurnicher. Il chialait : « Faut que tu m'aides, sans ça je vais mourir. » Je lui ai dit : « Comment tu veux que je t'aide ? Je suis attaché. » Il m'a lancé son trousseau de clés. Je me suis détaché. J'ai ramassé son revolver, puis je suis monté dans la voiture. « Tu m'avais dit que tu m'aiderais », il a dit au moins dix fois. Je lui ai demandé : « Comment ça marche, la radio ? — Pèse sur le bouton vert. » Je suis parti. Je suis allé reprendre la grand-route, j'ai roulé un bon quart d'heure. J'ai abandonné l'auto. Mais avant j'ai pesé sur le bouton vert. J'ai dit : « Vous avez des copains blessés sur le bord d'un chemin de travers dans le bout du lac Nominingue. Ça devrait être facile à trouver. » J'ai fait du pouce et je suis allé chez Rose à Saint-Gésuald. Elle m'a caché. Je lui ai dit que ça m'étonnerait pas que tu lui téléphones un jour, parce que tu avais son numéro 800. Comme de fait...

— Pourquoi ils ont dit que tu étais mort ?

— Je sais pas. J'ai pensé qu'ils ont eu peur d'avoir honte. Je m'étais sauvé une fois, à l'îlot Fou. Puis là, si je me sauvais encore, ils auraient eu l'air encore plus fou. Ou bien ils pensaient qu'ils me trouveraient plus facilement si je pensais qu'ils me pensaient mort.

Ça n'avait pas de bon sens. Aucune police du monde ne peut déclarer morts des criminels vivants simplement pour sauver la face. Les criminels courraient les rues. Et plus personne n'aurait confiance dans la police. J'ai failli dire ça, mais je me suis aperçue que, dans le fond, ça avait peut-être du bon sens. Parce que, comme disait si bien Roméo, quand des cons font une connerie...

— Et puis toi ? il me demande enfin.

— Moi ?

— Tu es vivante, toi aussi.

Il m'a fait plaisir, parce que de la manière dont il a dit ça, j'ai vu que ça lui faisait plaisir que je ne sois pas morte.

— Raconte.

J'ai raconté. Et quand j'ai fini, j'ai eu l'impression que de raconter tout ça comme ça, ça revenait à dire que je pardonnais à Roméo et que j'étais réconciliée. J'ai cherché une manière de dire que non, j'étais encore fâchée. Mais je n'en ai pas trouvé.

Il faut croire que je ne suis pas très douée pour rester fâchée.

— Ils sont déjà là ! s'exclame Rose.

Un convoi militaire arrive, en sens inverse. Devant, il y a deux espèces de blindés sur roues. Derrière, quelques jeeps et des camions bâchés, presque à perte de vue. Rose prend le premier chemin de campagne. Elle roule un moment, puis s'arrête passé le dernier chalet.

— Cache-toi en arrière, toi aussi.

Est-ce que j'en ai envie ou pas ? En tout cas, j'obéis. J'ouvre la portière, je vais à l'arrière m'étendre sous la couverture avec Roméo.

Il met une main à ma taille. Je la repousse. Il n'insiste pas. Tant pis. Maintenant que je suis sous la couverture, il me semble que ce n'est plus moi, la femme trompée. C'est Rose.

— Savez-vous en quel endroit ils risquent le moins de vous chercher ? demande-t-elle alors que nous revenons sur la grand-route.

Je n'en ai pas la moindre idée. Roméo non plus.

— Dans un hôtel trois-étoiles.

Bientôt, la Cherokee tourne à droite, puis à droite encore, dans un chemin étroit et sinueux. Un virage accompagné d'un cahot me précipite franchement par-dessus Roméo. Il ne me repousse pas. C'est moi qui m'éloigne. Vous me direz qu'il serait temps que je décide si je veux de lui ou pas. Je vous répondrai que ce n'est pas si facile.

La Cherokee s'arrête.

— Ne bougez pas, je vais demander s'ils ont des chambres.

Rose claque la portière derrière elle. Nous nous soulevons juste assez pour regarder par-dessus les dossiers. Chantecler, proclame l'enseigne avec un petit coq qui chante. Tout ce que je sais du Chantecler, c'est que c'est un hôtel plutôt bien et plutôt cher.

— Ils ont une chambre pour trois, triomphe Rose Deschamps en revenant. Venez.

Nous sortons de la voiture et nous la suivons. Le hall d'entrée est vide et il n'y a personne pour faire attention à nous.

Nous montons à l'étage, suivons encore Rose le long d'un corridor, puis dans une chambre. Par la fenêtre, au-delà d'un grand parc de stationnement asphalté, les arbres resplendissent sur le flanc des collines avec leurs dernières feuilles dorées ou rouges.

Il y a deux lits doubles. Un pour moi, un pour eux. J'aurais dû exiger qu'on prenne deux chambres.

— Je vais voir ce qui se passe, décide Rose Deschamps.

Elle repart. Roméo s'assoit sur un des lits. Qu'est-ce que je fais ? Je m'étends à côté de lui, ou je l'engueule parce qu'il ne m'a pas dit qu'il vivait avec la mairesse ? Ni l'un ni l'autre.

— Je prends un bain.

Je vais à la salle de bains, je fais couler l'eau.

Le bain chaud est délicieux. J'y passerais des heures. Pour Roméo, finalement, je décide de faire comme si de rien n'était. Comme si je n'étais ni jalouse ni furieuse. Comme si je n'avais de lui ni envie ni dégoût.

Je m'enveloppe dans un grand drap de bain. Je vais rejoindre Roméo dans la chambre. Il est tou-

240

jours assis sur le lit et regarde la télé, remplie d'images de militaires canadiens se baladant aux quatre coins de la province. On en voit devant l'Assemblée nationale, sur les Plaines d'Abraham, dans le métro. De grandes caravanes kaki défilent sur les autoroutes. Au sommet du mont Royal, ils ont planté des tentes et ont une vue imprenable sur Montréal et la vallée du Saint-Laurent.

Rose revient, tout excitée.

— Ils sont partout : sur les Plaines d'Abraham, au mont Royal...

— À la télévision aussi, dit Roméo.

Elle jette un coup d'œil vers l'appareil, constate qu'elle ne nous apprend rien.

— Tout ça pour un petit ministre de merde, dit-elle.

— C'est son cousin, m'explique Roméo.

Ça m'est égal, qu'ils soient parents ou non. Mais il y a autre chose qui me chicote...

— Savez-vous ce que je me demande ?

Pas de réponse.

— Ils disent qu'on est morts et puis on est encore vivants, non ?

— Et puis après ?

— Ils disent aussi que le ministre est vivant.

— Ça veut dire qu'il est mort !

Rose a complété ma pensée et me regarde comme si j'étais un génie. Ça m'encourage à ajouter :

— C'est peut-être eux autres qui l'ont tué. Par accident ou par exprès. Pour cacher ça, ils font croire qu'il a été enlevé. Mais je gage qu'il a pas été enlevé du tout.

Mes compagnons réfléchissent un moment, puis Roméo dit :

— Ce qu'il faudrait, c'est retrouver son corps.

C'est impossible. Nous le savons tous les trois. Non. Juste moi. Je sens que Roméo et Rose se concentrent sur ce projet et sur ses avantages : en prouvant que les policiers ont menti au sujet du ministre, on prouverait qu'ils ont aussi pu mentir au sujet de l'îlot Fou.

— Je viens de penser à une chose, dit Roméo.

Nous tournons les yeux vers lui.

— Les cendres de Carmen, à Mont-Laurier, c'est celles du ministre. Ils ont mis son corps dedans, à sa place. Comme ça, ils se débarrassaient de lui et ils pouvaient faire croire que Carmen était morte.

— Comment le prouver ?

— Y a des tests : les dents, l'ADN, tous ces trucs-là. Ça doit être facile à prouver.

— Il faudrait qu'on trouve un échantillon de cendres, ajoute Rose.

C'est vrai que ce serait bien, si on pouvait prouver que la police a menti au sujet du ministre. Mais il y a un problème, que je constate bientôt en levant les yeux vers la télé.

— Oubliez ça, je dis.

— Ça n'est pas une si mauvaise idée, s'obstine Rose. Le chef de police de Saint-Gésuald pourrait nous donner un coup de main.

— Regardez.

Ils tournent les yeux vers la télé.

Le ministre du Tourisme, de la Chasse et de la Pêche est là, devant une douzaine de micros arborant les sigles de tous les réseaux de télévision et de radio. Un sous-titre annonce : « En direct de Sorel ». Le ministre est vivant, et notre belle théorie se retrouve par terre même pas cinq minutes après avoir été échafaudée.

Il raconte son enlèvement. Ce matin-là, il avait rendez-vous avec le ministre des Affaires municipales pour fêter l'ouverture de la chasse au canard. Il était en avance d'un bon quart d'heure. Une voiture s'est approchée dans l'obscurité. Il a cru que c'était celle de son collègue. Il a laissé l'autre s'avancer vers lui. Et là, il ne se souvient plus de rien. Il s'est réveillé dans un endroit sombre et humide, une cave probablement, où on venait lui porter à manger de temps en temps — presque toujours de la pizza froide. Il n'a vu personne, n'a entendu personne. Ce matin, à il ne sait pas quelle heure, on lui a mis un bandeau sur les yeux, on l'a poussé dans une voiture, et on l'a déposé sur la route à l'endroit où on l'avait enlevé. Une voix d'homme tout à fait ordinaire, sans accent étranger en tout cas, lui a dit d'attendre deux minutes avant d'enlever son bandeau. Il a compté cent vingt éléphants. Il a enlevé son bandeau, juste au moment où des voitures de la Sûreté du Québec arrivaient par la route.

Aux questions des journalistes, il répète qu'il ne sait rien de ses ravisseurs ni de l'endroit où il a été confiné. Il ajoute qu'à son avis on l'a relâché parce que l'armée a été appelée en renfort, mais qu'il fait parfaitement confiance à la SQ et qu'il était convaincu qu'on allait le retrouver incessamment. Sa femme avait réuni les dix millions de dollars en petites coupures exigés par ceux qui semblaient être les ravisseurs les plus sérieux. Mais comme plusieurs groupes prétendaient détenir son mari, elle n'avait pas versé les millions.

Je coupe le son, parce que Roméo et Rose sont plongés dans une conversation surexcitée qui m'empêcherait d'écouter la suite.

— À mon avis, c'est lui qui s'est enlevé lui-même, dit Roméo. Avec de l'aide, bien entendu.

— Je pense pas que sa femme était dans le coup, opine Rose.

— Je pense qu'il a plutôt eu l'aide d'une grande brune que je connais.

— Non, il était plus avec celle-là. Une blonde, la dernière. Je gage qu'il a passé la semaine dans un motel avec elle, à attendre les millions de sa femme.

— Mais quand il a vu que l'armée arrivait, il s'est dit qu'il finirait pas se faire prendre, et il est sorti de son trou.

— Ou bien il a eu peur que sa femme remette l'argent au mauvais groupe.

Voilà. Ils sont sûrs de leur fait. Et je dois dire qu'ils sont assez convaincants. Moi aussi, si j'avais été le mari d'une femme issue d'une famille de millionnaires, j'aurais été tentée. Je suis honnête et je ne volerais pas cinq sous dans le tronc de Saint-Pierre-de-Rome, mais pour dix millions tout ronds, je pense

244

que je serais capable de plusieurs délits, y compris celui de me cacher pendant une semaine dans un motel à lit d'eau avec mon amoureux.

Tiens, voilà le Premier ministre — l'autre, le fédéral — qui se montre à la télé. Je monte le volume. Un peu plus encore, jusqu'au moment où cela fait taire mes deux compagnons de chambre.

— Que voulez-vous, dit-il, une armée, ça se rappelle pas comme un petit chien. Le Premier ministre du Québec a demandé qu'on lui envoie de l'aide et là, il en veut plus. Mais il faut qu'il réalise qu'on peut pas demander à des unités blindées de rentrer chez elles quand elles sont même pas encore rendues sur le lieu de leur mission. On va les laisser arriver, puis là on va les rappeler.

Comme pour soutenir ses propos, nous entendons un grondement sourd et le plancher de la chambre se met à vibrer. Nous collons le nez à la fenêtre. Derrière l'hôtel, une vingtaine de véhicules militaires s'avancent, puis s'arrêtent au milieu du stationnement. Des soldats casqués, en treillis, sortent en courant, mitraillette au poing, de deux énormes blindés à roulettes comme ceux qu'on a vus tout à l'heure et qui sont peut-être les mêmes. Un hélicoptère avec des petits canons dans le nez se pose juste derrière.

Je dis :

— Ils savent qu'on est là.

Rose se met à rire.

— Mais non. Pourquoi ils vous chercheraient ? Ils vous pensent morts. C'est seulement la SQ qui sait que vous êtes encore vivants. Pourquoi l'armée penserait que vous êtes ici ?

Elle observe encore les manœuvres.

— De toute façon, je nous ai tous inscrits sous des faux noms.

Quelques soldats ont sorti des toiles de tente et entreprennent de les monter. Deux cuistots ont mis leurs toques et leurs tabliers, toujours aux couleurs du camouflage, et entreprennent d'installer des marmites. En étirant le cou, nous voyons trois soldats entrer par la porte centrale, qui mène à l'office. L'un d'eux porte sur son dos de l'équipement de communication avec une longue antenne souple.

— Bon, c'est bien joli tout ça, dit soudain Rose, mais je commence à avoir faim, moi. On fait mieux de pas y aller tous ensemble. Vous irez après moi. Dans une heure.

Nous voilà seuls pour une heure. Nous avons le temps de parler. En fait, je vois mal comment je pourrais tenir le coup une heure sans demander des explications à Roméo, à propos de Rose. Je ne tiens même pas dix secondes.

— Comme ça, c'est ta maîtresse ? je dis en adoptant le ton de la plus intense insouciance.

— C'est pas tout à fait ça. En fait, c'est pas du tout ça.

— Ah non ?

Sans que je fasse exprès, le ton de ma voix a lamentablement échoué dans ma tentative de feindre l'indifférence absolue.

— C'est à cause du gouvernement.

Cette fois, je pense que mon silence exprime la plus parfaite incrédulité. Depuis quand le gouvernement exige-t-il que des gens couchent ensemble s'ils n'en ont pas envie ?

— Rose et moi on a juré de dire à tout le monde qu'on est ensemble. Même si on peut avoir des amoureux chacun de notre bord. En fait, c'est Rose qui trouve que ce serait du gaspillage si elle mourait. Tous ses régimes de rentes et puis son fonds de pension et tout ça irait à personne parce qu'elle aurait pas de conjoint survivant. Ça fait qu'on dit que je suis son conjoint. J'ai pas de revenus, ça lui fait moins d'impôts à payer. Elle me loge gratuitement...

Je me fâche. Une grande colère contre les menteurs et les mensonges. Que j'aurais dû faire bien avant et à beaucoup de monde. Mais c'est tombé sur Roméo. C'est vrai que c'est peut-être lui qui m'a menti le plus. Alors, aussi bien que ça tombe sur lui. Je vous épargne les détails du savon que je lui passe. Il y en a pour au moins cinq minutes. Si ce n'est pas dix. Sans interruption. Je lâche même trois ou quatre jurons. Probablement pour la première fois de ma vie. Et je m'aperçois que ça fait du bien de sacrer. J'en viens à plaindre les peuples du monde qui ne sont pas capables de dire « Tabarnaque de menteur » ou « Tes hosties de menteries, j'en ai plein mon calvaire de cul ». Pendant tout ce temps, Roméo garde les yeux baissés. Il a l'air penaud d'un enfant qui se fait gronder. Et plus ça va, plus il me fait pitié. Et plus je commence à regretter de le traiter comme ça, comme s'il avait battu le record mondial du nombre de mensonges. Alors, je mets fin à mon discours par :

— J'espère que tu m'as rien caché d'autre. Parce que si c'est pas tout, aussi bien le dire tout de suite.

Roméo lève les yeux, me regarde comme un chien battu et avoue, comme si c'était la pire catastrophe qui se soit jamais abattue sur l'humanité ou à tout le moins sur le couple que j'avais rêvé que nous finirions par former :

— Je suis pas séropositif.

Je ne sais plus quoi dire. Que je suis furieuse qu'il m'ait fait marcher avec ce mensonge-là ? Ou que je suis ravie qu'il ne soit pas malade ? Je ne dis rien. Sauf que je me souviens que moi aussi, j'ai quelque chose à lui annoncer. Justement, un petit détail de santé, qui me donne l'occasion de me venger :

— J'ai pas le cancer, moi non plus.

Et Roméo sourit. D'abord, je pense que c'est parce qu'il est content pour moi. Il y a de ça, indiscutablement. Mais pas seulement, je le sens. Il est content, parce que moi aussi je lui ai menti. Mais ce n'est pas vrai. Je ne lui ai pas menti. Je lui ai dit ce qu'on m'a dit. N'empêche qu'il y a dans son sourire un petit quelque chose qui veut dire : « Tu vois, toi aussi, tu mens. » Et j'ai envie de me fâcher encore, de lui dire que je lui ai toujours dit la vérité. Des fois, je me suis retenue de lui dire ce que je pensais de lui. Mais je ne lui ai jamais rien dit de faux. En tout cas, rien que je savais faux.

Je me tais. Parce qu'il y a quelque chose d'autre qui me prend. J'ai le cœur qui se met à battre à tout rompre comme s'il voulait que je l'entende jouer de la grosse caisse. Et puis j'ai les jambes qui flageolent, qui ont envie de pousser mon corps vers le lit le plus proche, comme par hasard celui sur lequel Roméo est assis. Je sais que je devrais plutôt courir à la salle de bains. Il y a des hôtels qui mettent des condoms dans les toilettes, à la disposition de leur aimable clientèle. À moins que ce soit dans les tiroirs des tables de chevet.

Mais je ne marche pas vers la salle de bains. Je ne tends pas la main vers une table de chevet. Je laisse tomber le drap de bain. Je fais deux pas en avant. Roméo écarte les jambes pour que je pousse les miennes entre les siennes. Il reste assis. Je prends sa tête entre mes mains, je la tire contre ma poitrine. Il ouvre la bouche, souffle sur mon sein droit. Et je sens ma poitrine qui se gonfle, comme mon cœur en dessous.

J'attrape alors la main de Roméo. Je le force à se coucher sur le dos. Je lui arrache son pantalon, son slip. Je plonge ma langue dans sa bouche. D'une main, je m'empare de son sexe, de l'autre je lui laboure la poitrine. Je me hausse sur lui, je promène sur son ventre mes seins hérissés, pointus.

Et tout à coup j'y pense : je suis en train de lui faire l'amour sans lui demander son avis. J'aurais peut-être dû garder un des formulaires de Mario Mongrain. Heureusement, il y a plus simple comme procédure :

— Tu veux ?

— Oui, répond Roméo.

D'un coup de reins, il me fait tomber sur le dos à mon tour, se dresse au-dessus de moi. J'ai envie de lui dire de se dépêcher, parce que Rose va revenir dans quelques minutes. Mais je préfère qu'il fasse comme il veut.

TREIZE

On frappe à la porte. Rose qui rapplique.

Je ne sais pas si c'est à cause de ses coups dans la porte, mais c'est le moment que choisit Roméo pour répandre sa semence en moi en gémissant doucement, comme s'il allait s'endormir. Et il laisse son corps tomber sur le mien.

Il y a une nouvelle série de coups à la porte, plus insistants.

— Tu peux entrer, crie Roméo.

Il est encore en moi et je réussis à attraper un bout de drap pour couvrir ses fesses, comme si j'étais encore jalouse de cette femme qui aurait quand même pu nous laisser ensemble plus qu'une petite heure.

Ce n'est pas la mairesse qui entre, mais un militaire coiffé d'un béret tellement petit qu'on dirait que l'armée canadienne, dans la noble intention de réduire ses frais, n'a commandé qu'une seule taille pour tous. La plus économique : la taille jivaro.

— Excusez-moi, dit-il.

À la porte, deux autres soldats, casqués ceux-là, se bousculent pour voir ce couple tout nu au lit. L'un

d'eux porte sur son dos la lourde panoplie d'équipement de communication qui l'empêche de passer par
la porte. Notre armée n'a apparemment pas encore
entendu parler des téléphones portables.

— Excusez-moi, répète le soldat à béret. On fait
juste le tour de l'hôtel pour voir si...

Si quoi ? Il ne le dit pas, mais je suppose qu'il est à
la recherche d'un ministre aux cheveux gris enfermé
dans un placard et non d'un jeune couple qui s'ac-
couple. Il retraite, de reculons, avec un sourire gêné,
puis referme la porte. On aurait dû lui dire que le ministre a été retrouvé.

— C'était quoi, cette histoire de V.I.H. ? je demande à Roméo qui vient de se laisser rouler sur le
dos, à côté de moi.

— Je l'ai jamais eu.

— Je veux dire : pourquoi tu m'as dit ça ?

— Parce que j'avais trop peur de tomber en
amour avec toi.

J'écarquille les yeux.

— Tu es une fille trop bien pour moi. Je suis rien.
J'ai un dossier judiciaire. Pas un gros, mais quand
même. J'ai pas de diplôme, pas de job, pas d'avenir,
pas de maison, pas d'auto, pas rien.

— S'il fallait que j'attende de trouver un gars qui
a un avenir pour tomber en amour, je baiserais pas
souvent.

Il sourit.

— Puis maintenant ? je demande.

— Maintenant quoi ?

— As-tu toujours peur de tomber en amour ?
— Non.
— Pourquoi ?
— C'est trop tard.

Je me suis rhabillée. Rose est revenue. Elle se repose dans l'autre lit. Roméo est sous la douche. Et je m'ennuie. J'en ai assez de voir les soldats à la télévision alors que je pourrais aller les voir en vrai.

Je vais faire un tour dehors. Ils se sont calmés. Leurs tentes sont montées. Ils ont enlevé leurs casques et leurs vestes pare-balles. Ils ont déployé quelques chaises longues en toile kaki. Il fait un soleil resplendissant, et plusieurs prennent apparemment quelques heures de congé. Peut-être qu'ils sont syndiqués et ont droit à une pause ?

Je m'avance au milieu des véhicules dans le terrain de stationnement. Je n'ai que le temps de faire quelques pas avant de m'apercevoir d'un phénomène bizarre. Je sens des dizaines d'yeux rivés sur moi. Je m'arrête, je regarde autour. Tout s'est arrêté. On dirait un gel de l'image au cinéma. Et une centaine de paires d'yeux me regardent fixement. Les soldats ne sont pas en pause-café. Ils sont en pause-Carmen. Ils n'ont rien d'autre à faire que regarder les filles passer ? Surtout que je ne suis pas Claudia Schiffer, quand même.

Je pense que je comprends : leurs petits camarades leur ont dit dans quelle position ils nous ont surpris, Roméo et moi. Et c'est ça qui les excite : ils m'imaginent en train de faire l'amour. Même que je parie que chacun d'eux s'imagine en train de me baiser. Maudits hommes.

Je fais demi-tour...

Et puis non, tant pis pour eux. Je ne vais pas commencer à fuir chaque fois que j'excite la libido d'un homme ou de plusieurs. D'autant plus que ça ne m'arrive pas si souvent. Et l'armée canadienne s'est fait prendre dans tant d'histoires sordides depuis quelques années. Ils ne vont quand même pas pratiquer sur moi un viol collectif maintenant qu'ils savent que tout finit par se savoir. Surtout qu'il y a toujours parmi eux un crétin qui prend tout ça sur vidéo et la bande finit invariablement par passer au journal télévisé.

Alors, je continue à marcher, comme si de rien n'était. Même que je ne serais pas étonnée que mes hanches se balancent un peu plus que d'habitude, que mes fesses s'agitent avec plus d'entrain, que mes seins fassent semblant d'être plus gros qu'ils ne l'ont jamais été. Je suppose que c'est d'avoir été baisée tout à l'heure qui me fait ça. Ou de savoir que toute une armée me regarde comme si j'étais Claudia Schiffer.

Quelqu'un soudain aboie un ordre. En français ou en anglais ? En aboyé, je dirais. Et plus personne ne me regarde. Sauf un militaire à béret, celui qui est entré dans notre chambre tout à l'heure. Il vient vers moi. C'est leur chef, je parie, et il me demande en rougissant :

— Vous cherchez quelque chose, mademoiselle ?

— Non. Je voulais seulement voir ce que vous faites. Je paie des impôts, et c'est bon de savoir comment c'est dépensé.

Il rit. Moi aussi : je n'ai pas payé un sou d'impôt depuis un an, au moins.

— Venez voir.

Je le suis, et il me fait faire le tour du propriétaire du premier bataillon d'intervention rapide. Une nouvelle troupe, spécialement créée pour se déployer rapidement aux quatre coins du monde. En Yougoslavie ou au Rwanda ou au prochain endroit où un massacre viendra tout juste de se terminer. En quelques minutes, ils sont capables de s'installer pour passer tout l'hiver si nécessaire. Ils ont tout ce qu'il faut. Une cuisine qui devient fonctionnelle en quatre-vingt-onze secondes. Des shorts pour le Sahara, des parkas pour le pôle Nord. Des armes qui tirent et d'autres qui ne feraient pas de mal à un chat. Bien entendu, il y a quelques petits problèmes qui ne sont pas entièrement résolus. Par exemple, les véhicules ne peuvent pas être embarqués par les avions de transport de l'armée canadienne. Il faut emprunter ceux des Américains. Mais comme on s'est toujours battus du même côté qu'eux depuis 1812, cela ne pose pas de véritable problème, explique mon officier.

Il est tout à fait charmant.

Nous nous arrêtons à notre point de départ, devant une table où un soldat nettoie des armes. Il y en a toute une panoplie. Des mitraillettes. Des carabines ou des fusils — en tout cas, des trucs avec de longs canons. Quelques revolvers ou pistolets — en tout cas, des armes à canon court.

Le soldat nettoyeur d'armes fait un effort surhumain pour ne pas me regarder. Il se retourne, regarde derrière lui. L'officier regarde dans la même direction, comme s'ils espéraient tous les deux voir Claudia Schiffer nue arriver en courant. Pendant un bon moment, personne ne me regarde. Et j'en profite pour glisser dans ma poche un pistolet noir.

Qu'est-ce qui m'a pris ? Je n'en sais rien. Je me suis dit que ça pourrait toujours servir. Ou bien j'ai piqué ça comme quand j'ai piqué un soutien-gorge, un jour, dans un grand magasin. J'avais dix-sept ans. Et je l'ai volé sans me demander s'il était de la bonne pointure. Quand je suis rentrée chez moi, j'ai constaté qu'il avait au moins quatre tailles de plus que ma poitrine. Je l'ai jeté à la poubelle. Et je n'ai plus jamais rien piqué avant aujourd'hui.

Alors voilà, j'ai une arme dans la poche de mon jeans. Je ne sais pas quoi en faire. Je ne sais même pas si elle est chargée. Mais ça pourrait être utile, sait-on jamais, si le premier bataillon d'intervention rapide se mettait en tête de pratiquer sur moi un viol collectif.

— Merci pour la visite.

— Au revoir, mademoiselle...

Je pense qu'il aimerait connaître mon nom. Moi, je ne veux pas connaître le sien.

Nous mangeons un excellent repas dans la salle à manger de l'hôtel. Rose a insisté pour nous accompagner. Tout à l'heure, elle a seulement pris deux martinis au bar.

Dans la salle à manger, nous sommes les seuls clients. Apparemment, les autres se sont enfuis à l'arrivée des militaires. Ou c'est la saison morte, entre la chasse et le ski. Quand le garçon s'éloigne avec les assiettes du plat principal, je dis à mes compagnons :

— Regardez ce que j'ai trouvé.

Ils baissent les yeux sur mes cuisses où je viens de déposer l'arme que j'ai si subtilement subtilisée.

— Qu'est-ce qu'on va faire avec ça ? demande Rose.

— Un pistolet, ça peut toujours servir, répond Roméo en mettant l'arme dans sa poche à lui.

Nous regardons les infos de trois heures au réseau d'information continue. L'armée est là pour longtemps. Le gouvernement fédéral insiste pour que le Québec paie sa part des frais, puisqu'il ne s'agit pas cette fois d'un incident causé par des autochtones ni par quelque forme de désastre naturel, mais simplement d'une question policière. Le gouvernement du Québec a toujours soutenu que les affaires policières — sauf lorsqu'elles sont en rapport avec des délits fédéraux, comme la contrebande — sont du ressort provincial. « Faudrait savoir », a dit le Premier ministre fédéral.

Le Premier ministre du Québec, pour sa part, rappelle qu'il est totalement inadmissible que le gouvernement fédéral refuse de retirer ses troupes sous prétexte qu'on n'a pas réglé la question du partage des frais. « Même au Kosovo, les Serbes n'ont jamais rien fait de semblable ! » tonne-t-il.

Il a donné ordre à la SQ de gêner autant qu'elle le peut le mouvement des troupes fédéralistes sur le territoire québécois, sauf lorsqu'elles retournent à leurs bases.

Ce n'est pas la guerre, mais presque. Et les deux chefs doivent attendre avec impatience les sondages qui diront lequel a gagné le plus de points dans l'opinion publique grâce à cette guéguerre.

Comme si ça ne suffisait pas, on diffuse ensuite deux portraits-robots. Le dessinateur n'a pas dû s'épuiser, parce qu'il s'est contenté de faire deux dessins à partir des photos que les journaux ont déjà publiées de nous. Sauf que, cette fois, on ne donne pas nos vrais noms. Je suis devenue Véronique Lavallée et Roméo s'appelle Jean-Louis Desmarais. Nous sommes recherchés pour une série de vols de banque, dont l'un avec mort d'une caissière. Nous sommes armés (c'est vrai, maintenant) et extrêmement dangereux. Nous avons même droit à un numéro de téléphone 800, où quiconque nous aperçoit est prié de téléphoner sans tarder et sans frais.

— Pourquoi ils font ça ? je demande.

Rose trouve une explication qui en vaut d'autres :

— Ils ont dit que Carmen Paradis et Roméo Guèvremont sont morts. Ils ne peuvent quand même pas vous chercher encore sous vos vrais noms.

— Comme ça, la police ou l'armée peut nous tirer dessus sans sommation, parce qu'on est armés et dangereux, ajoute Roméo.

Heureusement, les soldats ne semblent pas avoir, dans tout leur attirail de communication, un seul téléviseur branché sur les informations.

— Je pense que j'en ai un, dit Roméo.

L'après-midi avance. Il y a un bon moment que Rose a dit qu'il nous faudrait un plan. Nous avons longuement réfléchi. Le hic, c'est que la police nous recherche, Roméo et moi. Peut-être Roméo plus que moi. Ou moi plus que Roméo. Qu'importe. Si on fouille la Cherokee à un barrage routier, nous serons pris, parce que les portraits-robots sont tout à fait ressemblants. Et avec ce que nous savons et ce que nous croyons avoir compris, nous serons tués tous les deux et Rose aussi, tant qu'à faire. Ou jetés dans un cachot. Ou battus. Ou torturés. En tout cas, il ne nous arrivera rien de bon.

Rose nous a suggéré de nous rendre à l'armée et de raconter tout ce que nous savons. Roméo ne veut pas en entendre parler. Moi non plus. De toute façon, la loi oblige sûrement les soldats à remettre les criminels à la police qui les recherche.

Et voilà que Roméo vient de dire : « J'en ai un. » Enfin, quelqu'un semble avoir un plan. Même qu'il accepte de nous l'exposer après avoir demandé à plusieurs reprises de lui faire confiance. Nous lui posons plusieurs objections qu'il parvient à repousser de façon pas toujours convaincante.

— On sait pas piloter.

— On n'a qu'à emmener le pilote avec nous.

— Et s'il veut pas ?

— On le menace avec le pistolet.

— Et si la conférence de presse est annulée ?

— On en convoquera une autre.

Finalement, on adopte le plan de Roméo. Pour la simple raison qu'on n'en a pas d'autre. Rose est plus enthousiaste que moi. J'ai l'impression que ça l'excite beaucoup, l'idée de jouer à la guerre. Roméo, lui, a envie de jouer les héros. Comme si, de toute sa vie, il n'avait eu que l'occasion de jouer les minables. Et voilà que son heure de gloire est arrivée. Moi ? Je ne sais plus ce que je pense. Je dois courir encore et toujours. Aussi bien courir en hélicoptère, ça va plus vite.

Depuis quelques minutes, de la fenêtre, Roméo surveille l'hélicoptère. Il n'y a personne à l'intérieur. Nous avons absolument besoin d'un pilote. Si le jour continue à fuir, il va faire nuit et nous ne pourrons pas voir le pilote si jamais il finit par arriver.

— Le voilà.

Nous nous approchons tous de la fenêtre. Un homme en uniforme grimpe dans l'appareil. Il porte un casque avec un petit micro devant la bouche.

— C'est lui. On y va, ordonne Roméo.

Nous le suivons dans le corridor, puis dans l'escalier et dans le stationnement. Roméo s'efforce d'adopter le pas du flâneur qui passait par là comme par hasard et qui veut, comme moi tout à l'heure, voir à quoi servent ses impôts. Les soldats canadiens sont apparemment très sensibles à cette préoccupation de leurs compatriotes, parce qu'ils nous laissent circuler sans nous embêter. Roméo a choisi de ne pas utiliser la ligne droite pour aller à l'hélico. Nous le suivons donc autour d'un blindé. Il donne un coup de pied dans un pneu pour voir s'il est bien gonflé.

— Dur comme de la roche, dit-il. C'est peut-être du caoutchouc massif. Comme ça, ça peut pas crever.

Tiens, mon bel officier qui rapplique. Il semble ravi d'avoir des visiteurs et surtout deux visiteuses, dont une dame chic. Il nous accompagne, répond aux questions de Roméo, plus longuement à celles de Rose. Je suis presque jalouse.

— C'est un bel hélicoptère, je dis quand nous nous mettons enfin en marche dans sa direction.

— Pas le modèle qu'on aurait voulu. Trop cher. Mais celui-là est pas mal quand même.

— Je peux monter ? demande Rose.

— Bien sûr.

Il lui prend la main, l'aide à se hisser à côté du pilote qui abandonne la lecture de sa carte.

J'essaie de monter à l'arrière. L'officier joint ses deux mains pour me faire une marche. Roméo me rejoint, sans aide.

— Ça démarre comment ? demande Rose.

Le pilote interroge son officier du regard. Celui-ci lui fait signe qu'il peut. Il appuie sur un bouton. Le rotor se met à tourner.

— C'est merveilleux ! s'exclame Rose. On peut faire un tour ?

Cette fois, l'officier secoue la tête.

— Ça prendrait une autorisation de vol.

— On va y aller quand même, fait Roméo en pointant le pistolet sur la nuque du pilote.

Il y a un moment de stupeur chez l'officier. Le pilote lui jette un coup d'œil désespéré. Il s'est engagé dans l'armée pour apprendre à piloter un hélicoptère et se trouver ensuite un job payant dans le civil, pas pour se faire abattre dans les Laurentides d'un coup de pistolet dans le cou.

— C'est pour une bonne cause, je vous jure, dit Rose.

Est-ce cette remarque ou le regard du pilote ? En tout cas, l'officier hoche la tête et le rotor se met à tourner de plus en plus vite.

— Vous n'irez pas loin ! crie l'officier.

Roméo dit quelque chose dans le creux de l'oreille du pilote. Et l'hélicoptère s'élève.

QUATORZE

C'est merveilleux, les hélicoptères militaires. Un peu bruyant, oui. Et pas trop confortable. Mais rapide, puisque je vais couvrir en même pas une heure bien plus de kilomètres que je n'en ai fait depuis une semaine en voiture, en autocar, en courant et à vélo.

Le pilote s'appelle Rosario Pelletier. C'est un Gaspésien. Plutôt sympathique. Il s'est engagé comme pilote d'hélicoptère parce qu'il avait envie de voir du pays et d'apprendre l'anglais. Mais le plus loin qu'il est allé, c'est Petawawa en Ontario d'un côté et Bagotville au lac Saint-Jean de l'autre. Pour l'anglais, il est mal tombé, parce qu'il fait partie d'une unité francophone. Il dit que c'est parce que le premier bataillon d'intervention rapide risque d'avoir à intervenir un jour au Québec. Ça sera plus facile si ses membres connaissent la langue du pays.

Quand la radio s'est mise à crépiter des ordres et des questions, Rose a mis les mains sur ses oreilles. Il l'a coupée. J'ai dit merci.

Nous survolons le Richelieu. Rose guide le pilote. Nous passons au-dessus de Sorel et prenons à droite le long du fleuve.

— C'est là, la grande maison de pierre.

On ne peut pas se tromper. La maison est entourée de cars de reportage. Sur le toit des véhicules, on reconnaît les logos de presque toutes les chaînes de télévision.

— On a plus rien que cinq minutes, dit Roméo en regardant sa montre.

L'hélico se pose près du fleuve, entre les arbres, au milieu des feuilles mortes qui s'envolent pour un dernier tour en l'air. Roméo saute au sol. Il a emprunté le pistolet de Rosario. Rose brandit celui qu'on a volé.

Devant nous, sur la pelouse, un lutrin a été posé. Le ministre est là, avec la déclaration qu'une boîte de relations publiques a rédigée pour lui. Il songe, mais un peu tard, à aller se réfugier à l'intérieur. Roméo est déjà sur lui, l'attrape par un bras, le force à rester à côté de lui devant la dizaine de caméras posées sur des trépieds dans la pelouse.

— Y a un petit changement au programme, dit Roméo. C'est pas le ministre qui va donner une conférence de presse, mais moi, Roméo Guèvremont, officiellement mort dans une tentative d'évasion. J'en ai long à vous raconter. Deux de mes amies vont voir à ce que vous coupiez pas un mot.

Je me suis dirigée, avec Rose et son pistolet, vers le car du réseau de l'information. Je tape dans la porte. On nous ouvre.

— C'est lequel, l'écran qui montre ce qui passe en ondes ?

Un technicien m'en désigne un. Je m'installe devant, avec Rose. Et j'écoute Roméo.

Il parle bien. Je veux dire qu'il est très convaincant. On croit tout ce qu'il dit. En tout cas, moi je le crois. C'est vrai que je sais que c'est vrai. Mais il me semble que si je ne le savais pas, je le croirais quand même.

Il commence par dire qu'à son avis le ministre a tout simplement fait une tentative d'extorsion en feignant un enlèvement, mais que si ce n'est pas ça, il pourra toujours parler quand il aura fini.

Il raconte tout. Comment la SQ nous a tiré dessus quand Armand s'est avancé avec son drapeau blanc. Comment les autres chiens ont décidé d'attaquer pour maquiller cette erreur-là. Comment il s'est enfui, comment il m'a retrouvée, comment la police l'a repris, comment il s'est enfui quand l'agent s'est tiré dans le ventre, comment la SQ a essayé de faire croire qu'il était mort en se disant que ce serait plus facile de le tuer ensuite, comment elle a essayé de me tuer avec un chewing-gum paralysant, comment elle vient de diffuser nos portraits-robots avec des faux noms...

Ce qu'il veut maintenant ? D'abord, qu'on le confie à la garde de la mairesse de Saint-Gésuald-de-Sorel, tant qu'il n'aura pas été jugé coupable de quelque chose. Ensuite, qu'une commission formée seulement de civils fasse enquête sur les actions de la police pendant et après l'attaque de l'îlot Fou. Et, finalement, que des indemnisations soient versées aux familles des morts de l'îlot Fou quand la commission aura jugé qu'ils n'étaient coupables de rien qui méritait la mort.

Mais, avant de céder le micro et son arme, il veut avoir la parole du Premier ministre.

Il demande alors au ministre de lui céder son téléphone portable. Le ministre obéit.

— Le Premier ministre connaît votre numéro ?

Le ministre hoche la tête.

— J'attends son appel.

Il n'attend même pas deux minutes. Le téléphone sonne. Roméo sourit. Je le vois parfaitement en gros plan sur l'écran-témoin. Je n'entends que la moitié de la conversation, mais juste à voir son sourire s'épanouir de plus en plus chaque fois que le Premier ministre lui dit qu'il accepte ses exigences, je sais qu'il a gagné. Que nous avons gagné.

— Encore une chose, demande Roméo. Il faudrait faire reconstruire la maison d'une amie à moi, Carmen Paradis. C'est sa maison qui a été incendiée à l'îlot Fou. Et elle avait pas d'assurance.

À la réponse qu'il obtient, il a un sourire tout à fait radieux : ma maison va être reconstruite. Et moi aussi je dois sourire comme jamais auparavant, parce que c'est ma maison et parce que je pense que Roméo va accepter de venir y vivre avec moi, quitte à priver Rose de ses réductions d'impôts.

Nous sommes dans une voiture de la SQ. Tous les trois assis sur la banquette arrière. Nous sommes à la

266

fois soulagés et tendus. Rose et Roméo ont toujours leurs pistolets.

On n'a pas pu prendre l'hélicoptère, parce qu'il manquait de carburant. Mais ce n'est pas grave. L'important, c'est qu'on nous emmène sans tarder rencontrer le Premier ministre. Roméo tient à avoir tous ses engagements par écrit avant de rendre nos pistolets. Ça tombe bien, il est à Montréal, plus précisément à son domicile d'Outremont, et c'est là qu'il nous a invités. Je ne suis jamais entrée dans une maison de Premier ministre. J'ai hâte de voir ça.

À l'avant, il y a deux journalistes. Roméo a insisté pour que ça ne soit pas des agents. Il leur aurait été trop facile de nous tendre un piège et de faire croire à une autre tentative d'évasion.

La voiture s'engage dans le tunnel Louis-Hippolyte-Lafontaine, sous le fleuve Saint-Laurent. Elle garde la voie du centre, la seule permise aux camions. Je m'y sens toujours mal à l'aise, coincée entre les semi-remorques qui nous bloquent la vue à l'avant et à l'arrière. Justement, nous suivons de près un énorme poids lourd qui roule lentement. Nous ne le dépassons pas. Il est vrai qu'une fois dans le tunnel on n'a plus le droit de changer de voie.

Je suis assise à droite. Par le rétroviseur, je vois le journaliste qui conduit la voiture. Il a une quarantaine d'années et une jolie moustache noire. C'est bizarre, mais il me semble l'avoir déjà vu quelque part. Où ? Je me creuse le crâne. Puis ça me revient vaguement. C'est à la télévision, en tout cas.

— Ça se pourrait, que je vous aie déjà vu à la télévision ?

Le journaliste lève un œil vers le rétroviseur, une petite seconde de rien du tout.

— Moi ? Non, je fais rien que de la radio.

Ça me revient tout à fait. *Yzimites !*

— Lieutenant Douville ! je m'écrie. Vous faites des imitations.

Même qu'il imitait vachement bien Lucien Bouchard. Je dis à Roméo :

— C'est pas au Premier ministre que t'as parlé. C'est à lui.

Roméo me regarde avec étonnement, comme s'il ne me croyait pas. Mais il n'a pas le temps de discuter. Notre voiture vient de s'arrêter, parce que le camion devant nous a stoppé.

Les deux journalistes quittent précipitamment leurs sièges, sortent de la voiture et claquent les portières derrière eux.

— Sortez, vite ! crie Roméo qui jette un coup d'œil derrière nous.

Moi aussi, je me retourne : un semi-remorque noir s'approche lentement. J'ai peur. J'essaie d'ouvrir la portière. Elle est verrouillée. Et je ne trouve pas le bouton pour l'ouvrir. Il n'y en a pas. Roméo tire deux coups de pistolet. La vitre à côté de moi vole en éclats.

— Saute !

Le camion touche l'arrière de la voiture, nous pousse vers le pare-chocs de celui qui est devant nous. Je me soulève sur mon siège, j'essaie de sortir par la fenêtre. Roméo me pousse dans les fesses. Je tombe hors de la voiture, tête première. Je me relève. Il est trop tard pour que les autres me suivent. Le camion de derrière pousse toujours, de toute la force de ses milliers de chevaux. La voiture s'enfonce sous le camion de devant. Elle est entièrement écrasée à partir de la hauteur des pare-chocs, dans un bruit abominable de ferraille froissée. J'ai quand même le temps d'entendre le dernier cri de Roméo :

— Cours !

J'ai honte de moi, mais je cours vers la sortie du tunnel. Il y a une montée. Je cours toujours, de toutes mes forces. Juste comme j'arrive à l'air libre, il y a derrière moi une énorme explosion, qui me soulève. Je m'envole, je mets les mains devant moi. J'ai de la chance : je retombe dans la pelouse à côté de l'entrée du tunnel.

QUINZE

Ce matin, j'ai commandé des œufs dans un petit restaurant, mais je n'arrive pas à les avaler, même si je n'ai rien mangé depuis hier après-midi. La première page d'un journal, abandonné sur la table à côté, est dominée par une photo en couleur de l'entrée du tunnel. La scène m'est presque devenue familière, avec ses ambulances, ses voitures de police, ses camions de pompiers. Mais il y a aussi un immense nuage de fumée noire qui sort de la bouche du tunnel.

Je prends le journal. Je sais déjà tout. J'ai passé la nuit dans un motel bon marché à regarder la télé.

Ils ont dit qu'un accident banal — deux poids lourds qui tamponnent une voiture entre eux — s'est transformé en catastrophe parce qu'un camion de gaz propane, conduit par un Américain qui ne comprenait peut-être pas les pictogrammes interdisant son véhicule dans le tunnel, a explosé quand le semi-remorque de derrière s'est mis en portefeuille et a écrasé le camion de propane contre la paroi du tunnel.

On ne connaît pas le nombre de morts. On parle de cent au moins. Mais le Premier ministre a déclaré à la télévision que c'est presque un miracle si les parois du tunnel n'ont pas cédé. Il sera fermé pendant plusieurs mois en direction sud-nord, mais devrait rouvrir d'ici peu dans l'autre direction, une fois qu'on aura fait toutes les vérifications de sécurité.

Les véhicules et leurs passagers sont tous totalement carbonisés. Même l'asphalte a fondu. Il faudra des semaines pour identifier les victimes. Peut-être qu'on ne pourra jamais les identifier toutes.

On a parlé brièvement du retour du ministre du Tourisme et de tout le reste. Il a annulé sa conférence de presse parce qu'il ne se sentait pas bien. Pas un mot dans le journal à propos de l'intervention de Roméo. J'ai compris qu'on nous avait fait croire qu'on était en ondes, alors qu'on ne l'était pas.

Le ministre des Transports du Québec a annoncé qu'à compter d'aujourd'hui on fera passer un test de compréhension de pictogrammes à tous les camionneurs américains qui se présenteront à la frontière. La secrétaire à la Justice des États-Unis a répliqué que c'est discriminatoire, puisqu'on n'a pas les mêmes exigences envers les conducteurs anglophones des autres provinces du Canada. Elle a menacé de fermer la frontière à tous les camions en provenance du Canada. Le ministre de la Justice du Canada a déclaré que, si les États-Unis fermaient leur frontière, on retiendrait au Canada tous les camions américains, beaucoup plus nombreux au Canada que les camions canadiens aux États-Unis.

Le Premier ministre français, à qui on ne demandait rien, a assuré le Canada et le Québec de son appui dans ce litige à saveur quasi linguistique.

Tranquillement, si je comprends bien, on s'achemine vers une guerre mondiale.

L'armée ne rentrera pas dans ses bases avant quelques jours. Les gouvernements fédéral et provincial se sont entendus pour que chacun défraie ses coûts directs occasionnés par la crise. Mais il faudra encore négocier les coûts des conséquences de l'explosion dans le tunnel, qui devraient être assumés à quatre-vingts pour cent par le gouvernement fédéral, dit le Premier ministre du Québec. « C'est pas évident, on va évaluer ça », dit l'autre Premier ministre.

Le journal a vingt-quatre pages sur la catastrophe.

Toujours pas un mot sur la voiture de la SQ. Pas un mot sur Roméo Guèvremont, sur Rose Deschamps, sur moi. Il y a encore les portraits-robots de Véronique Lavigueur et de Jean-Louis Desmarais. Cesser de les faire circuler, ce serait admettre qu'ils sont morts. Et il faudrait dire comment.

J'ai beau feuilleter le journal d'un bout à l'autre, je ne trouve rien qui ressemble à la vérité. Cette vérité que j'essaie de déchiffrer, petit bout par petit bout.

Encore une fois, la SQ n'a pas eu de chance. Tout était bien organisé : on fait coincer la voiture entre deux camions, aussi conduits par des agents. On dit que les deux agents dans la voiture de la SQ ont réussi à quitter leur véhicule juste avant l'accident causé par un camion aux freins défectueux. On laisse entendre qu'il n'y avait personne d'autre. On envoie les passagers se faire compacter avec la voiture déjà réduite en bouillie. Et on n'en entend plus jamais parler. On s'arrange avec les journalistes pour qu'ils ne parlent pas de l'énergumène qui a interrompu la conférence de presse du ministre. Ou on leur dit que c'était un fou furieux. Ils ne sont jamais à court de mensonges.

Mais voilà, il y a eu un grain de sable dans l'engrenage. Un camion de propane qui passait par là, conduit par un Américain néophyte en pictogrammes. Ou pressé. Ou bourré de drogues pour rester éveillé. Des dizaines de personnes sont mortes. Il ne reste plus qu'à maquiller l'affaire. Cacher une connerie ou plutôt une longue série de conneries par une nouvelle série de conneries.

Malgré tout, je suis encore vivante même si je suis morte officiellement. Deux fois plutôt qu'une, puisqu'ils doivent être convaincus que je suis morte dans l'accident d'hier. Je suis recherchée sous une identité qui n'est pas la mienne, par des gens qui me savent morte. À moins que là encore on ait menti et qu'on sache que je suis encore vivante, moi la seule à tout savoir. On m'a peut-être vue sur une des caméras de sécurité du tunnel. Si c'est le cas, je n'ai pas à me demander ce que je vais faire du reste de ma vie. Il va être bref.

Je sors du restaurant. Il y a encore une odeur de fumée dans l'air. Les voitures sont couvertes d'une couche de cendre noire. Une petite partie de cette cendre vient de Roméo Guèvremont et de Rose Deschamps.

Je marche pendant quelques minutes, le long de la rue Notre-Dame. J'arrive à un feu de circulation. Il tourne au rouge. Je ne me donne pas la peine de lever les yeux pour chercher à quelle intersection je suis rendue. Cela n'a plus d'importance. Tout ce que je sais, c'est que je vais traverser.

Je regarde à droite et à gauche. Il y a plein de voitures et de camions. Dans le fond, jusqu'ici, j'ai eu énormément de chance, parce que j'ai survécu à tous les dangers. Alors je me mets à courir vers l'autre côté de la rue. Peut-être que je vais courir jusqu'au bout du monde, jusqu'à la fin de mes jours. Et tant pis si je meurs tout de suite, pour rien.

Le feu reste rouge. Je ne m'arrête pas. Je me sens immortelle, malgré les crissements de pneus. Et les coups de klaxon. Dont un — je sais que vous ne me croirez pas mais c'est vrai quand même — ressemble parfaitement à l'accord de do sol ré, tel que je le joue.

Saint-Antoine-sur-Richelieu (Québec),
Big Bend (Texas), Punta Bete (Quintana Roo)
et Lourmarin (Vaucluse),
de janvier 1996 à octobre 1999.

DU MÊME AUTEUR

Aux Éditions Gallimard

Dans la collection Série Noire

CADAVRES, N° 2513, 1998.

MOI, LES PARAPLUIES, N° 2547, 1999.

Aux Éditions Libre Expression (Montréal)

LA TRIBU, 1981.

VILLE-DIEU, 1983.

LES PLAINES À L'ENVERS, 1989.

NULLE PART AU TEXAS, 1989.

JE VOUS AI VUE, MARIE, 1990.

AILLEURS EN ARIZONA, 1991.

LE VOYAGEUR À SIX ROUES, 1991.

LONGUES HISTOIRES COURTES, 1992.

PAS TOUT À FAIT EN CALIFORNIE, 1992.

DE LOULOU À RÉBECCA (ET VICE VERSA, PLUS D'UNE FOIS), 1993 (sous le pseudonyme d'Antoine Z. Erty).

VIE DE ROSA, 1996.

VIE SANS SUITE, 1997.

Chez d'autres éditeurs

AGÉNOR, AGÉNOR, AGÉNOR ET AGÉNOR, Éditions Les Quinze, Montréal, 1981, et Éditions L'Hexagone, 1988.

AAA, AÂH, HA OU LES AMOURS MALAISÉES, Éditions L'Hexagone, 1985.

LA FACE CACHÉE DES PIERRES, (traduction de *The Underside of Stones* de George Szanto), XYZ, 1997.

PREMIER BOULOT POUR MOMO DE SINRO, Québec-Amérique, 1998.

LA TRIBU, Bibliothèque Québécoise, 1998.

VILLE-DIEU, Bibliothèque Québécoise, 1999.

PINCE-NEZ, LE CRABE EN CONSERVE, Éditions Pierre Tisseyre, 1999.

TANT PIS, VLB Éditeur, 2000.

PREMIER TROPHÉE POUR MOMO DE SINRO, Québec-Amérique, 2000.

SÉRIE NOIRE

Dernières parutions :

Composition Nord Compo.
Reproduit et achevé d'imprimer sur Roto-Page
par l'Imprimerie Floch à Mayenne
le 2 octobre 2000.
Dépôt légal : octobre 2000.
Numéro d'imprimeur : 49634.
ISBN 2-07-049964-2 / Imprimé en France.

Bibliothèque-Collège
Jean de la Mennais

870, chemin de Saint-Jean, La Prairie J5R 2L5 tél.: 659-7657

Date de retour

3 0 SEP. 2003			
1 7 OCT. 2003			
- 4 NOV. 2003			
2 0 AVR. 2004			
6 MAI 2004			
2 2 SEP. 2004			
- 8 OCT. 2004			
2 6 OCT. 2004			
1 1 MAI. 2005			
2 0 SEP. 2005			
- 7 OCT. 2005			